U0902101

见证者

JIANZHENGZHE

[美] 贾斯汀·柯罗宁 著
李静宜 译

桂图登字：20-2011-001

Original title : THE TWELVE

图书在版编目（CIP）数据

见证者／（美）贾斯汀·柯罗宁著；李静宜译．—南宁：接力出版社，2017.6
（末日之旅系列）
书名原文：The Twelve
ISBN 978-7-5448-4662-2

Ⅰ.①见…　Ⅱ.①贾…　②李…　Ⅲ.①长篇小说－美国－现代
Ⅳ.①I712.45

中国版本图书馆 CIP 数据核字（2016）第 289339 号

责任编辑：张慧芳　文字编辑：刘盛楠　美术编辑：严　冬　装帧设计：严　冬
责任校对：王　静　责任监印：刘　冬　版权联络：王燕超
社长：黄　俭　总编辑：白　冰
出版发行：接力出版社　社址：广西南宁市园湖南路 9 号　邮编：530022
电话：010-65546561（发行部）　传真：010-65545210（发行部）
http：//www.jielibj.com　E-mail：jieli@jielibook.com
经销：新华书店　印制：北京明月印务有限责任公司
开本：880 毫米 ×1260 毫米　1/32　印张：9.75　字数：290 千字
版次：2017 年 6 月第 1 版　印次：2017 年 6 月第 1 次印刷
印数：00 001—12 000 册　定价：39.80 元

目　录

夜，蜷卧在你优美膝上的夜，
被闪亮白昼抛散远处的一切。
你带回小绵羊，走散的山羊，
领着孩子回到母亲身边。

——萨福（约公元前 612 年—？）《断章》一二〇

我们之于诸神，
恰如飞蝇之于顽童，
他们为取乐而残杀我们。

——莎士比亚《李尔王》

我是无名小卒！你是谁？
难道——你也是——无名小卒？
那我们就是——对了！
别告诉别人！
他们会张扬的，你知道。

——爱蜜莉·狄金逊

第一卷　义军

夜，蜷卧在你优美膝上的夜，
被闪亮白昼抛散远处的一切。
你带回小绵羊，走散的山羊，
领着孩子回到母亲身边。

——萨福（约公元前612年—？）《断章》一二〇

注意
首长通告

所有民众注意！叛徒就在我们身边！

所谓“义军”的卑鄙手段愈加卑劣。我们有数十位同胞，包括无辜的妇女与儿童，都被这些懦弱的谋反者以无情冷血的手段谋杀。

我们必须保卫自己！
和你们的首长统一阵线！
终结暴力！

我们呼吁全体民众齐心协力，将这些卑鄙的叛徒绳之以法。我们的家园已岌岌可危。

每个人都要尽一己之力！

· 时刻保持警觉。此刻站在你身边的人，或许正在筹划夺取千百条人命的阴谋。

· 发现任何可疑的活动，立即向人力资源人员报告。

· 在寝室与工作场所遵守纪律。

· 随时做好准备。你随时有可能被征召参与防卫行动。

· 任何协助叛军行动或干扰家园当局职责运行的人都将被视为本国敌人。

注意看！注意听！时时警觉！
齐心合力，保障我们共同家园的和平与安全！

疫后九十七年

1

艾奥瓦，鲍威尔堡
人口：69,172

到处都有人窃窃私语——市场里又发生了一起爆炸。

十一月的清晨灰蒙蒙、冷冰冰的，带着冬天将临的味道。莎拉在号角声中醒来，紧接着听见一连串咳嗽和清嗓子的声音，以及骨头慢慢舒展的咔咔声，她的眼睛和嘴巴干得像纸一样。房间里混杂着没清洗的皮肤、口臭与去虱粉的味道，还有人体衰败所发出来的生理气味。虽然莎拉根本就没怎么注意，但她知道，有些味道是来自她自己。

又一个无情的黎明，她想，身为“家园”居民的又一个早晨。

莎拉知道自己不该赖在床上。晚一分钟去排队领配给，她就会落在队伍后面，可能一整天都没有东西可以果腹——一碗玉米糊怎么说都胜过短短几分钟半睡半醒的挣扎。肚子咕噜咕噜叫的她，掀开身上那条破旧不堪的毯子，翻过身低下头，穿着运动鞋的脚踩在地板上。她向来都穿着运动鞋睡觉，和大家一样——只不过是一双从死去的室友那里接收来的破旧运动鞋——因为鞋子经常被偷。谁拿走了我的鞋？这样的声音会不时响起，然后丢鞋子的人会在寝室里到处跑、哀求、控诉，但最后只能坐在地上绝望地哭泣。**没有鞋子，我会死掉！谁来救救我啊，拜托！**这话一点都不假，没有鞋子真的会死掉。虽然莎拉在生质燃料厂工作，但她是护士的消息却还是传开了。她见过冻伤坏死的脚趾，上面长了蛆虫的疥癣；她曾把耳朵贴在塌陷的胸口，仔细听着罹患肺炎的肺脏被缓缓浸润的沙沙声；她曾把指尖贴在因为盲肠炎、恶性肿瘤或只是饥饿而胀得像鼓一样的肚皮上诊断病情；她曾用手掌捂着高烧发热的额头，也曾为造成全身感染腐坏的伤口落泪。对每一个人，莎拉都说——虽然她在自己的唇齿间尝到谎言的滋味——你会好起来的，不要担心，再过几天你就会没事的，我保证。她给他们的不是医疗，而是一种祝福。你会死，而且会很痛，但是你能在这里结束生命——在自己的同胞身边，而且最后所感觉到的会是最温柔的抚触，因为那是我的抚触。

因为你不想让爪牙知道你病了，更不要说是红眼人了。虽然并没有人公开说什么，但是平地人对那所医院其实并不抱幻想。男人女人，老人小孩，都无所谓。穿过那几道门，就没有人会再见到你了。你会到饲育场去。

寝室大小各有不同，莎拉住的是最大的一间。床铺有四层，每排有二十张床，总共十排，所以在这个大小相当于畜栏的房间里，挤了八百个人。大家都起床了，正忙着给孩子戴上帽子，低声自言自语，像牲口那样沉重温驯地移动身体，跌跌撞撞地冲向门口。莎拉迅速瞟了周围一眼，确定没有人在看她，才跪在床位旁边，一手抬起床垫，一手探进床垫底下。她把小心折好的那张纸从藏着的地方抽出来，偷偷收进长袍的口袋里，然后迅速站了起来。

“嘉姬！”她轻轻叫着，“起来。”

老妇人像个胎儿似的蜷起身体，毯子拉到了下巴上，一双湿黏的眼睛呆滞地瞪着透过寝室高窗射进来的那抹灰色光线。她听到老妇人咳了一整夜。

“那光，”嘉姬说，“看起来像是冬天。”

莎拉摸摸她的额头，不但没有发烧的迹象，反而有些冷冷的。很难判断嘉姬到底多少岁，她在平地出生，但是她爸妈是从其他地方来的。嘉姬不是爱谈自己身世的人，但是莎拉知道她的三个子女都死了，丈夫也因为协助被爪牙盯上的朋友而被判罪，送进了饲育场。

房间里一下子就空了。“嘉姬，拜托，”莎拉扶起她的肩膀，“我知道你很累，但是我们真的该走了。”

老妇人的目光聚焦到莎拉身上。她干咳一阵，浑身颤动。

“对不起，亲爱的，”她咳完之后说，“我并不是故意不合作的。”

“我只是不希望你错过早餐，你需要吃点东西。”

“你还是这样，老是照顾我。可以扶老太婆下床吗？”

莎拉扶着嘉姬的肩膀保持平衡，让她慢慢下床。她的身体轻若无物，只剩空架子和空气。她又一阵猛咳，发出鹅卵石在布袋里抖动的声音。莎拉慢慢扶着嘉姬站直身体。

“来吧，”嘉姬花了一点儿时间吞了下口水，她的脸涨得红红的，额头上冒出一颗颗汗珠，“好多了。”

莎拉从床铺上拉起毯子，披在老妇人肩上。“今天会很冷。待在我身边，好吗？”

嘉姬的嘴唇咧开来，露出了一个没有牙齿的微笑。“我还能去哪里，亲爱的？”

莎拉对自己被掳的经过只残留一些片断的影像，当时她以为自己死定了，一切都结束了，完了。但接着，一股庞大的猛烈无情的力量抓起了她的身体，她瞥见整个大地远离自己，因为病鬼把她抛到了空中——为什么不直接杀了她？——接着又是猛力撞击，因为她再一次被接住了。第二个病鬼又把她抛向空中，然后是第三个病鬼，接连不断。就在这样的一抛一接间，她离营区的围墙与灯光越来越远，进入了淹没一切的黑暗里。她整个人从这只高举的手里传到那只高举的手里，宛如孩童游戏里的一个球。但紧接着，最后一撞，撞得她脑袋险些粉碎——她被丢进了卡车里。意识恢复的过程非常痛苦，仿佛从地狱爬上梯子后到达另一个地狱。好几天没水喝，也没东西吃。一个小时又一个小时，永无止境，骨头撞得咔咔响，身边都是窃窃私语，和一个个得不到答案的问题。他们要去哪里？他们碰上什么事了？被掳的几乎都是女人，掺杂着几名士兵。受伤的人、害怕的人都哭了起来。周围是伸手不见五指的黑暗。

抵达终点时，莎拉才完全清醒过来。仿佛在车门打开、照进令人目眩神迷的昼光时，伴随这段旅程的时间才重新现形，让她看见……什么？车上货柜里装的人有一半已经死掉了——有几个是一开始就死了，灰黑的腐尸让货车里弥漫着一股恶臭；有几个是因为被掳时受伤致死的；其余的则是饥渴交迫再加上痛苦绝望而死。无论死的活的，所有人都躺在车子的地板上。莎拉也躺着，四肢动弹不得，舌头肿大，背靠墙面，眼睛因为不适应光线而紧闭着。她的整个身体似乎颠倒过来，大部分的质量都聚积在头部，头重脚轻。这一辈子，她见过不少死人，但和死人躺在一起，却是头一遭。区分她和他们的似乎只是一层如轻纱般可穿透的薄膜。透过眼睛刺痛的细缝，她看见五六个面无表情，身穿破旧卡其裤和厚重长靴的男子，乒乒乓乓踏进货舱，动作粗鲁地搬走死者。她想，这些人已经习惯了瘫软尸体的重量，在他们看来，这些尸体只不过是一堆无意义的肢体组合，对付他们，就像对付其他不得不搬运的物品一样，并不需要多做其他考虑。一具一具，就这么随随便便地拖走。等他们来到自己身边时，莎拉举起一只手表示抗议。她或许应该说“拜托”“慢着”或“你们不能这么做”之类的话，但是一个热辣的巴掌打在她的脸颊上，让她才张开的嘴立时噤声。接着，一只靴子又补了一脚，若非莎拉蜷起身子护住自己，这一脚肯定结结实实地踢中她的肚子。

“闭嘴，闭上该死的嘴！”

她遵命。她闭上该死的嘴。莎拉后来才知道，打她的人是个名叫淫魔的爪牙。平地的居民给每一个爪牙都取了绰号。这个淫魔之所以叫淫魔，是因为他爱强暴人。他们中有许多人都喜欢做这档子事，对他们来说像是游戏，但淫魔和其他人不一样，他是来者不拒。如果可以，淫魔八成连风都可以强暴。

莎拉后来也逃不了进棚屋的命运——短暂、残暴，之后结束。但眼前，他的拳打脚踢反而让她的意识苏醒。对策开始成形，列出优先级。整体来说，活下去似乎是最迫切的，而闭上该死的嘴似乎是活下去的最佳方法。安静，她告诉自己。乖乖听话，尽量看，但不要让人发现。如果他们想杀你，无论如何都会动手的。

别提到宝宝。

棍棒出现了，又戳又捅地把他们赶进阳光里，这里是一个绿意盎然的地方。这片丰饶美景在嘲弄她，真是最残酷的玩笑。卡车停在某个像是等候区的地方，那里有好几幢低矮的水泥房子，盖着闪亮的铁皮屋顶，整个地方让人感觉很诡异。离这个区域几百米之外是一栋破旧庞大的建筑，莎拉这辈子没见过像这样的东西——看起来像是个巨大的浴缸。在呈曲线形的墙上耸立着一排排的灯，高达百米。就在莎拉看着的时候，一辆和运送他们的车一样的银色半联结车开到了那栋建筑物下面。扛着来复枪的男子跟在车子旁边跑，他们身上裹着厚重的防护服，脸上罩着有铁丝网的面罩。卡车接近墙边之后，突然像陷到土里面似的——那里有个坡道，莎拉知道，那可以让车开进地下。一道大门开启，车子就不见了。

“低下头，不准说话。分成两排，女的在左边，男的在右边。”

在一间小屋里，她们被命令脱下衣服，把身上的旧衣服丢成一堆。现在她们赤身裸体站着，二十三个女人都条件反射般做着一模一样的自我保护动作：一手平伸掩住胸部，一手往下护住私处。三个穿制服的男子看着她们，身体晃啊晃的，时而毫不掩饰地色眯眯地盯着她们，时而又一脸嫌恶地大笑。地板上有沟，排水沟。沿着屋顶下边的墙上有一排没有遮掩的高窗，从那里射进一道道光。二十三个赤身裸体的女人默默地看着地板，大部分人都哭了，只要开口讲话，就违反了饶她们活命的默契。无论等在她们面前的是什么，似乎都只能慢慢等待。

接着，是水管。

水喷在她们身上，宛如一柱冰。水像是武器，像是挥舞的拳头。每个人都在惨叫，滑倒在地板上，跌成一团。控制水管的人面对这个壮观的场面自得其乐，高声欢呼，宛如骑上了飞驰快马的骑士。他先喷一个，然后再换一个，一排排喷着。他挥动水管，从脸到胸部再到更下面。水喷上女人们的身体，然后停了，接着又来了。根本无处可逃，无处可躲，只能忍耐。

水停了。

“全部站起来。”

她们又被带到外面，浑身赤裸，不停颤抖。水从她们的脸上淌下，从头发上滴下来。她们的皮肤因为被水浸湿而起皱。院落中央摆了一把羊毛椅，一名警卫站在椅子旁边，用磨刀的皮带懒洋洋地磨着刀刃。又有四名警卫走过来，每个人手里都有个大塑料盆。

“穿上衣服。”

衣服被丢给她们——松松垮垮有抽绳腰带的裤子，长度及臀的长袖上衣，全都是用粗糙扎人的羊毛料制成，还飘着刺鼻的化学品气味。接着是各式各样的鞋子：运动鞋、塑料凉鞋、鞋底掉了的靴子。莎拉的脚伸进一双皮革系带的鞋子里。

“你，到前面来。”

那人的刀指着莎拉。其他女人都从她身边让开——这简直是背叛，但是莎拉不怪她们，如果是别人，她自己很可能也会有相同的反应。她胸口沉甸甸的，揣着末日将近的感觉，走向那把椅子，坐下来。她用正面面对其他的女人。无论有什么事情要发生，她都会先在她们的眼睛里看见。那人一把抓起她的头发，使劲拽着。一挥刀，一绺头发断了。他开始削掉她其余的头发，削得短短的，贴近头皮。他的动作毫无章法可言，简直像在树林里挥刀开路一样。莎拉的头发飘落在脚边，宛如一条条金色的缎带。

“去和其他人站在一起。”

她回到队伍里。摸摸头，指尖沾了血。她用指尖摸摸那血的质地。**这是我的血，**莎拉想，**因为这是我的血，所以表示我还活着。**又有一个女人坐到了椅子上。莎拉想，她是叫卡罗琳吧。她们在罗斯威尔营区的医务室曾经打过照面，她和莎拉一样也是护士，是个骨架很大的高大女孩，散发着健康、乐观与能干的气质。剃刀手开始动手时，她掩面哭泣。

她们一个接一个地被削掉头发。头发代表了很多意义，莎拉领悟到。顶着半秃的丑陋头颅，她们身上某些私密的东西被偷走了，她们变成一个无法分辨彼此的群体，像是畜栏里的一群牲畜。她饿得头晕眼花，不知道自己怎么有办法继续站着。她们全都粒米未进——这无疑是要她们乖乖听话，等有东西可以吃的时候，她们就会感谢掳走自己的人。

削发的工作完成之后，她们奉命穿过等候区，到另一间水泥房里进行某种称为“处理”的工作。她们在一张长桌前排成一列，长桌后面坐着一名警卫，脸上挂着愤怒的表情，浑身散发出掌控一切的气息。每叫一个人上前，他就在夹板上换一张新的表格。

“名字？”

“莎拉·费雪。”

“年龄？”

“二十一。”

他的眼睛上上下下打量她。“你识字？”

“是的，我识字。”

“特殊技能？”

她迟疑了。“我会骑。”

“骑？”

“骑马。”

他微微翻了个白眼。“有没有其他有用的技能？”

“我不知道。”她努力想点保险的答案，“缝纫。”

他打了个哈欠，一口烂牙在嘴巴里歪歪扭扭的。他在夹板上草草写了几个字，撕下了下半页，然后从桌子底下的桶里拿出一条破毯子、一个铁盘、一个旧杯子和一把汤匙交给她，那张纸摆在上面。莎拉飞快地瞟了一眼——上面是她的名字，还有一串数字，“寝室二一六”，下面则是“生质燃料三”。字迹像小孩那样圆拙。

“下一个！”

一名警卫拉着她的手臂，带她穿过走廊，进到一扇关着门的房间里。一小间四四方方的房间里有一把椅子，莎拉以前没见过像这样的椅子：龟裂的红色皮革与金属构成令人望而生畏的装置，椅背后仰成四十五度角，在胸部、脚和手腕处都有可以绑缚的皮带。椅子上方，宛如挂在蛛网上垂降的蜘蛛脚似的，有一部闪闪发光的器械。警卫推她上前。

“坐上去。”

他用皮带缚住她的胸部，然后离开。不知从房间哪里传来了一阵声音，被厚墙压低了的声音，但音调很高，听起来很不妙。她或许是病了，一定是，如果这声音是从她肚子里发出来的话。她最后的一道防卫崩溃了。她会乞求，会哀恳，她没有力气可以抵抗。

她后面的门打开来，有个身穿灰色罩袍的男人走进她的视野里。他的肚子有点圆，雾蒙蒙的眼镜架在鼻端，浓密的眉毛宛如一对展开的翅膀。他的脸上带着亲切的表情，简直像个老爷爷。他也像长桌旁的那名警卫一样，拿着一个夹板。他抬起头，露出微笑。

“莎拉，对吧？”

她点点头，嘴里有胆汁的苦味。

“我是佛林医生。”他瞄着她身上的束带，摇摇头，皱起眉，“这些人是白痴。我敢说你一定饿坏了，看看我们能不能把你从这里弄出去。”

她燃起一线希望，以为他打算放她走。但是看到他拉一条凳子到椅子旁，戴上橡胶手套，她才明白他指的并非她所想的。他把手放在她的下巴上，让她张开嘴。他看看她嘴里，然后在她面前竖起两根手指。

“眼睛看我的手指。”

她的目光跟着他的手指，看那两根手指做成“8”字形，然后又分开。接着，他测量她的脉搏，从罩袍口袋里掏出听诊器，听她的心跳。他坐直身体，注意力又转回夹板，镜片后面的眼睛眯了起来。

“你有任何健康上的问题吗？寄生虫？感染？盗汗？排尿困难？”

莎拉摇摇头。

“月经呢？”他勾着表格上的空格，“有任何问题吗？例如，出血过量。”

“没有。”

“这上面说你……”他翻着表格说，“二十一岁。没错吧？”

“没错。”

“怀孕过吗？”

她心里一揪。

“这是个简单的问题。”

她摇摇头：“没有。”

就算他抓到她说谎，也没表现出来。他把夹板搁在腿上。“好吧，如此看来你很健康。牙齿很棒，请容我这么说。不必做什么处理。”

她该说谢谢吗？在她脸部上方的那只“蜘蛛”还虎视眈眈，“射”下不怀好意的光芒。

“现在，我们想办法快点完成，免得耽搁你的时间。”

气氛瞬间改变。莎拉察觉到他的脸色迅速变得严肃起来，不仅如此，连房间里的空气都有了微妙的变化。医生开始用力踩着她椅子底下的踏板，发出了叽叽嘎嘎的声音。然后医生靠近她的脸，放下一条“蜘蛛腿”，在那条腿末端，随着他踩踏板的节拍转动的是一个嗡嗡响的钻头。

“如果你不乱动，会简单一点。”

几分钟之后，她发现自己站在外面，怀里搂着仅有的几样东西。刚才她开始尖叫时，医生拿起皮束带让她咬着。她前臂内侧苍白的皮肤上被钻了一个小洞，并烙进了一个闪亮的金属牌，刻着她在表格上看到的那一串数字：94801。

“这是你现在的身份。”那医生取下印满她牙齿咬痕的皮束带时说。他脱下手套，走到水槽边洗手。“不管你认为自己是什么人，你都已经不是那个人了。你现在是编号 94801 的平地人。”

那辆半联结车已经驶离了，取而代之的是一辆后车厢被打开的半吨货车。莎拉看见驾驶室的门上用油漆写着“艾奥瓦国民警卫队”的字样——这是她所在之处的第一个标记。有名警卫打手势要莎拉上车，另一名警卫背靠着驾驶室，懒洋洋地转动着绑着皮带的棍子。有几个女人已经上车了，还有几个男人。大家都挤在长条椅上，眼前发生的一切让他们每个人脸上都挂着惊骇莫名的表情。

莎拉在一个男人身边坐下。这人她认得，是个叫尤斯塔斯的年轻中尉，他是护送他们到罗斯威尔的军官之一。她坐到长条椅上时，他剃掉头发的头挨近莎拉。

“这到底是什么地方？”他悄悄说。

莎拉还来不及回答，警卫就注意到了。“你，”那家伙用棍尖指着尤斯塔斯，咆哮说，“不准说话。”

“你们是什么人？为什么都不告诉我们？”

“我说过了，别说话。”

莎拉知道再说话会发生什么事。这是今天的重头戏，让他们清清楚楚地了解到自己的无力。

“是吗？”尤斯塔斯一脸激愤，唇齿间迸出最后一丝能量，他知道自己会招来什么下场，但他不在乎，“去死吧，你们这些家伙！”

那名警卫向前跨进一大步，抡起棍子敲向尤斯塔斯的膝盖。尤斯塔斯身体往前一晃，咬紧牙关，痛得几乎无法忍受。没有人动弹，每个人都专注地盯着地板。

“该死的。”他喘着气说。

那名警卫转着棍子，反手一挥，打向尤斯塔斯的鼻子，发出一种听上去像外壳被压碎的声音，又很像昆虫被踩烂的声音。一股鲜红的血喷出来，溅到莎拉脸上。尤斯塔斯的头往后仰，眼睛在眼窝里不住地翻动。他的舌头在上唇里面舔了舔，吐出一颗牙。

“我说……该死的……”

一棍接一棍挥下，不断打向他的脸、他的头，还有他细瘦的关节……等尤斯塔斯倒下时，他眼睛往后翻，五官被砸烂，血流满面。

“习惯吧。”警卫停顿了一会儿，在裤腿上擦擦棍子，然后用目光扫了其他人一圈，“我们就是这么办事的。”

卡车上路之后，莎拉把尤斯塔斯毁了容的脸拉过来靠在自己腿上。这人几乎已经昏迷，每吸一口气，喉咙里都会发出咕咕的声音。他搞不好已经死了，很有可能。然而他所做的事，仍然让人有胜利的感觉。她低下头，在他耳边轻声说：“谢谢你。”

就这样，平地生活以鲜血拉开了序幕。

“全民！首长！爱家园！”

莎拉有多少次被迫喊这样的口号？早晨点完名，唱完“国歌”之后，大家就登上指定的交通车。莎拉扶着嘉姬上车，然后自己也爬上去。她看见一张面孔，是她认得的人——康丝坦斯，老周的妻子。她们认出彼此，微微点头，但只有这样。这些年来，殖民地发生的事一点一滴地传到莎拉耳朵里。事发经过和她所听到的其他故事并没有什么不同，和罗斯威尔发生的事情也大同小异，只是程度不同而已。更让她惊诧的是，竟然还有那么多个孤立的人类社会存在。莎拉来到这里的时候，殖民地的幸存者早已经散居平地各处了，莎拉听说总共有五十六个人。这五十六个人如此轻易地就融入了群体之中，理着一模一样的平头，穿着一模一样的长袍，每个人看起来都一模一样。然而，偶尔还是会有熟悉的面孔冒出来。她曾经瞥见一个她认为是潘妮·达瑞尔的女人，还有另一个，她发誓那一定是雷依·拉米瑞兹的妻子贝儿，虽然莎拉叫她名字的时候，她并没有回答。有天早上在排队领配给的时候，往她碗里装食物的是个她见过很多次却没认出来的男子：罗森·寇帝斯，她的表哥。他的外表比她印象中苍老得多，四目交接时，她花了好一会儿工夫才认出他来。

有将近一年的时间，她和吉米·莫林努的遗孀凯伦，以及凯伦的两个女儿爱丽思和爱芙莉住在同一间寝室里。她大部分的消息都是从凯伦那里得来的：伊恩·帕特尔为了保卫发电站而遇害；霍里斯的弟妹小丽和她的女儿多拉死在了来家园的途中；另一个珊蒂在病鬼来袭不久之后死了，但凯伦不确定死因；还有帕特尔夫妇、葛罗莉亚和尚杰也都死了。尽管得到的都是令人伤心的消息，但莎拉还是认为她和凯伦与凯伦的女儿们住在一起的那一年是短暂的喘息，也是她还能觉得自己和过去有所关联的一段时间。只是他们不时地把寝室里的人调来调去。有一天，她们三个就这样离开了，她们躺了一年的床位上，已经有陌生人睡在了上面。莎拉再也没见过她们。

要到生质燃料厂必须沿着河边走，穿过迷阵似的脏乱寝室区，到达位于平地北端的工业地带。这天的天气看来不会好转了，凄冷的风夹着雨丝打在他们脸上。空气里弥漫着平地的各种气味，有动物排泄物的气味，也有拥挤人群的臭味。而在这条路后面，宛如一道气味隔绝幕布的是条黑色质朴的河流。他们经过大货车检查站，经过一道道开了又关的围墙，手拿夹板和笔，对树立权威乐此不疲的爪牙挥手让他们通过。河的对岸是一片开阔的冲积平原，光秃秃的，没有色彩，庄稼早已收割，准备过冬了。东边有一道阶梯，从河边往上通到山顶。山顶是红眼人住的地方，最高处是顶着金冠的圆殿。据说这幢建筑和附近的房子以前是一所大学的校址，也就是某种学校。莎拉没到过山上，更不要说进到圆殿里了。有些工人获准进到里面去，比如园丁、水电工和厨房帮手，当然还有侍女，也就是被挑选去伺候首长和他那些红眼人手下的女人。每个人都说当上侍女很走运，因为生活豪奢，有好东西可以吃，有热水澡可以洗，还有软床可以睡。但是这些消息都是二手传播，因为没有任何侍女回到平地来。一旦进去了，圆殿就成了她们的人生终点。

“你看。”嘉姬低声说。

莎拉的心思早就飘远了，寒冷让她的知觉变得迟钝。他们已经离开河边，开在去往厂区的通道上了。北方，远在家园的疆界之外，莎拉看见起重机的轮廓，像一对瘦骨嶙峋的巨鸟，穿破树林顶端而出。那叫作“大计划”——一项长达十年的工程，为了某种不可知的目的，要用水泥与钢筋筑起一幢庞大的建筑物。在那里工作的平地人几乎全部是男的，每天进出工地都要搜身，就连谈论在那里做什么都会被视为叛国而被送到饲育场去，但尽管如此，谣言还是到处传播。有段时间可能某种推论最占上风，随之又被第二种推论取而代之，接着又出现了第三种推论，而第一种推论最终还是会再出现，又重新开始，不断循环。甚至在那里工作的人，就算相信自己透露无妨，也显然不知道自己到底在盖什么东西：有人提到迷宫般的走廊，庞大的房间，足有三十多厘米厚的实心铁门；有人说那是首长本人的纪念馆，也有人认为是工厂；还有些人认为那什么也不是，就只是红眼人用来让平地人忙个不停的障眼法；第四种推论也是近几个月来最流行的推论——“大计划”是个紧急避难所。万一首长驾驭病鬼的神秘能力消失了，这幢建筑就可以供大家避难用。但无论这是什么，工程似乎都已接近尾声。每天早上坐车去工地的人越来越少，而且都是年纪比较大、已经在那里工作了多年的人。

但是吸引莎拉注意力的并不是那两部起重机。在这辆卡车开向最后一座岗哨时，莎拉看见写在围墙上的那五个白色大字。

塞吉欧万岁！

两个平地人把长柄刷浸进装着肥皂水的水桶里，准备刷掉那几个字。一名爪牙站在他们旁边，端着来复枪。交通车驶近的时候，他眼露凶光，碰上莎拉目光的那一瞬间冰冷异常。她马上移开视线。

“费雪，你看见什么有趣的东西了吗？”

说话的是持枪坐在卡车后面的那两名爪牙中那个年约二十五岁、外表整洁的男子，外号叫阿谷。

“没有，长官。”

车程的最后五分钟，莎拉始终低头盯着脚下看。塞吉欧，她想，塞吉欧是谁？这个很少被公开提及的名字，有着近似咒语的威力。塞吉欧，义军领袖，主导市场、警局和岗哨爆炸案的炸弹客，他和他隐而未见的伙伴宛如幽灵在家园各处游走，引爆各式毁灭性的武器。莎拉知道写在围墙上的那些字就是一种嘲弄。**我们在这里，**他们说，**我们就在你们现在所站的地方，就在你们之中，无所不在。**塞吉欧的手段残酷到令人难以理解。任何爪牙可能聚集的地方，都是义军采取暗杀与骚乱行动的目标，但是如果你恰好身在那个错误的地点，那么也无法幸免于难。某个男人或女人会掀开外套，露出绑在胸口的成排炸药，然后你就完了。而且，那些炸弹客手指摸到炸药引信，准备把所有位于爆炸范围内的人炸得粉碎之前的最后一刻，他们总是会喊出这句话：“塞吉欧万岁！”

交通车停在工厂前，工人们下车。空气里弥漫着发酵的酸臭味。他们后面又来了好几辆载工人的卡车。莎拉和嘉姬被分派去做碾磨的工作，和大部分的女人一样。莎拉向来搞不懂——比起其他的工作来说，这工作既不太繁重，也不太轻松——但工作就是这么分配的。玉米必须先碾碎，然后加入酵母菌，发酵制成燃料。这味道浓得让莎拉觉得自己全身的皮肤都散发出这种酸臭味，但是她不得不承认，这工作还不算太差，喂猪或在排泄物处理场与泥粪场工作，就要糟得多了。她们排队去向工头报到，把方巾绑在脸上，然后穿过宽敞的空间到自己的工作岗位。玉米储存在底部有喷水装置的大槽里。她们从槽口每次取出一蒲式耳（一蒲式耳约为27.216公斤）玉米放进碾磨机磨碎。玉米所含的水分会让磨碎的玉米粉变成糊状，粘在研磨机的内壁上。把机壁上的玉米糊剥下来，是研磨机操作工的工作。这工作需要灵敏度与速度，因为桨叶是不会停止转动的。而严寒的天气又会增加工作的难度，因为低温会让人动作变得迟缓，失去准头。

莎拉开始工作。这一天会在恍惚的状态下度过。这是她在过去这些年里学到的技巧，让这催眠似的工作节奏掏空她的大脑。不思考，这是她的目标。她让自己保持纯粹的生理状态，只接收当下的实质信息：研磨机桨叶转动的嗡嗡声、玉米发酵的味道、充当早餐的那碗稀粥早已消化殆尽后腹中那冰冷空虚的感觉。在这十二个小时里，她就只是第 94801 号平地人，没别的。那个真正的莎拉，能思考，有感觉，会回忆的莎拉——莎拉·费雪，护士长，殖民地居民，乔伊与凯儿·费雪之女，迈克的姐姐，霍里斯的爱人，许多人的朋友，以及一个婴孩的母亲——被藏在那一张折起来的纸里面，像护身符似的塞进口袋里。

她尽量留意嘉姬的情况。她很担心这位老妇人，咳成这样真的很不妙。在平地，大家都没有什么真正的朋友，至少没有莎拉所了解的那种友谊。你会有些熟人，有些你对他比对其他人多一些信任的人，但就只是这样。你不会谈自己的事，因为你其实什么人都不是；你也不会谈心中的希望，因为你什么希望都没有。但是面对嘉姬，她容许自己暂时放下戒心。她俩之间形成了一种默契，一种不需言传的约定，彼此照应。

中午的时候，她们有十五分钟的休息时间，刚好够去上厕所——那只是一块架在沟槽上的木板，挖了几个坑，可以让人蹲在上面——再喝一碗稀粥。没有地方可以坐，所以要么站着，要么坐在地上，用手指当汤匙喝完粥。然后去排队，等着用同一把勺子舀水喝。整个过程都由手里挥着棍子的爪牙在一旁监视。他们的正式职衔是“人力资源官”，但是平地上没有人这么叫他们。所谓的“爪牙”就是为虎作伥的同谋。差不多全是男性，少数的几个女性，通常也是手段最狠毒的。有个女爪牙，因为上唇有个很深的裂缝，这天生的畸形让她的嗓音变得很怪，听起来很像簧片的声音，所以被取了“哨子”的绰号，她就格外喜欢创造新的整人招数来取乐。她习惯挑一个人出来，多半是女人。哨子的眼睛一盯上你，你就知道自己麻烦大了：要么是排队上厕所快排到的时候突然被拉出来搜身，或是被指派一些根本办不到也不知所为何来的工作，再不然就是明明轮到你休息了，却突然被调到其他的工位去。你只能忍耐，别去管鼓胀的膀胱、空虚的肚肠和瘫软的四肢，只能咬牙撑过去，因为要不了多久，哨子的注意力就会转移到下一个人身上，虽然这只会让事情更糟，但似乎也正是这整个游戏的重点所在。你会发现自己期待痛苦降临在他人身上，于是你自己就成了共犯，成为这体系的一部分，这永远转动不息的折磨齿轮的一部分。

莎拉在休息时间寻找嘉姬的身影，但是到处都看不见。她快步穿过研磨区，想找到她这位朋友。工头的哨声随时会响起，召唤她们回去工作。正准备要放弃的时候，一转过墙角，莎拉看见嘉姬坐在地上，一脸的汗，布巾蒙在嘴上。

“对不起，”她挤出力气说，“我就是咳个不停。”

那块布上血迹斑斑。莎拉知道这是怎么回事，她以前见过这样的状况，那是因为肺部积满多年的粉尘。病人前一刻还好好的，下一刻就窒息了。

“我们得让你离开这里。”

她扶着嘉姬站起来的时候，哨子响了。莎拉一手揽着嘉姬的腰，带她走向出口，希望在别人还没注意到之前走到外面去。至于接下来怎么办，莎拉一点头绪都没有。今天负责监视的爪牙是阿谷，他不是最好，但也不是最坏。莎拉不止一次逮到他偷偷盯着自己看，仿佛心中打着什么坏主意，虽然他从未付诸行动。或许现在就是时候了。这个念头一转，她浑身涌起一股反胃的感觉，但她知道自己应付得了。该做什么，她自然会做。

就快走到出口时，有个人影挡住了她们的路。“你们是想去哪里啊？”

不是阿谷，是淫魔。他站在门口，背着光，耸立在她们面前。莎拉的心往下沉。

"她需要一点空气。粉尘——"

"是这样的吗，老太婆？你讨厌粉尘？"他用棍子的尖端抵住嘉姬的胸口，引得她猛咳，"滚回去工作。"

"没关系的，莎拉。"嘉姬喘着气，甩开莎拉的手，"我没事的。"

"嘉姬——"

"我是说真的。"她看着莎拉，眼睛在说，不要。然后她对淫魔说："她只是爱管闲事。她以为自己知道怎么样对我最好。"

淫魔打量着莎拉的全身。"是啊，我听说过你的事。你以为自己是医生，对吧？"

"我没这么说过。"

"你当然没有啦。"淫魔晃动着身体，"嘿，医生，我这里痛。你要不要靠过来帮我看看啊？"

这一瞬间一切突然冻结。莎拉想到尤斯塔斯在卡车上的事，他脸上的血、被砸烂的脸和牙齿，还有他那胜利的破碎微笑。站在淫魔面前，莎拉一心想说出那几句话，那几句会惹得他下毒手的咒骂。她的脑海里浮现出整个场景：她说出那一句话，淫魔眼里燃起愤怒之火，然后就棍如雨下。这是她活命的代价——每天忍受上千次的羞辱。他们夺走了她的一切。让她接受最糟的境遇——不，不是接受，而是敞开胸怀迎接——是唯一的抵抗之道。

"莎拉，拜托。"嘉姬凝望着她。

不要这样做，不要为了我……

莎拉吞下口水。每一个人都看着她。

"好吧。"她说。

她转身走开。周围变得异常安静，她只听得见自己的心跳声。

"别担心，费雪。"淫魔发出淫秽的笑声，在她背后喊着，"我知道到哪里去找你的。一定会像上一次那样，我保证。"

后来，莎拉躺在铺位上时，才开始仔细思考这一连串的事件。她内心有些改变。她已经濒临爆发的边缘，仿佛是站在崖边准备往下跳的人。漫长的五年，简直像一千年那么久。往事已经在她心里慢慢消失了，因为时间的冲刷，因为她内心的冰冷苦涩，因为日子的一成不变，而被渐渐抹去痕迹。她已经闭锁在自己的内心里太久太久。冬天来了。冬天的光。

莎拉想办法让嘉姬撑过了这一天。现在，这位老妇人睡在上铺，她每一次不安稳的翻身，都会让铺位微微下沉。等时候到了，嘉姬会走得很痛苦，在得到永远的平静之前，必须经历漫长的折磨和身体的挣扎。嘉姬的命运会不会就是莎拉自己命运的预演？盲目踉跄地度过漫长岁月，就只是一个没有目标、没有任何亲友的人，一个什么都不是的空壳？

她没把那个充当信封的纸片塞回床垫底下的藏匿处，瞬间袭来的孤独让她伸手到权充枕头的布团底下抽出了那张纸片，这是产房的那位助产士助手——也就是来通知她，宝宝因为出血早产没能保住的那位助手——交给她的。是个女孩，那女人对她说，很遗憾。她把这个信封塞进莎拉手里，然后就走了。沉浸在哀恸与心碎之中的莎拉渴望能搂女儿入怀，但是并没有，孩子已经被送走了。她再也没见过那个女人。

她小心翼翼地用指尖打开那个薄脆的纸袋。里面是一绺头发——宝宝的鬈发。房间里一片漆黑，但那抹淡金色在她眼里如此鲜亮。她把这绺头发贴在脸颊，深深吸了一口气，想闻到味道。莎拉不可能再怀孕了，这伤害太大太大了。凯儿是她唯一的孩子，凯儿是她为孩子取的名字，凯儿，她多么希望自己当初告诉霍里斯了。她想保留这个消息，选择一个完美的时机，送给他这份两人爱情结晶的大礼。她真是太蠢了。她想着，我知道你过得很好，亲爱的。无论你人在哪里，我都希望那是个有光、有天空，也有爱的地方。真希望我能抱着你，一次就好，告诉你我有多爱你。

2

塞吉欧这档子事，真是拖得太久了。

以前并不是没有发生过叛变。三十一年时就有过，不是吗？然后六十八年又有。更不要提这些年来，发生过的上百次小规模抗争。而且，这个问题不是向来都可以归结到某一个人身上吗，某个叛乱分子，某个就是搞不清楚状况的人？只要好好处理这个人（向来都是男性），这抗争之火不就会像被剥夺了必要的氧气似的，自然而然地熄灭了吗？

然而，这个塞吉欧感觉上和其他人不一样。站在穹顶下的窗前，目光凝望着这片阴郁的平地以及更远处没有色彩的冬日田野，荷拉斯·吉尔德首长仔细权衡：这人的手法不同，不是作案的次数多寡，而是完全不同的手法。人把炸药绑在自己胸前，把自己炸掉！或在炸弹里塞满玻璃碎片、坏掉的螺丝钉，然后鼓起勇气，把自己和周围的人炸得血肉模糊！这不只是疯狂，这是百分之百的心理变态。也就是说，不管这个塞吉欧是何方神圣，他对追随者的心理控制力都要比以前的任何叛变者来得更深、更强。平地人安全无虞，有食物可以暖肠胃，夜里睡在床上，不必担心病鬼上门。换句话说，他们获准可以过自己的生活，而他得到的就是这样的感谢？他们难道看不出来，他所做的一切都是为了他们？他们难道看不出来，他为人类构筑了一个家，让人类或许可以扭转历史趋势存活下来？

没错，是存在某些……不公平，根据资源的分配不均，可以这么说，区分出管理阶级和劳工，富足的人与贫穷的人，我们与他们。不得已仰赖人类自私自利的能力，以及历经时代考验的工具——冰水冲澡、无休止的排队、专有名词的过度使用、扩音器大声放送一连串蠢话和其他诸如此类的事——达到社会的普遍服从。“我们的人民！我们的家园！我们的首长！”这些口号让他一听就皱眉，不过境内需要这样具有戏剧效果的煽动手段。这其实也不是什么创新之举，换句话说，在当前的时代之下，这一切都具有正当性。只是偶尔，就像此刻，在艾奥瓦冰冷的早晨，冬季的第一道冷锋宛如脱轨的火车，带着冻彻心扉的寒气袭来时，吉尔德就很难保持乐观和热情。

他身处的这间豪华套房既是办公室，也是生活空间，而在过去的两百年里，这里也曾多次作为艾奥瓦州长办公室、州立历史博物馆总部与储藏室。而旧世界的最后一个主人，则是中西州立大学的教务长，一位名叫奥古斯特·福瑞伊（从印在信纸上的抬头得知）的男人，在这间拥有诸多扇窗户的房间里，想必他曾度过了许多快乐时光，欣赏那些吃玉米长大的快活的大学生像疯子一样横冲直撞踏过精心修剪的艾奥瓦草坪赶去上课。入住的那天，吉尔德很意外地发现奥古斯特·福瑞伊以航海主题布置了这个地方——装在玻璃瓶里的船，绘有海蛇的古航海地图，灯塔与海景的繁复油画以及一个锚。这实在是很不协调的搭配，因为中西州搁浅在几乎可以说是天底下最封闭的内陆。在近一百年之后，吉尔德还是没有半点海景可看。

这就是永生不死的一个大问题，除了特别的饮食之外，一切都开始让人觉得厌烦。

在这样的时刻，唯一能让他振奋心情的，就是细数自己的成就。这是多么伟大的成就！他们真的是从无到有，建设起了一座城市。在早期的那段日子，他有多兴奋啊。无休止的榔头捶打声，卡车在无人的大地上来回穿梭，载回大批旧世界弃置的财宝。每天下达数百成千个策略决定，手下也有无穷的活力——他们都是从幸存者中一一挑选出来的专才。简而言之，他们以浩劫过后仅余的人力建立起了名副其实的人才库。有化学家、工程师、城市规划师、免疫专家，甚至还有个太空学家（很意外的，这人还帮了很大的忙）。此外还有个历史学家，协助吉尔德（老实说，他连莫奈的莲花和玩扑克的狗差别在哪里都看不出来）正确保存和展示从芝加哥艺术中心运来的大量艺术珍品。这些艺术珍品现在都挂在圆殿的墙上，包括吉尔德的办公室里。

他们当时玩得多开心啊！没错，他们的行为举止颇有兄弟会的心态，只是少了那种纵欲的胡闹色彩（病毒对大脑的影响很大，把他们搞得像婆娘，他大部分的手下见到女人都是一脸嫌恶）。但是大体来说，那段时间大家还是言行端正与专业主义至上。多么快乐的回忆啊。

如今，塞吉欧。如今，管状炸药。如今，这血淋淋的混乱。

敲门声打断了吉尔德的思绪。他重重地叹了一口气，又是有表格要填，有任务要履行，有高层命令要签发的一天。吉尔德坐了下来，面前这张办公桌大得像乒乓球案，是用整块光滑晶亮的十八世纪桃花心木做成的，恰恰符合他“敬爱的家园首长”的身份。吉尔德得准备好面对另一个早晨，面对前来请他提供意见的无尽需求——这个念头让他马上产生了一种生理上的迫切需求，胃里汩汩涌起带着酸味的空虚感。这么快？这个月的时间已经到了？比打嗝更惨的是继之而来的放屁，那满屋子的洋葱味连放屁的自己都无法忍受。

“进来。”

门一打开，吉尔德拉好领带，翻找桌面上的文件，想让自己看起来很忙。他随便挑了一份——结果是污水处理厂的修理报告，一整页谈的都是如假包换的屁事——假装读了整整三十秒钟，他才抬起头，以首长特有的疲惫神态瞟了一眼站在门口那个穿深色西装的人。那人怀里抱着一大沓文件。

“您有空吗？”

吉尔德的幕僚长，福瑞德·威克斯走进房里。和所有在这山顶上的人一样，他的眼睛布满血丝，活像吸毒成瘾的人。他也有着二十五岁年轻人风度翩翩的外表，和吉尔德初识时那个七老八十的家伙有天壤之别。威克斯是第一个加入的人。在攻击过后的几天，吉尔德找到躲在大学宿舍里的他，当时他抱着——其实是搂在怀里——他老婆的尸体。因为在艾奥瓦炎热的天气里度过了三天，那具尸体已经开始腐烂。据威克斯说，因为巴士迟迟没来，所以他们夫妻俩徒步离开难民处理中心。他们顶着暑热走了约五公里，然后他老婆捂着胸口，眼睛往上翻，摔在地上，因为心脏病突发死亡。虽然臭味难闻（威克斯若非没闻到，就是不在意），但这两人构成一幅令人动容的画面，如果吉尔德是某种类型的人，很可能会感动落泪。他以前或许是那样的人，但现在已经不是了。

“听我说，”吉尔德蹲在这哀痛逾恒的老人身边说，“我想给你一个提议。”

于是就这样开始了。就在他看着威克斯喝下第一滴恶心病毒的那一天、那一刻，吉尔德听见了那个声音。就他所知，他仍然是唯一一个。其余的幕僚都还没能体验零号的心理状态。至于那个女的，谁知道她脑袋里是怎么回事？

现在，经过普通人生命的一倍半的时间之后，他的伟大计划开花结果了，而仅余的人类都已经集中在他脚下（柯厄维尔那桩事，就像塞吉欧的事一样，问题不大，但很恼人，是“大计划”床垫下的那颗豌豆）。威克斯那不祥的夹板和表情，显然不是什么好消息。

“我想您应该知道搜集队回来了。嗯，应该说剩下的成员回来了。”

威克斯没头没脑地说完这句话之后，把夹板上的第一张纸放在吉尔德桌上，然后退开，仿佛很高兴能摆脱这件事似的。

吉尔德飞快地看完。“这是搞什么啊，福瑞德？”

“我想您可以说事情进行得不如预期。”

“没有人？一个人都没有？这些人是怎么回事？”

威克斯指着那张纸。“最起码运油的交通路线会暂时受到干扰。这对我们很有利，可以说打开了好几扇门。”

但是这并没有安慰到吉尔德。先是齐厄尼，现在又是这个。曾经有段时间，掳获幸存者的工作执行得相当干净利落。那女人出现、大门敞开、绞轮转动、吊桥坠落护城河。那女人做她该做的工作，宛如马戏团的驯兽师。等回过神来，卡车已经轰隆隆地开回艾奥瓦，车上的货柜装着满满的人。肯塔基的山洞、密歇根湖上的小岛、北达科他弃置的飞弹发射井，还有时间更近一点的，加利福尼亚州收获极为可观的突袭行动，总共有五十六名幸存者，而且大部分人都是在电力切断、条件谈妥（上车，不然就等着被吃掉）之后，像羔羊一样自动踏上卡车。耗损率和平常差不多——有些人会死在路上，有些人无法适应新环境——但无论如何，都算颇有收获。

自此之后，就是一场又一场的浴血战，从罗斯威尔开始。

“显然没进入谈判阶段。那支车队有重武装。”

“我才不管他们是不是有核弹呢。我们早就知道情况，他们是得克萨斯州人。”

“是这样，没错。”

“我们这里就要上线了，然后你告诉我什么？我们需要人体啊，福瑞德，活生生的、会呼吸的人体。她再也不能控制情况了吗？”

“我们可以照老法子，我打从一开始就是这么说的。会有一些伤亡，但是如果我们继续打击他们的油源供应，他们的防卫能力迟早会变弱的。”

“我们搜集人类啊，福瑞德，不是要把他们搞死，难道我说得不够清楚吗？你会不会基本的算术啊？人类才是重点！”

威克斯自我保护似的耸耸肩。“你要去和她谈谈？”

吉尔德揉揉眼睛。他恐怕是非这么做不可，只是和丽拉讲话时简直像自己一个人打手球——不论你怎么用力打，那球就是会飞回来。这工作最棘手的部分就是应付这女人的奇思异想，吉尔德必须用最强硬的那种坚持，才有办法打破丽拉那道幻想之墙。他这些年来到处搜罗各种专家，可怎么就没想到要找个精神科医生呢？让她和宝宝在一起，可以让她镇静下来。这女人的特殊天分是必须小心呵护的宝贵资产，但是深陷在母性之中的丽拉是没有人可以触碰的，而且吉尔德也担心会更进一步伤害她脆弱的精神状态。

因为丽拉就有这样的能耐。在尝过那种血的每一个人里，只有她拥有可以控制病鬼的能力。

不只是控制。只要有丽拉在，他们就会变成活生生的宠物，温驯，甚至可以说是可爱。这感觉是双向的，这女人只要在饲育场两百米之内，就会变成一只带着小猫的喵喵叫的猫咪。那种效果是吉尔德怎样都模仿不来的，虽然老天在上，他的确努力试过。刚开始的那段时间，他沉迷不已。一次又一次，他罩上防护垫，进到饲育场，以为只要找到正确的心理技巧，某种讨好性的肢体语言或安抚的语调，他们就会像对她一样，躺在他脚下，宛如等着人搔耳朵的狗儿。他们忍耐他在场，足足三秒钟，然后其中一个就会把他抛向空中——他们不是把他当食物，而是当成人形玩具——接下来，吉尔德就发现自己不停地飞转，直到有人亮起灯，把他弄出去。

他早就停止尝试了。家园首长荷拉斯·吉尔德像个沙滩球一样被丢来丢去，可不是他想传播的那种激励人心的形象。而他的医疗团队，也没有人能给出让他满意的解释，说明丽拉为什么和其他人不同。她胸腺的循环比较快，每隔七天就需要血，而且她的眼睛看起来也不一样，没有其他资深幕僚的那种视网膜色斑，但是她对光还是非常敏感。而且就苏雷许所知，她血液里的病毒和其他人完全一样。最后，那家伙两手一摊，用了个笼统的原因来解释她的能力——因为她是女的。丽拉是圈子里唯一的女人。这是吉尔德所希望的。

说不定就是因为这样，苏雷许说，**说不定他们以为她是他们的妈妈。**

吉尔德发现威克斯盯着他看。他们刚才在谈什么？丽拉？不，是得州。可是威克斯说还有另一件事。

“我要说的，嗯，第二件事。”威克斯告诉吉尔德，“是市场爆炸案的事。”

该死的！该死的！该死的！该死的！

“我知道，我知道。”威克斯用他独特的方式摇着头，“这事态的发展不是太好。”

“他只是一个人，一个人啊！”

吉尔德的脸，甚至他的全身，都涌起一股义愤。他要报仇，要把这该死的事情搞定，要找到这个塞吉欧，不管这家伙是谁，他要把这个该死的人的脑袋挂在刀尖上。

“我们已经派人去处理这个案子了。人力资源部已经展开讯问，而且我们也提供了加倍的配给，奖赏密报具体线索的人。山下可不是每个人都崇拜他的。”

“那么可不可以找个人来告诉我，他是怎么在平地到处跑来跑去，好像穿梭在快速道路上似的？我们难道没有巡逻队？难道没有检查哨？能不能叫谁来把这些问题搞清楚啊？”

“我们有个理论。从证据来看，这应该是个典型的恐怖细胞式组织。一群人在松散的组织架构里，各自运作。”

“什么是恐怖组织细胞，我了解得很，福瑞德。”

他的这位幕僚长双手慌乱地挥了一下。“我只是说，光是找出那个人，或许无法解决这件事。我们要反击的，是塞吉欧这个概念，而不是塞吉欧这个人。如果您了解我的意思的话。”

吉尔德了解，但这并不是听来会让人高兴的说辞。他以前也碰到过这样的事，先是在伊拉克和阿富汗，然后是在政变后的沙特阿拉伯。把一个叛军的头给砍了，但是那人的身体并没死，反而又长出另一个头来。在这样的情况之下，唯一有效的手段是心理策略。杀掉一个人的身体并不够，得杀掉他的精神。

“我们拘留了多少人？”

威克斯又放下更多文件，吉尔德读完了整份报告。根据目击者的说法，市场炸弹客是个三十几岁的女民工。她没有任何不良记录，每个人都说她温驯得像只绵羊，这个令人极度不解的特质，恰恰和其他自杀炸弹客的特性相吻合。除了一个姐姐之外，她没有任何亲人在世，丈夫和儿子都在六年前伤寒疫情暴发时病死了。她显然是穿上制服（那套制服原本的主人已死，尸体被弃置在垃圾堆），伪装成爪牙，混过检查哨，但炸药如何取得则不得而知。弹药库与建筑工所都没有遗失炸药的通报，但彻底的检查尚待完成。她的九个寝室室友和姐姐一家人，包括两个小孩，都被拘留讯问了。

“他们好像什么都不知道。”威克斯摊摊手说，吉尔德看报告的时候，他在桌子的另一头坐下来，“除了她姐姐之外，其他人好像都不太认识她。我们可以再多施加点压力，但是我不认为可以得到多少有用的情报。这些人早就屈服了。”

吉尔德把档案摆到一旁，和其他文件放在一起。不停地打嗝，他的口腔里弥漫出一种动物腐烂的臭味，和威克斯太太腐尸的臭味极为相似。而且从他这位幕僚长光滑年轻的脸孔上那毫不掩饰的表情看来，这人显然也已经注意到了。

“不需要。”吉尔德说。

威克斯疑惑地皱起眉头。“您要我放了他们？我不认为这样做是明智的。至少再多磨他们几天吧，再多施加点压力，看能不能挤出点什么来。”

“你自己也说他们如果真的知道什么，早就招了。”

吉尔德顿了一下，知道自己差点就要越界了。这十三个关在监禁中心的平地人毕竟是人，是活生生的人，是很可能什么罪都没犯的人。更重要的是，在这个物资缺乏的经济体里，他们是具体的资产。但是因为对塞吉欧这个麻烦束手无策，在得州的惨败，以及吉尔德那些伟大计划实现时间的敏感性，再加上隔着这张光滑晶亮的大办公桌打量威克斯时，一股无法遏止的强大生理冲动宛如缩时影片里的花朵在心中瞬间盛开，所以他并未考虑太久。他只站在那条界线边缘看了一眼，就走开了。

“依我看呢，”荷拉斯·吉尔德首长说，“我们是该搞定这件事了。”

威克斯离开之后，吉尔德又等了几分钟来为自己的启程做好准备。他提醒过自己许多次，他的权威有很大一部分来自他透过公开行动所营造出来的尊贵感，所以，最好别让其他人看见自己这么愤怒的样子。他从办公桌里拿起一串钥匙，走出房间。真是奇怪，这饥渴竟来得如此之快。这感觉通常要经过几天的时间——而不是几分钟的时间——才会慢慢盘踞到他的心里。在拱顶下方，有一道回旋楼梯通向地面楼层，旁边的墙上挂着一整排油画，画的都是这个领地以前的公爵、将军、伯爵或王子，排成一行，个个身穿古装，肥头大耳，一脸不以为然的表情（至少他没要人为自己画一张肖像——不过仔细想想，又有何不可呢）。他越过栏杆往下看，下方有小小的人影，是一队穿制服的保安队。领导阶层的成员穿一身黑西装，打着黑领带，带着颇有权威感的公文包和夹板快步走来走去。还有几个侍女，身穿修女似的服装，宛如纸船般若隐若现地走过打磨得光亮无比的石地板。他想找的是威克斯。就在那里，在那扇雕着各式俗丽田园风光（握着一把小麦的手，一架犁愉快地耙下艾奥瓦肥沃的土）的宏伟大门旁，他这位忠心耿耿的幕僚长正停下来和两名领导阶层的成员交谈，那是侯普部长和齐伊部长。吉尔德心想，威克斯应该已经下达了今天的指令，要他们加速进行了，但是这个假设马上就被推翻，因为他看见侯普头往后一仰，双手一拍，哈哈大笑起来，笑声宛如潜水艇里的子弹，在镶满大理石的空间回荡。吉尔德很纳闷，有什么鬼事这么好笑？

他转身离开栏杆，走向二楼，这道楼梯比较旧，也比较避人耳目，专供他一个人使用。这时，他内心已经开始沸腾。他勉强克制自己，不在楼梯上三步并作两步走，因为以他现在的状况，很可能会摔个骨折，虽然过几个钟头就可以愈合，但仍会痛得要命。吉尔德宛如捧着水晶酒杯，生怕杯里的东西随时会溅到地板似的，一次只小心翼翼地踏出一步。唾液已经开始分泌了，如瀑布般涌出口腔，他只能咬紧牙关拼命吞咽。吸血鬼围兜，他想，如果有这种东西，肯定会大卖。

终于来到地下室了，有道厚重拱门的地下室。吉尔德从西装外套口袋里掏出钥匙，他用那双因期待而颤抖的手打开门锁，转动沉重的转轮，用肩膀顶开门。

走廊才走了一半，他就已经脱掉上身的衣服，踢掉了鞋子。他就像乘风破浪的冲浪手，这感觉已经完全控制了他。经过一扇又一扇的门，吉尔德听见里面传来闷闷的哭喊声。就算他内心曾经对这些哭喊声产生过怜悯之情，时至今日，也早就麻木不仁了。他经过警告标示“乙醚施放，勿引火”，死命冲过冷冻室，转过最后一个墙角，差点和一个穿实验袍的技术人员撞个正着。“吉尔德首长！”那人倒吸一口气说，“我们不知道……”但是他话没说完，因为吉尔德以超乎他原本意图的力气使劲挥动左臂往那人的脑侧一打，打得那人撞上了墙壁。

他需要的是血，但不是任何人的血都可以，他要的是那种血。

他来到最后一道门，倏地停下脚步。他忙乱地脱下裤子，丢开，然后用钥匙打开锁，推开门。

“你好，劳伦斯。”

3

到了早晨，嘉姬不见了。

莎拉醒来，发现老妇人的铺位是空的。她心里一慌，疾步穿过寝室，暗骂自己竟然睡得这么沉。晨间点名的时候，莎拉发现，喊到嘉姬的号码时，只有一阵沉默，所有人都低着头。就这样，尘肺病要了老妇人的命。嘉姬仿佛从来没有存在过。

她一整天都像走在迷雾里，心思在拼命抱着希望与全然绝望之间拉锯。或许没有什么可以做的了。人不在了，事情就是这样的。然而，莎拉还是无法说服自己，无法摆脱嘉姬或许还在医院的念头，只要她还没被送进饲育场，那就还有机会。但是，嘉姬怎么可能就在莎拉的眼皮底下被带走呢？她怎么会没听见丝毫动静呢？老妇人没反抗吗？这根本说不通。

这时，莎拉突然想通了。她什么动静都没听见，是因为根本没有动静可听。**不要这样做，不要为了我**……嘉姬是自己离开寝室的。

她这么做，是为了保护莎拉。

下午过了一半的时候，莎拉知道自己一定要有所行动。她的罪恶感强烈得难以忍受。她当时不该试着把嘉姬带出工厂的，不该用那样的态度对抗淫魔，是她在老妇人背上贴了标签。时间一分一秒过去，饲育场的病鬼要在天黑之后进食，莎拉曾经看见过那些卡车，有载满哞哞叫的牛的卡车，但也有没车窗的厢型车，用来把囚犯载离监禁中心，还有一辆车总是停在医院后面，目的为何，只要稍微想想就能明白。

负责监督研磨小组的爪牙是阿谷和哨子。她觉得自己应付得了阿谷，但是有哨子在监视，她想不出来该怎么做才行得通，她只想找到一个解决方案。她把桶装满，从地上提起来，向研磨机走去，走了三步，停下来。

“噢。”莎拉喊着，她丢下桶，手捧肚子，“噢……噢……”

她跪倒在地，呻吟着。有那么一会儿，在研磨机的噪声里，似乎没有人注意到她的动作。她叫得更大声，屈起双腿抵在胸前，抱着自己的肚子。

“莎拉，怎么了？”有个女人——康丝坦斯·周蹲在她的身边问。

“好痛！好痛！”

“快起来，不然他们会看见的！”

又有个声音响起，是阿谷。“这里是怎么回事？”

康丝坦斯退开来。“我不知道，长官。她就……倒下来了。”

“费雪？你是怎么回事？”

莎拉没回答，就只是继续呻吟，扭着腰，还煞有介事地踢了几脚。她旁边围了一圈人。“盲肠。”她说。

“你说什么？”

她脸上现出痛苦的表情。“我想……是我的……盲肠。”

哨子穿过人群走来，用警棍把旁观的人推开。“她有什么问题？”

阿谷搔搔头。“她说她的什么肠有问题。”

“你们在看什么？”哨子大吼，“回去工作。”然后转头问阿谷：“你要拿她怎么办？”

“费雪，你能走吗？”

“拜托，”她喘着气说，“我需要医生。”

“她说她需要医生。”阿谷汇报说。

“是啊，我听见了，阿谷。”哨子怒气冲冲地叹了口气，“好吧，把她带走吧。”

他们扶她到停在工厂后面的一辆小货车上，让她坐到后面。莎拉不住地扭动、呻吟。一阵交谈后，他们商量好是由他们中的一个带她去，还是应该叫一个驾驶员来。

“该死！我带她去。”哨子说，“我太了解你了，你一定会磨蹭一整天。”

到医院的车程花了十分钟，莎拉利用这段时间来拟订计划。她先前只想着要到医院，赶在厢型车载走嘉姬之前找到她，但从没想到下一步该怎么办。现在想想，她手上似乎只有两张好牌：第一，她并没有真的生病，一旦奇迹般“康复”，他们不太可能把四肢健全的健康女人送进饲育场；第二，她是个护士。莎拉不确定该怎么运用自己的这个专业——她得随机应变——但她说不定可以利用自己的医护知识，说服负责人嘉姬的病情并不像看上去那么严重。

也说不定，她做什么都无关紧要。说不定，一踏进医院大门，她就再也出不来了。这个可能性，她斟酌了一下，其实倒也不见得太坏，因为如此一来，她就有第三张牌可出，就是不再在乎自己是生是死。

哨子把车停在医院门口，走到车后的载货台，拉下尾门。

“出来吧，我们走。”

“我想我走不动。”

“是吗？你得想办法试试看，因为我是不会背你的。”

莎拉坐起来。太阳从云层后面露出脸来，清冷的白光让这场景变得更加鲜明。医院这幢三层楼的砖房是平地边缘那一小簇平凡无奇的低矮建筑中的一幢，隔着二十米的距离，是人力资源部三个主要分部中的一个。入口两侧是水泥路障，有十几个爪牙负责把守。

“我是在自言自语吗？”

是的。因为莎拉根本没在听。她的注意力集中在那辆小型房车上，那是爪牙穿梭于寝室之间的交通工具。那辆车朝她们快速驶来，车尾卷起一团尘土。莎拉爬下小货车，在这一瞬间，她感觉到有人从后面冲向她。那辆车全速驶来，完全没有减速。太怪异了，而且怪异的并不只是那全速前进的车，更怪异的是，它的车窗全是黑的，从外面看不见驾驶员的容貌，只看到引擎盖上用白漆写着的一行扭曲的字。

塞吉欧万岁！

就在那辆车冲向水泥围墙的时候，有人从后面撞倒了莎拉。莎拉立刻趴倒在地，整个人几乎窒息，因为就在这一瞬间，卡车爆炸了，发出轰然巨响和高热高压，她简直不敢相信天底下竟有如此强大的震撼力存在。她肺部的空气被挤了出去，碎片纷纷掉落。好多东西在空中飞旋，像陨石似的在她的四周横冲直撞，还有很多燃烧的，沉重的东西。有金属刚擦的声音，玻璃碎片如雨落下。这世界嘈杂喧闹，还有一个人压在她身上。接着，空气陡然沉寂下来，一阵温暖的气息贴近她耳边，有个声音说："快跟我来，照我的话做。"

莎拉站起来。有个女人，她不认识的女人，拉着吓呆了的她的手。她的听力有点受损，这让她周围的场景蒙上了一层白茫茫的不真实感。人力资源分部变成了冒烟的废墟，小货车也不在原位了，翻倒在原本是医院入口的地方。莎拉的脸和手都湿湿的，血，她身上都是血，还有黏黏的东西，属于某种生物组织的东西，以及一层闪亮如珠宝的粉尘，她知道那是玻璃碎片。太不可思议了，她想，一切都是这么不可思议，特别是发生在哨子身上的事。太吓人了，当尸体不再是尸体，而是散落在广阔区域的人体残骸时，那模样真是太吓人了。谁猜得到身体被炸开来时，竟是眼前这个情形？竟然真的会炸得这样四分五裂。

她离开，先是转开视线，接着整个人离开。那女人在跑，所以她也跑，也被拖着跑，拯救她的这个人——莎拉知道是这个女人救了她，让她不至于被炸死——通过抓着她的手，把能量传递到她身上。在她们背后，原本的沉寂已经被尖叫嘶喊打破了，齐声的叫喊宛如怪异的乐声。那女人在一幢不知为何幸免于难的建筑后面停下脚步（世上所有的建筑不是都被炸毁了吗），然后蹲在地上。她手中拿着一个钩子，用那个钩子拉开一个井盖。

"进去。"

莎拉遵命。她进到井里，里面有架梯子。这里闻起来很臭，很像粪便的臭味，因为根本就是。莎拉的脚刚踏到底部，运动鞋就灌满了可怕的粪水。那女人的手高举过头顶，哐当一声，盖上井盖，让莎拉陷入伸手不见五指的黑暗里。一直到这时，她才完全意识到自己的处境，她刚才置身于造成重大伤亡与大规模毁坏的爆炸中，而在事发之后，在或许不到一分钟的时间里，她把自己完全托付给了一个不认识的女人，而这个女人把她带进了一个不存在的地方——所以莎拉事实上已经从世界上消失了。

“等等。”

一朵蓝色的小火焰亮起。那女人拿出一个打火机，火焰乍然跃现，照亮她的脸。她大约二十几岁，纤长的脖子，黑色的小眼睛，神情专注。她看起来很眼熟，但莎拉想不起来她是谁。

“别再说话，你能跑吗？”

莎拉点点头。

“来吧。”

那女人开始沿着下水道往前跑，莎拉跟在她后面。跑了好一会儿，经过许多个岔口，每一次那女人都很果断地选定方向。莎拉开始注意到自己身上的伤。爆炸并非没有后果，她身上有各种不同的疼痛，有的很剧烈，有的只是一般撞伤的痛，但是都没有严重到让她追不上那女人的步伐。又过了一段时间，莎拉意识到她们跑过的这段距离已经让她们来到家园的铁丝围篱之外了。她们逃脱了！她们自由了！她们前面出现了一个光圈——那是一个出口。在那外面是世界，危险的世界，病鬼会不知不觉袭来的致命世界。尽管如此，呈现在她眼前的，仍然是一种金光闪耀的希望，她踏进了光里。

“不好意思。”

那女人在她背后，伸出一只手揽住莎拉的腰，让她动弹不得，然后另一只手抽出一块布，举到莎拉面前。这是怎么回事？还来不及说出半句抗议的话，那块布就蒙住了莎拉的嘴巴和鼻子，一股呛鼻的化学味道袭来，她的脑袋里出现了几百万颗小星星。然后，一切就这样结束了。

4

丽拉·凯亚，她名叫丽拉·凯亚。

尽管，当然啦，她知道镜子里的这张脸孔有许多不同的名字。疯狂女王、疯癫女皇陛下、尊贵的秀逗阁下。噢，没错，丽拉全都听过。你早上得起得够早，才能躲过这些议论。棍棒和石头才能伤害我，她总是这么说（她爸爸都这么说），流言蜚语伤害不了我，但是她最不能忍受的是轻声细语。大家总是轻声细语！好像他们是大人，而她是小孩，好像她是个随时都可能爆炸的炸弹。多奇怪啊！奇怪，而且很不尊重她，因为第一，她没疯，他们错了，百分之百地错了；第二，就算她疯了，就算她像他们说的那样，喜欢在月光下赤身裸体，像只狗那样号叫（可怜的洛斯可），那又关他们什么事？她到底有多疯，还是压根没疯，关他们什么事？（虽然她必须承认，有些日子，某些特别难熬的日子，她的思绪不肯合作，就像她拼命想装进垃圾袋里的秋日落叶那样）。**这很恶劣，简直法理不容**。在别人背后议论，还做出这么恶毒的批评——这已经超出基本礼貌的范围。她到底做了什么，换来这样的待遇？她保守低调，从未要求什么，安静得像只老鼠；她心满意足地待在自己的房间里，与她心爱的小东西消磨时光：她的瓶瓶罐罐、梳子、刷子和梳妆台。此时她就坐在梳妆台前——她好像已经坐了很久——梳着自己的头发。

她的头发。她把注意力转向镜中人时，心中涌起一股温暖熟悉的感觉。这影像似乎总是令她惊喜——这光洁无瑕的粉红肌肤，如露珠般闪亮的双眸，润泽丰满的双颊，细致精巧的五官！她看起来……不可思议！最不可思议的是她的头发，多么光泽亮丽，摸起来多么丰盈蓬松，那蜜糖般的色泽多么深浓丰润！不是蜜糖色，是巧克力色，绝美的深巧克力色，是某个特别地方生产的上好巧克力。瑞士，也许吧，或者是从其他国家来的，就像她爸爸收在书桌里的那些糖果。要是她很乖，非常乖，但有时也没有任何原因，纯粹只是因为他爱她，而且希望她知道时，他就会把她叫进那间散发着阳光味道的神圣书房，那间他撰写重要报告、阅读深奥难懂的书籍、执行他那向来神秘难测的命令的房间，赐予她爱的象征。只能拿一颗，他会对她这么说，那单单的一个放大了特殊性，因为这代表了她未来还有可能再踏进这间书房。那金色的盒子，那掀开的盖子，那悬而未决的一刻——她的小手在那满满的一盒糖果上方，宛如在泳池边准备就绪的跳水选手，为自己的入水精心计算完美角度。这些全是巧克力糖，有的包果仁，还有的夹草莓糖浆（她不喜欢的只有这种，她会把那糖浆吐在卫生纸上），但最好吃的是什么都不包的，纯粹的巧克力。她最想要的就是那种，那种单纯的柔软甜腻，是她想在所有的糖里头挑出来的。是这颗？还是那颗？

“尤兰达！”

沉寂。

“尤兰达！”

在裙摆、面纱和蓬松布料的飒飒声里，那女人疾步走进房里。真是的，她想，这身打扮真是可笑。丽拉告诉过她多少次，叫她穿得实际一点。

“尤兰达，你跑到哪里去了？我一直叫，一直叫。”

那女人看着丽拉，好像她精神错乱了。他们也影响了这女人？“夫人，您在叫尤兰达？”

“不然我是叫谁？”丽拉夸张地叹了一口气：这女人真是笨得可以了，虽然她的英文也不算好。

“我想要……一个东西。麻烦你。”

“好的，夫人。没问题。您要我念书给您听吗？”

“念书？不是。”虽然这个念头突然变得挺吸引人的，读点碧翠丝·波特的书或许可以让她心神安定。还有穿着蓝色小外套的彼得兔，那只叫胡来的松鼠和它的弟弟小浆果，它们两个真是淘气得不得了！

然后她想起来了。

“巧克力。我们有巧克力吗？”

那女人还是一脸茫然，搞不好是喝了酒。“巧克力，夫人？”

“万圣节剩下的糖果，或许，我相信我们一定有一些。什么都可以，好时巧克力[①]、杏仁巧克力[②]、奇巧巧克力[③]，随便什么都好。”

“呃……”

“哦？一点巧……克……力？找找水槽上的柜子！”

“对不起，我不知道您要的是什么。”

这真是很讨厌，这女人假装不知道什么是巧克力！

“我搞不懂这是怎么回事，尤兰达。我必须说，你的态度让我很困惑，事实上是非常困惑。”

“请别生气，如果我知道那是什么东西，我会很乐意拿来给您。说不定珍妮知道。”

“问题就在这里，你懂吗？这就是我的意思。”丽拉重重叹了一口气。真可怜，可是实在没什么其他办法可想了。最好一鼓作气撕掉这个“创可贴”，别再拖拖拉拉的。

“尤兰达，恐怕我得让你走了。”

“走？”

“走，是的，走。我们不再需要你的服务，恐怕。”

那女人的眼睛好像就要从脸上蹦出来了。“您不能这么做！”

“真的很抱歉，我真希望可以行得通。可是眼前这个情况，你让我别无选择。”

那女人扑倒在丽拉膝前。“拜托！我什么事都愿意做！”

“尤兰达，控制一下你自己。”

“我求求您，”那女人抓着她的裙子哭喊，“您知道他们会怎么做的。我会更卖力工作，我保证！”

---

① 原文为Hersheys Kisses，贺喜公司生产的一种巧克力，有着水滴般的特殊形状。（本书脚注若未特别说明，均为译者注。）

② 原文为 Almond Joy，贺喜公司生产的一种巧克力。

③ 原文为 Akit Kat，雀巢公司生产的巧克力。

丽拉早该想到她会很难接受，但是这女人失态的表现完全出乎她的意料之外，真的很尴尬。丽拉有股强烈的冲动，想摸摸这女人安抚一下，但她努力抗拒这种冲动，免得让情况更不可收拾。她的手不知所措地停在半空中。说不定她该等戴维回家，应付这种事情，他向来比较拿手。

“我们会帮你写推荐信，当然，还有两个星期的薪水。你真的不应该反应这么强烈的。”

“这是宣判死刑啊！”她抱住丽拉的膝盖，仿佛抓住救生筏似的，“他们会把我丢进地下室！”

“这怎么能和死刑相提并论呢？你实在是反应过度了。”

但是这女人已经不再讲道理了。哭得无法克制的她连一句话都说不出来，她已不再哀求，黏糊糊的泪水浸湿了丽拉的裙子。丽拉此刻唯一的念头，是希望能尽快摆脱这个状况。她很讨厌这样的事，她痛恨所有这样的事情。

“这是怎么回事？”

丽拉抬起头，看见站在门口的那个人，如释重负地呼了一口气。“戴维，谢天谢地，我们有点麻烦。尤兰达，嗯，她有点沮丧。我决定让她离开。”

“天哪，又一个？你到底是怎么回事？”

又来了，这是典型的反应。这不就是戴维的典型反应吗？“你说得容易，你整天不在家，把我一个人丢在家里。我还以为你会支持我。”

“拜托，别这么做！”尤兰达哀号。

丽拉做了个“把这女人拉开”的手势：“可以帮我一下吗？”

结果证明事情比想象得困难。戴维（其实不是戴维）弯腰把哭泣的尤兰达（其实不是尤兰达）从丽拉膝上拉开时，那女人抓得更紧，而且令人难以置信的是，她开始尖叫。看她闹成什么样子！光看她呼天抢地的模样，你真的会以为丢掉管家的工作就是被判了死刑。戴维拦腰用力一拉，把她从丽拉膝前拉走，整个人抱了起来。她在他怀里又踢又叫，像个疯子那样拳打脚踢。只有他超强的力气可以制得住她。这就是戴维，永远保持自己的体态健康。

“对不起，尤兰达！”他把她抓走时，丽拉喊着，“我会寄支票给你！”

门在他们背后重重摔上。丽拉呼了一口气，这才发现自己一直在屏住呼吸。嗯，这也不算小事，这是她不得不忍受的最难缠的事，不是吗？她觉得自己慌乱不已，心里充满罪恶感。尤兰达跟了他们好几年了，最后却闹到这样的场面。

丽拉嘴里有股酸味。虽然老实说，尤兰达向来就不是最称职的管家，但是她最近的表现也太离谱了，很可能是碰上私人问题了。丽拉从来没去过那女人的家，对她的生活也一无所知。太奇怪了吧？这么多年来，尤兰达来来去去，而丽拉却好像完全不认识她。

“好吧，她走了。恭喜。”

又开始梳头的丽拉透过镜子冷冷地打量着戴维，看见他站在门口，把领带拉紧。

“这怎么能是我的错呢？你也看见她的样子了。她完全失控了。”

“这是今年的第三个了。好的侍女又不是从树上自动长出来的。”

丽拉又用梳子把丰盈的长发缓缓一梳。“那就找管家服务公司啊。又不是什么大不了的事，你知道的。”

戴维没再说什么，显然不打算再谈这件事。

他走向长躺椅，拉拉西装裤，坐了下来。

“我们得谈谈。”

“你没看见我在忙吗？他们不需要你回医院或做什么吗？”

“我不是在医院工作。我们已经谈过几百万遍了。”

有吗？她的思绪有时候像秋天的落叶，有时候又像装在罐子里的一个嗡嗡飞转的小东西。

“在得州发生什么事了，丽拉？”

“得州？”

他很不高兴地叹了口气。“那支车队。油道。我以为我的表达很清楚。”

“你在讲什么？我完全摸不着头绪。我这辈子从来没去过得州，”

她停下梳头发的动作，在镜子里迎上戴维的眼神，“布莱德向来讨厌得州。虽然你八成不想听我说这些。”

她看得出来，她的话正中红心了，提起布莱德是她的秘密武器。虽然她知道自己不该这么做，但是每回提到这个名字，戴维脸上的表情总让她觉得暗暗高兴——这简单的三个字，代表的是一个他自知永远都及不上的男人。

“我对你的要求并不多。而我开始怀疑，你是不是已经没办法再控制这些事了。”

“是啊，好吧。”

“你在听我讲话吗？我们不可以再惹出像那样的惨祸了。在我们已经这么接近的时候不可以。”

“我不知道你有什么好难过的。而且老实说，我也不在乎你怎么说我。”

“该死！把那个该死的梳子放下来！”

但是她还来不及放下，就被他一把抢了过去，狠狠往房间的另一头砸去。他抓住她的头发，把她的头往后拽，脸贴得她好近，看起来不像一张脸，只是某个像蛞蝓一样扭曲丑恶的东西，呼出的腐臭气味喷在她的脸上。

“我受够了你的鬼话连篇！”口水喷到她的脸颊上和眼睛里，从他的嘴里喷到她的嘴里，令人作呕。他牙齿的边缘镶着黑黑的东西，看起来鲜明得可怕。是血，他的牙齿镶着血。“你的表演，这蠢到极点的游戏。”

“拜托，”她喘着气说，“你弄疼我了。”

“是吗？”他用力抓着她的头发。上千个小光点在她的头颅里痛苦地闪烁。

“戴维，”她哀求，泪水模糊了她的视线，“我求你，看看你在干什么。”

那张蛞蝓般的脸庞愤怒地嘶吼：“我不是戴维！我是荷拉斯！我叫荷拉斯·吉尔德！”又用力一拽，“说一遍！”

“我不知道，我不知道！你把我弄糊涂了！”

“说呀！说我的名字！”

结果是疼痛发挥了效果。快如旋风似的，她的意识突然就恢复了。

“你是荷拉斯！拜托，快住手！”

“又来了！总是这样！”

“荷拉斯·吉尔德！你是荷拉斯·吉尔德，家园首长！”

吉尔德放开她，走开来。她整个人仰倒在梳妆台上，哭得浑身颤抖。真希望可以回去。回去，她想，紧紧闭上眼睛，不想看见这个可怕的人，这个荷拉斯·吉尔德。丽拉，回去吧，让你自己再次离开吧。她不停颤抖，一股恶心的感觉从某个深层上升到无以名状的地方，这不是肉体的问题，而是灵魂的病，是她那支离破碎的自我深奥难解的核心的病。接着，她跪倒在地，喘息、咳嗽、呕吐，吐出了她自己今天早上才喝进去的恶心的血。

“好啊，”吉尔德的双手在西装外套上抹了抹，“现在头脑这么清楚了！”

丽拉没有答话。她想要抽离此时此刻的欲望如此强烈，让她想说也说不出话来。

“大日子就快到了，丽拉。你要知道你和我们在一条船上，不要再胡言乱语了。还有，拜托，请别再开除侍女。这些女孩不是从树上长出来的。”

她用手背擦擦下巴，擦掉那恶臭的口水。“你已经说过了。”

“什么？”

“我说，你已经说过了。”她的声音听起来一点都不像自己的声音，“侍女不是从树上长出来的。”

“是吗？”他轻轻一笑，“我是说过。不过，想想也还真有趣，我们恐怕很快得想办法让人从树上长出来，因为食物链和其他的一切都需求紧急。我相信你的好朋友劳伦斯也会同意的。告诉你，那人还真能吃。”他顿了一下，对这个想法沾沾自喜，然后再次严厉地盯着她，“把你自己弄干净吧。恕我冒昧，丽拉，你吐得头发上都是了。”

5

“莎拉，能听见我说话吗？”

有个声音飘进她耳朵里。一个声音，还有一张面孔，一张她认得、却想不起来是谁的脸，梦中的脸，她相信自己是在做梦——不安骚动的梦。她不停地跑，四周全是身体和身体的各个部位，所有的东西都在火焰里燃烧。

“她还没醒过来。”那声音说，仿佛是越过远到不能再远的距离朝她飘来，越过整个大陆、整个海洋，仿佛是从星星来的，“你用了多少？”

“三滴。嗯，也许四滴吧。”

“四滴？你想杀死她啊？”

“当时很匆忙，好吗？你叫我把她弄晕，所以，她就晕过去了。”

重重的一声叹息。“拿个水桶过来。”

水桶，莎拉想，这几个人要水桶干吗？水桶能干吗？但是她的这个想法才刚浮现，就有一股冰凉的水冲到她脸上，冲得她清醒过来。她呛着了，不能呼吸，惊慌地挥着手，鼻子和喉咙里全灌满了冰凉的水。

“放轻松，莎拉。”

她坐起来，但动作太快，大脑在脑壳里晃啊晃的，让她的视线模糊。

“噢，”她呻吟，“噢。”

“头会很痛，可是不会持续太久的。继续呼吸。”

她眨眨眼，眨掉眼睛上的水。尤斯塔斯？

是他。他的上排牙齿全掉了，只剩下光秃秃的牙龈。右眼白蒙蒙的，瞎了，用那只有瘤结的手递给她一个钢杯。

“很高兴再见到你，莎拉。你已经见过妮娜了。打个招呼啊，妮娜。”

站在他背后的是那个下水道里的女孩，胸前横挂着一把步枪，双臂轻松交叠摆在枪上。“嗨，莎拉。”

“别担心，”尤斯塔斯说，“我知道你有一大堆问题要问，我们会让你明白的。先喝掉吧。”

她接过杯子，喝下一大口水。这水非常凉，尝起来隐隐有股金属味，仿佛在舔着铁棍似的。

“我以为你——”

“死了？”尤斯塔斯咧嘴笑，露出一口被摧残的牙齿，“从某个角度来说，我们这里的每一个人都死了。妮娜，提醒我一下吧，你是怎么‘死’的？”

“我想是肺炎吧，长官，再不然就是其他什么严重的毛病。我不记得我们的文件上是怎么写的。”

炸弹爆炸，下水道里的狂奔，莎拉现在都想起来了。她喝完杯里的水，花了一会儿工夫查看四周的环境。她显然是在某种碉堡里，虽然没有窗户，但她感觉得出来他们是在地下。这房间只靠闪烁的火把照明。

“这是哪里？”

“红眼人找不到的地方。”他看她的方式很特别，歪着脸，用正常的那只眼睛瞄着她，而这样的神态，让他的眼神增添了更具穿透力的严肃意味，“除此之外的事，我不能告诉你。最重要的是，你在这里很安全。”

“你是……塞吉欧？”

又一个缺牙的微笑。“你能这样想，我真是荣幸。不过，我不是。根本没有塞吉欧这个人。不是你想的那样。”

“可是我以为——”

“你是该这么以为。这名字是义军[①] 的缩写。妮娜，如果我没记

① 塞吉欧的原文是Sergio，义军的原文是Insurgency。

错，这是你的点子，对吧？”

“我想是的。”

“大家需要一个名字，需要有一个可以集中焦点的目标，可以和这个想法联结在一起的脸孔。这就是我们的脸，塞吉欧。”

她看看那个女人，那人冷冷地盯着她看。她把视线转回到尤斯塔斯身上。

“那场爆炸，是你，对不对？”

尤斯塔斯点点头。“我们的初步报告说死了十七个爪牙，包括你那位朋友哨子，以及两个来视察的官员。收获不赖，我得这么说。但真正的大奖并不是这个。”

“不是？”

“不是。真正的大奖是你，莎拉。”

尤斯塔斯热切地看着她，莎拉冷得发抖。气氛骤变，他想套她的话。他们信任她吗？但更重要的是，她能信任他们吗？

“听到这里，你应该要问我为什么的。”

莎拉只点了点头。

“今天早上，莎拉·费雪这个人已经不存在了。编号94801的平地人莎拉·费雪已经在自杀炸弹爆炸案中死了，那场爆炸夺走了我们心爱家园十九个忠心耿耿的保安队员。莎拉·费雪唯一可以辨识的残骸，说起来还真是太巧了，是留有你的标签的手臂。那条手臂的主人是个女爪牙，不到二十四小时之前，她还用那条手臂在乳牛场里痛打女人和小孩。我们认为，这条手臂拿来另做他用比较好，虽然她似乎并不同意。可费了我们一番力气呢，妮娜，你说，对不对？”

“那女人真是个斗士。我不得不承认。”

他再次看着莎拉。“你的表情告诉我，我们的手法吓坏你了。不应该是这样的。”

她想都没想就说：“你们杀了人。不只是爪牙，还有无辜的路人。”

尤斯塔斯很平静地点点头，他的脸上近乎没有表情。“的确如此。虽然比我们伟大的首长让你们相信的要来得少，但是这些事从来就不是没有代价的。”

他这稀松平常的语气让她惊骇。“但这也不能让你们的行为变成正当行为。”

“噢，我想是可以的。我问你，你想过今天的事情发生之后，红眼人会怎么做吗？”

莎拉没回答。

“好吧，我来告诉你，他们会报复，狠狠地报复。结果会很惨。”

莎拉看着尤斯塔斯，然后把目光转向妮娜，再转回尤斯塔斯身上。“可是你们为什么要这样做？”

尤斯塔斯深吸一口气。“我尽量长话短说。这是一场战争，莎拉，不折不扣的战争。在这场战争里，我们寡不敌众。我们想办法渗透进他们行动的每一个阶段，但是他们的人数还是占有优势。如果和他们正面交战，我们绝对赢不了。我们进行的是心理战，动摇领导阶层，引他们出洞。每个被羁押的人都是某人的父亲，某人的妻子，某人的儿子或女儿。红眼人多把一个人丢进饲育场，就会多两个人加入我们。这或许很残忍，但事情就是这样的。”他顿了一下，让莎拉消化他所说的话，“或许你觉得很没道理。但是要不了多久，如果我的预感没错，你很快就会认为这是合理的。无论如何，今天下午的攻击事件的结果就是你这个人已经不存在了。而这也让你对我来说极具价值。”

“你是说，这一切都是你计划好的？”

他耸耸肩，仿佛是说这个问题比她所想的更复杂。“我们总是不停地计划，但是大多靠的是时机和运气。就你的案子来说，我们主要的动机是把你弄出来。我们已经观察你好一段时间了，一直在等待适当的时机。是嘉姬把所有的部分拼凑起来，然后再决定行动。在生质燃料厂发生的事情是设计好的，她昨天晚上突然从寝室失踪也是一样。她知道你会到医院找她。老实说，我觉得这整个安排有点太过复杂，而且我也有些疑虑，可是嘉姬对你的信心占了上风，而且我也很高兴地承认，她是对的。”

莎拉的思绪不停地旋转，她完全无法相信。不，她简直无法呼吸。“嘉姬是……你们的人？”

尤斯塔斯点点头。“她从一开始就加入我们了，她是资深特务。我不能告诉你她策划了多少次攻击行动，她最后的任务是把你带进来。”

莎拉想说些什么，但却找不出话来说。她就是无法把尤斯塔斯口中的这个女人和她所认识的那个老妇人联系在一起。嘉姬？义军的成员？一年多以来，这老妇人几乎从未离开过她的视线。她俩只隔着一米的距离睡在一起，肩并肩工作，伴着彼此吃每一顿饭，她们什么心事都告诉彼此。这根本说不通，根本不可能。然后她问:“你说‘最后’是什么意思？”

气氛突然变了。“我很遗憾，”他说，“嘉姬死了。”

“不可能！”

他的话像是一个耳光甩来。

“这是真的。我知道她对你来说意义重大。”

“他们要等天黑才把人送出医院！我看过那辆厢型车！我们得去把她弄出来！”

“听我说——”

“还有时间！我们得想办法！”她的目光转到妮娜身上。妮娜还是一动也不动地站着，双手交叠摆在来复枪上。莎拉又看着尤斯塔斯。“为什么你什么都不做？”

“因为已经来不及了，莎拉。”他的表情变得柔和，“嘉姬根本没进医院，这是我一直想让你知道的，她就是那辆车的驾驶员。”

她觉得好像有什么东西炸开来，就是这种感觉。她内心里有个什么东西碎掉了。最后的一切，切断了联结她与人生的最后一缕丝线，那个她知道已经离她而去的人生。她飘走了，飘得远远的。

“她知道自己病得有多重。顶多再撑几个月，他们就会把她送进饲育场。”尤斯塔斯挨近莎拉，“她自己希望这样的，那是她辉煌生涯最光荣的一刻。她不想用别的方法结束生命。”

“她死了。”莎拉自言自语。

“她做了该做的事。嘉姬是义军的英雄。而且你来了，你将接替她的事业。”

她似乎哭不出来。她很纳闷这是怎么回事，但马上就明白了——

她人生仅余的眼泪都已经流光，她再也无泪可流。真是奇怪，竟然没办法哭。她要以爱嘉姬的方式爱其他人，心中了无哀恸。

“为什么是我？”

“因为你恨他们，莎拉。你恨他们，而且你不怕他们。从在卡车上的那一天起，我就知道了。你还记得吗？”

莎拉点点头。

“恨有两种。一种会给你力量，一种会夺走你的力量。你的恨是第一种。我一直知道你是这样的人，嘉姬也知道。”

是真的，她恨他们。她恨他们，因为他们淫秽的眼神，他们轻松大笑的残酷行径。她恨他们，因为他们给的稀薄水粥与冰水淋浴，她恨他们逼她说谎，她恨他们挥舞的警棍与脸上的狞笑。她恨他们，恨到骨子里，恨到每一滴血、每一个细胞都恨，她的每一根神经都充满了恨，她的肺脏吸进呼出的全是恨，她的心脏把纯粹的恨意打进每一条血管里。她之所以活着，是因为她恨他们，她恨他们，最重要的原因是，他们夺走了她的女儿。

她发现尤斯塔斯和妮娜都在等着她回答。她明白他们所做所说的一切，都只有一个目的。他们一小步一小步地带她踏向地狱的边缘，一旦踏进去了，她就再也不是她自己了。

“你要我做什么？”

第二卷　亡命之徒

我们之于诸神，
恰如飞蝇之于顽童，
他们为取乐而残杀我们。

——莎士比亚《李尔王》

6

他们三个在隔天早上获救。因为油罐车没抵达柯厄维尔，所以地方卫队派出巡逻队来找他们。这时，彼得、迈克和萝儿已经离开防护箱，回到攻击现场。爆炸炸出了一个大洞，起码有五十米宽，扭曲变形的残骸散落在邻近的野地上。还没有燃尽的汽油冒出油烟，让原本就有大批食腐鸟盘旋的天空更是黑压压一片。烧得焦黑的尸体和各种残骸混在一起。就算这些可怕的残余物是攻击他们的那些人的残骸，也无从辨识。那辆闪着银光的秘密货车只剩下几片电镀的金属板，提供不了任何线索。

迈克伤得很重。他身体上的伤——脱臼的肩膀已经被他顶在防护箱的墙壁上推回原位了，脚踝也扭伤了，耳朵上方还有个需要缝几针的伤口——算是最微不足道的。十一个油工和十个地方卫队队员——不分男女，都是和他一起生活、一起工作的人。迈克原本是负责指挥的人，是他们所信任的人。现在，他们全走了。

“你为什么会以为是他干的？”彼得问。他指的是头肌。在防护箱里度过的那漫长一夜里，迈克告诉彼得说他在后视镜里看见了。他们两个坐在河边的地上，萝儿往上游去。彼得看见她蹲在河边，肩膀抽动，不想让他们看见她落泪。

“我想他是觉得没有别的办法了。”迈克眯起眼睛抬头仰望，看着那一大群盘旋的飞鸟，但他其实什么也没看进去，“你不像我那么了解他。那家伙很不简单，他绝对不会让任何人被掳走的。我真希望自己有勇气那么做。”

彼得从这位好友的脸上看见了痛苦与疑虑，那是幸免于难的耻辱。他自己也了解这种感觉，那是永远挥之不去的感觉。“这不是你的错，迈克。如果非要怪，那也该怪我。”

要说他的话有任何安慰效果，彼得实在看不出来。“你猜那些人是谁？”迈克说。

“真希望我知道。”

“这是搞什么鬼啊，彼得？一大卡车的病鬼，他们是宠物还是什么？还有那个女人？”

“我也搞不懂。”

“如果他们想要的是油，夺走就好了嘛。”

“我想他们要的不是油。”

“是啊，我也这么认为。”他内心涌起一股怒气，“我只知道，要是让我找到这些人，我一定让他们痛不欲生。”

他们和搜救小组一起在圣安东尼奥东方的防护箱度过一夜，隔天上午抵达柯厄维尔。一进到城里，他们就分属不同的指挥系统：彼得回到师部，迈克和萝儿到内政署报到，内政署管理高墙之外的所有资产，包括自由港的油区。彼得在做简报之前有时间梳洗一下。大白天的，营舍里几乎空无一人。他在莲蓬头下站了好久，看着油腻的污垢在他脚边打转。他太了解自己了，知道他还没办法完全消化这一连串事件所带来的冲击。这是弱点还是强项？他始终无法断定。他知道自己麻烦上身了，但是这个问题似乎无足轻重。他觉得对不起迈克和萝儿，这才是最大的问题。

他穿上最干净的衣服到指挥部去。指挥部紧邻市政厅，以前是办公区。进到会议室时，一张熟悉的面孔让他吃了一惊：冈纳·阿普格。就算他期待这人说几句安慰的话，也很快就明白这是不可能的事。彼得立正敬礼，上校给他冷冷的一瞥，接着就把注意力转到摆在面前长桌上的文件——不用怀疑，一定是地方卫队搜救小组写的报告。

但是，让彼得愣了一下的是这三个人之中的第二个，坐在阿普格右边的，是一个仪表堂堂的人物：陆军将军亚伯拉罕·傅利特。彼得只见过他一次，因为传统上远征军的立誓典礼是由陆军将军主持的。将军的外表并没有什么特殊之处——他外貌上的一切都让人觉得很平庸——然而他就是他，他的存在让房间里的气氛为之改变，似乎连空气粒子振动的频率都变得不一样了。

坐在桌边的第三个人彼得不认得，是个文职人员，修剪得整整齐齐的灰色胡子与头发宛如梳理整洁的麦子。

“请坐，中尉。”将军说，“我们按顺序来。你认识阿普格上校。这位崔斯先生代表总统，他要用他的耳朵和眼睛代替总统来了解这个——”他搜寻正确的词，“不幸事件的发展。”

两个多小时的时间，他们用各种问题轰炸彼得。说话的大多是将军，接着是崔斯。阿普格几乎沉默不语，偶尔记笔记，或要求彼得说得清楚一些。整个过程盛气凌人，仿佛要诱使彼得讲出自相矛盾的说辞。

隐含的意思是，彼得的供词只不过是掩盖这场人为惨剧的遁词，因为在包括油工领班在内的三名幸存者中，要负起责任的人是彼得。然而随着审问的进行，彼得发现他们的疑心并没有实据，只是用来掩藏更深层忧虑的障眼法。他们的问题一再回到那个女人身上：她穿什么衣服？她说了什么？她看起来什么样子？她的外表有没有什么奇怪之处？对这些一再反复的盘诘，彼得竭尽所能地把事件一一精确说明。她穿着斗篷。她非常漂亮。她说，你累了。她说，我们知道你在哪里，只是时间的问题。我们？将军问。我们是什么人？我不知道。她没说别的。一而再，再而三，到后来连彼得都开始怀疑自己的说法了。等到结束时，他觉得自己不只耗尽精神，连身体也精疲力竭。

“要特别警告你，中尉，”将军最后说，“不准和任何人讨论在油道发生的事和今天简报的内容，包括其他幸免于难的车队成员，以及带你们回来的搜救队员。我们的结论是，基于某种不明原因，一辆油罐车爆炸，炸毁了整个车队以及圣马科斯桥。明白吗？”

所以，事实就是如此。油道上发生的事并非问题的全貌，而只是拼图的一小部分，而这三个人正努力想把拼图拼凑起来。彼得偷偷瞟了阿普格一眼，但阿普格脸上的超然表情是装出来的，他只不过是服从上级的命令。

“是，将军。”

傅利特沉吟了一下，接着又再提醒：“最后还有一件事，乔克森，这是最高机密。你的朋友卢修斯·格瑞尔看来是越狱了。”

有那么一会儿，彼得怀疑自己是不是听错了。“长官，”他的目光在他们几个身上打转，“他怎么——”

“目前我们还不知道具体情况，但很可能有人帮他。格瑞尔失踪的那天晚上，有个修女离开了孤儿院，没再回去。城西岗哨的一个地方卫队队员汇报说，在凌晨三点之后，看见有两个人骑马离去。一个是男的——显然是格瑞尔——还有一个十几岁的少女，穿着修女袍。”

“你说的是……艾美？”

“看起来是。”傅利特俯身越过桌子，“我关心的不是格瑞尔。他是个逃犯，我们会处理他。但是艾美又是另一回事。虽然我向来认为你们对她这个人的描述不太可信，但不管怎么说，她都是重要的军事资产。”傅利特再次以凌厉的眼神盯着彼得看，“我们知道你启程到炼油厂之前去看过他们两个。要是你有什么话要说，我建议你现在就说。”

彼得花了一会儿工夫分析这句话的意思。“你们认为我知情？”

“你知情吗，中尉？”

彼得心里同时涌现出三个难以消化的念头：艾美带卢修斯越狱、他们两个离开城市且目的地不明、将军怀疑他是共犯。这其中的任何一个想法都足以让他惊骇至极，但是三个加在一起，却只让他的心思集中在如何为自己辩护的问题上。而在他心灵深处，隐隐浮现了另一个疑问——艾美的失踪和油道上的那个女人有什么关系？他面前的这三个人显然也对这点很纳闷。

“绝对没有，将军。他们什么都没告诉我。”

“你确定？我提醒你，这会写在记录上，成为你的正式供词。”

“是的，我确定。我和您一样不解。”

“而他们两个可能到哪里去，你也一点想法都没有？”

“真希望我知道。”

傅利特盯着彼得看了一会儿，脸色沉着。他看看崔斯，点点头。“非常好，乔克森，我相信你。阿普格上校重新提出你想尽快回瓦希斯堡的请求，我倾向于批准。你去停车场找值日官报到，他会在下一班交通车上帮你安排位子。”

“如果可以的话，长官，我希望回炼油厂去。”

“由不得你选择，中尉。你已经接到派遣令了。”

一个念头突然闪现。“请求发言，长官。”

傅利特重重地叹了一口气。“你不是一直在发言吗，中尉？你应该已经说完了。”

“马丁内兹怎么办？”

“什么怎么办？”

阿普格迅即迎上彼得的目光。**小心行事。**

“山洞里的那个人说‘他离开我们了’——他是这么说的。”

“这我知道，乔克森，我看过报告。你要说什么？”

“他也不在他原本应该在的地方，说不定格瑞尔和艾美是去找他了。”他盯着他们一一看，然后再同时看着他们三个，“说不定他们知道他在哪里。”

气氛瞬间凝滞。一会儿后，傅利特说：“这个想法很有意思，中尉。还有别的事吗？”

就这样，这个想法被搁在一旁了。但或许没有。无论有没有，彼得都察觉到自己命中要害了。

“没有，长官。”

将军的脸色一沉，充满警告意味。“就像我说的，你不准和任何人讨论这些事。我想我不必告诉你，鲁莽行事的后果肯定不太妙。你可以走了，中尉。”

“对不起，今天佩格修女不在。”

佩格修女才不会不在。门口这女人的防卫态度摆明了就是要彼得别想过她这一关。

“你起码可以告诉凯勒柏说我来过了吧？”

“当然可以，中尉。”她的目光在他后面打转，显然是意识到有人在监视她。

“那么，容我告退……”

彼得回到营舍，躺在铺位上，瞪着天花板，打发不安的下午。他的交通车明早六点出发，他一点都不怀疑，这次的任务改派是刻意设计的。人来人往，他们穿着沉重的靴子在房里走来走去，但他几乎没意识到他们的存在。艾美和格瑞尔到哪里去了？他们两个为什么会在一起？她是怎么把他弄出去的？两个人又是怎么通过城门岗哨的？他拼命搜寻记忆，想找出他们是不是说过或做过什么暗示他们有逃脱的计划。他唯一想得出来的是，少校身上所散发出来的奇特沉静气息——仿佛关住他的墙壁根本不算什么，只是幻影。怎么会这样呢？

这是个谜，就像过去这三十天里发生的一切。整件事情宛如浓雾中飘移的影子，像是在，又像不在。

随着空虚的时间流逝，彼得的心思回到与修女们共度的那个傍晚——和凯勒柏共处的时光，那孩子的青春活力与聪颖；站在炉子前面的艾美转身看见他时脸上的喜悦；他离去之际的那个寂静片刻，他俩的手举起相触。那动作感觉如此自然，只是不由自主的反射动作，没有迟疑，也没有抗拒，宛如同时从他的内心深处，也从某个遥远的地方升起，就像驱使他所爱看的海浪拍上岸边的那种力量一样。在过去几天发生的一连串事件里，他们站在门口的那个回忆最为鲜明，他闭上眼睛，在心中重温那个片刻。她的脸颊抵在他胸口那种暖暖的感觉，还有她的拥抱里那种光明的力量，以及艾美看着他们相握的手时的神情。**你记得我吻你的事吗？**在沉沉入睡之际，她的话语依旧在他脑中回旋。

他在黑暗中醒来，嘴巴好干，还有点沙沙的感觉。他很惊讶于自己睡了这么久，他很惊讶于自己竟然睡得着。他伸手到地板上，想拿自己的水壶，这才发现有个人坐在旁边的铺位上。

“上校？”

阿普格面对着他，双脚踩在地上，双手揽住膝盖，还没开口，先深吸一口气。彼得知道是这人的存在吵醒了他。

“听我说，乔克森。我觉得今天的事情很不对劲，所以我想告诉你一些事情，但只能你知我知，了解吗？”

彼得点点头。

“你形容的那个女人，以前曾经有人见过，很多年前。我没亲眼看到，但是其他人见过。你知道田野大屠杀吗？”

彼得皱起眉头。“你当时在场？”

“我那个时候还小，才十六岁。这不是我喜欢提起的事，我们都不爱提，我失去了父母和妹妹。我的父母当场被杀，但是我妹妹下落不明，我猜她是被抓走了。直到今天，我都还会做噩梦。她当时才四岁。”

阿普格从没对彼得谈起这么私人的事，他根本从未谈起过他自己的私事。“我很遗憾，上校。”

这段回忆很痛苦，要说出来更是费劲，从他脸上的表情就看得出来。“嗯，这已经是很久以前的事了。谢谢你的关心，但这不是我来的原因，我是冒着被杀头的危险透露给你知道的。要是被傅利特发现了，他会撤了我的职，说不定还会把我丢进大牢里。”

“您可以相信我，长官。”

阿普格沉吟了一下，然后说：“那天我们失去了二十八个人，其中十六个，就像我妹妹一样，始终下落不明。每个人都知道那天发生了日食，大家不知道的是，病鬼就躲在防护箱里，仿佛他们早就知道会发生什么事似的。在攻击展开之前，岗楼上有个年轻的地方卫队队员报告说看见一辆大卡车，就像你形容的那辆，停在林子外面。你了解我的意思吧？”

“您是说，那是同一批人。”

阿普格点点头。“有两个人看见那个女人：第一个是我刚才提到的那个地方卫队队员；另一个是个农工，北部农业区的领班，他在那天失去了太太和女儿，他叫寇帝斯·瓦希斯。”

又是一个意外。“瓦希斯将军？”

“我就知道你会觉得很有意思，特别是他和格瑞尔又是好朋友。瓦希斯在大屠杀之后立即入伍，第二远征队的领导阶层有一半都是在那天之后入伍的。内森·库洛雪克是当天在岗楼上的另一个地方卫队队员。我相信你听过他的名字，但你不知道他是瓦希斯的大舅子吧？”

库洛雪克原本是罗斯威尔的指挥官。这一个个突然出现的角色仿佛拼图一样被一片片拼凑起来。彼得回想起在科罗拉多营地与格瑞尔和瓦希斯共度的时光——那两人温馨自在的友谊，以及将军殉职之后，格瑞尔拿给他看的那一沓炭笔素描。瓦希斯一而再，再而三地画着同样的画像，一名女子与两个小女孩。

“另外那个地方卫队队员呢？他是谁？”

“嗯，他的名字无人不知——提夫第·拉蒙特。”

这说不通啊。“提夫第·拉蒙特以前是地方卫队队员？”

“噢，提夫第不只是普通的地方卫队队员。我这条命还是他救回来的，他救了我很多次，而且不止我一个。大屠杀之后，他也加入了远征军，当侦察狙击手。他大概是有史以来最棒的狙击手，还干掉了他上面的那个上尉。瓦希斯、库洛雪克和提夫第是老朋友。我并不知道他们的过去，可是他们之间肯定是有因缘的。”

提夫第·拉蒙特是远征军，甚至还是军官。就彼得听说过的这人的种种，和这个事实似乎联结不起来。“那他到底是怎么回事？”

“提夫第？”

“那人现在是亡命之徒。”

阿普格脸上浮现出另一种表情。“我不知道，中尉，你得自己问他，如果你找得到他的话。也就是说，如果你认识某个认识他的家伙的话。”

一阵沉默。阿普格充满期待地看着他，然后说：“你上回说你们在加利福尼亚州的殖民地有多少人？”

“九十二个。”

“九十二个人，消失得无影无踪。要是你问我的话，这真是个大谜团，不符合病鬼攻击的典型行动模式。再加上罗斯威尔的六十七个人，就有将近两百个人人间蒸发。而现在艾美又跑了，就在那个女人重新现身、有效切断我们的油源供应的时候。我明白高层为什么关注，特别是，你想想看，目前还在世、唯一见过那个女人的又是……你刚刚是怎么说的来着？”

“亡命之徒。”

“没错。不受欢迎的人物，至少政治上对他很敏感。一方面，军方不想和这人扯上任何关系；另一方面，文职高层也不能，或至少不能和他有正式接触。你听得懂我的意思吗，中尉？”

“我对政治不是很在行，长官。”

“我也一样。一大堆人忙着保护自己。也就是因为这样，我们才能发挥作用吧。像这样的状况，得靠第三方才行，得靠一个有……这么说吧，有动机、可以预见情势发展的人。不是只有我一个人这样认为，高层有过一些秘密讨论，文职高层，不是军方。很显然，因为当过你们的指挥官，所以我变成分析你们人格个性的专家。你和唐纳迪欧。”

彼得皱起眉头。“这和艾莉希亚有什么关系？”

“这我就不知道了。但我可以告诉你两件事，然后你自己去想吧。第一，我们已经三个月没有齐厄尼的消息了；第二，唐纳迪欧接到两道命令，我只知道第一道命令是从师部来的，就像我告诉你的一样，第二道是从桑契兹办公室来的，密封的命令，只准她看。”

“我不懂，他们为什么不想让你知道她接到了什么命令？”

“问得好。谁知道关键到底在哪里？看来是和保密的问题有关，而且保密的对象不止你一个，所以傅利特不希望你知情。我要告诉你的，其实你原本早就知道了。可是别说出去，傅利特和桑契兹向来就不怎么合得来，而且指挥链也不像你以为的那么清楚。宣言留下很大的猜测空间，很多东西都模棱两可。可以这么说，对于油道上的那个女人，军方和文职高层之间并没有共识，还有那个马丁内兹也不在他该在的地方，再加上艾美又带着格瑞尔越狱，远走高飞。这一切实在非常有意思。”

“所以你认为这事和马丁内兹有关？”

阿普格耸耸肩。“我只是个信差，但傅利特向来就不是你所谓的真信者。在他看来，艾美不过是个障眼法，而十二魔是个谜团。至于唐纳迪欧，他没办法驳斥，因为她显然和别人很不一样，但他觉得这并不能证明任何事情。他之所以容忍猎魔行动，只因为桑契兹大发雷霆，他觉得不值得和她吵。而卡尔斯贝发生的事，恰恰给了他终止行动的机会。有些人是不相信这些的。”

彼得思索了一会儿。“所以，桑契兹瞒着傅利特行动。”

阿普格嘲讽似的皱起眉头。“我可没说过这样的话，这个问题不是我这种阶层的人可以谈的。但是如果你可以帮我找到几个合适的人，把不同的点连起来，我个人会很感谢你。你认识任何管用的人吗，中尉？”

这讯息很清楚。“我想有吧，上校。”

“很好。”阿普格顿了一会儿，接着说，“交通车刚好有点状况，出了该死的意外，其实是公文签报的过程好像出了点差错。你也知道这些事是怎么运作的，还要四十八小时才能搞定，所以要七十二小时之后才能发车。”

“很高兴知道这个消息，上校。”

“我知道你应该会这么想。”上校拍拍膝盖，“好吧，我还有事，我被指派到总统特别任务小组，调查这个……不幸事件的过程。不知道我能有多少贡献，可是派我去哪里，我就得去。”他从铺位上站起来，“很高兴你能休息一下，中尉。接下来还有得忙呢。”

“谢谢您，上校。”

“别提了。我是说真的，别提了。”他再次看着彼得，“对他要当心一点，乔克森。你绝不会想惹恼拉蒙特的。”

他们骑了一夜又一夜，此刻，已经在卢林东方了。他们没有地图，但也不需要。十号州际高速公路会带他们一路直抵休斯敦，进到丛林密布的中心。

格瑞尔以前到过那里一次——只到过市郊，但也够了。这座城市遍布无法穿越的沼泽，瘴气弥漫，尽是林木缠结蔓长的迷阵与充满湿气的废墟，有呆呆鬼横行。就算呆呆鬼没找到你，鳄鱼也会逮着你。它们很多都大得不可思议，像一艘艘半浮半沉的船在恶臭的沼泽里巡弋，张着威力强大的嘴腭四处搜寻。

空中则是由一大片一大片蚊子组成的乌云。你的鼻子、你的嘴巴、你的眼睛——它们不时在寻找人体的门户，寻找你的弱点。

休斯敦，或者应该说是休斯敦的遗迹，不是个适合人类生存的地方。格瑞尔甚至有点想不通，当初怎么会有人认为那里适合人居住。

他们很快就会面对这一切了。他们置身在大草原上，高长的野草和低矮的灌木绵延到海边。在这么靠东的地方，从未清理过的高速公路看起来已经不成形了。路面碎裂，被沉重的黏土压垮了。古老车辆的遗骸不时阻挡住去路。

自从离开，他俩没讲过几句话，交谈根本就没有必要。在这几天里，格瑞尔察觉到艾美身上的变化，她的肢体动作透露出一股心不在焉的感觉。她出汗很严重，偶尔会看到她皱起眉，仿佛很痛似的。但是只要他一表达关切，女孩就立即否认。我很好，她坚持。**没事的**。她的语气几近生气，她是要他别再逼问了。

夜色降临，他们在一片看得出是汽车旅馆废墟的空地上扎营。天空晴朗，温度下降，有艾美在，他就位于保护区里。他们打开铺盖，睡觉。

后来，他突然惊醒。有点不对劲。他翻身，看见艾美的铺盖上没有人。

他不许自己惊慌。在他们睡着之后，半圆的月亮悄悄爬上天空，把黑夜切割成明亮与阴暗两个部分，交织着骇人的拉长形影与一块块漆黑的暗影。马匹毫无所觉地在草地上吃草。格瑞尔从口袋里拔出勃朗宁手枪，小心翼翼地踏进暗处。他瞪大眼睛分辨一个个形状。她到哪里去了？他应该出声喊她吗？但这场景的寂静与暗藏的危险让他无法这样做。

然后他看见她了。她就站在离他们的营地不到几米的地方，面朝另一个方向，和人交谈的节奏在他耳边震动。她在和谁讲话吗？似乎是，然而这里又没有人。

他从她背后走近她。“艾美？”

没有回答。她不再喃喃自语了，身体一动也不动。

“艾美，怎么了？”

她转身面对他，脸上带着微微意外的表情。“噢，我懂了。”

“你在和谁讲话？”

她没回答。她好像魂不守舍，难道是在梦游?

然后她说:“我想我们该回去了。”

“别这样吓我。”

“对不起，我不是故意的。”她垂下目光，看着那把枪，“你拿这个干吗？”

“我不知道你到哪里去了。我很担心。”

“我以为我说得很清楚，少校。把那东西拿开。”

她走过他身边，回营地去了。

7

“说给妈咪听嘛！快说，我是需要奶瓶的宝宝，我保证要乖乖的。要当个乖宝宝哟，葛瑞。”

滴管头充满魅惑地在他鼻子底下晃荡，鲜血的气味宛如炸弹，在他脑内炸开，纯粹的欲望引爆了上百万个神经元。

“这个你会喜欢的，美味佳酿。你喜欢年轻的，不是吗，葛瑞？”

他的双眼盈满泪水，渴望与憎恶的泪水。为他这活得太长的人生，这一整个世纪赤身裸体被困在床上的人生而落泪。他落泪，因为自己身为葛瑞而落泪。

“拜托。”

“开口说啊，说我喜欢年轻的。”

“求求你，不要逼我。”

“说嘛，葛瑞。”一阵酸臭的气息贴近他的鼻翼。“让我……听……你……说……”

“好！好，我喜欢年轻的！拜托！尝一口就好！一点点就好！”

这时，滴管中的液体终于滴到他的舌上。他啧啧吮着嘴唇，厚厚的舌头舔着嘴巴的内壁。他吸吮着，像他们说的，就像个婴儿一样。他好希望这感觉可以一直持续下去，虽然根本不可能。他的喉咙不由自主地咕噜一声，然后就结束了。

“再多一点，再多一点。”

“听着，葛瑞，你知道不能再多了。一天一滴，医生远离我。这样刚好够让你产出病毒精华。”

“只要再给我一口就好。我保证，我不会告诉别人的。”

阴冷的笑声说：“要是我愿意呢？要是我愿意再多给你一滴呢？

你会怎么做呢？”

“我不会的，我发誓，我只是要……”

“我来告诉你你想要怎样吧。朋友啊，你想做的，是把这些链条甩到地上。老实说，要是我处在你的状况，我也想那么做。我脑袋里想的就是这些事。我要宰掉把我关在这里的那个家伙。”

停顿了一会儿，然后那个声音更靠近了。“这就是你想做的吧，葛瑞？把我们都宰掉！”

他的确想这么做。他想要把他们一个个撕成碎片，他想要他们的血如水四处涌动，恨不得能听见他们最后的惨叫。他想要这么做，比死还想，虽然他也很想死。丽拉，他想，丽拉，我可以感觉到你，我知道你就在附近。丽拉，如果可以，我想救你。

“明天见啦，葛瑞。”

就这样周而复始。袋子空空地送进来，满满地送出去，点滴非常尽责。维系他们的是他的血，那些眼睛发亮的家伙。他们靠葛瑞的血喂养，长生不老，就像他永远活着一样。葛瑞永生不死，被链条锁住。

有时候他会好奇，他们喂他喝的血是从哪里来的。但他不常想这个问题，这不是他愿意想的问题。

偶尔他还是会听到零号的声音，虽然那听起来不再像是零号对他说话。那声音像隔着什么东西，远远的，仿佛葛瑞是不小心听到墙壁外面的人在交谈，仔细想想，他觉得这未尝不是小小的慈悲之举，让他一个人在这里，只能与自己的思绪为伴，不再有零号和他那讲个没完没了的声音在脑袋里回荡。

吉尔德是唯一一个直接取用血源的人。他们就是这样叫葛瑞的，**血源**，好像他只是个东西，而不是个人。不过，他猜自己大概也不算是人了吧。也不是每次都这样，不过有时候或许是因为特别饿，或者是某些葛瑞也猜想不到的原因，吉尔德会出现在他门口，身上只穿了内衣，免得血弄脏他的西装。他会把袋子从管子上拆下来，任黏稠的血液喷在身上，把点滴管放进嘴里，吸吮葛瑞的血，就像小孩用吸管喝汽水那样。**劳伦斯**，他喜欢这么说，**你看起来不怎么好，他们喂饱**

你了吗？你一个人在这里，我很担心。有一次，很久以前，好多年，或许是几十年前，吉尔德带了一面镜子来，是那种叫仕女化妆镜的小镜子。吉尔德掀开盖子，举到葛瑞面前说，**你何不看看呢？**一个老头的脸回瞪着他，一张脸皱得像梅干——那是一张临终的脸。

他永远处在临终的状态。

然后有一天，他醒来的时候看见吉尔德跨坐在椅子上，看着他。他的领带松松地挂在脖子上，头发乱七八糟，西装皱巴巴、脏兮兮的。葛瑞看得出来他处在循环末期了，他可以从这人身上闻到腐臭的味道——像垃圾桶、尸体、微微带着腐烂水果的味道——但是吉尔德没急着喝他的血。葛瑞感觉得出来，吉尔德已经在那里坐了好一会儿了。

“我问你一件事，劳伦斯。”

反正不管答不答应，他都会问。“好吧。”

“你是不是曾经……嗯，我该怎么说？”吉尔德微微耸肩，“你有没有恋爱过？”

从这人嘴里说出“爱”这个字，听起来怪异至极。爱是另一个纪元的产物，是史前时代的东西。

“我不知道你的问题是什么。”

吉尔德的整张脸皱成一团。“真的吗？我觉得这个问题再简单不过了。天使在天堂齐声合唱，你的脚离地三寸。你知道的，恋爱。”

“我想没有。”

“有就是有，没有就是没有，劳伦斯，只有这两种答案。”

他想到丽拉。他对她的感觉是一种爱，但不是吉尔德说的那种爱。“没有，我没恋爱过。”

吉尔德的目光越过他。“嗯，我有过，一次。她名叫莎娜。不过，这当然不是她的本名。她的皮肤像奶油，劳伦斯，我是非常认真的，尝起来就像奶油。她的眼睛有种亚洲风情，你知道那个样子吧？还有她的身体，嗯，”他搓搓脸，忧郁地吐了一口气，“我再也体会不到这个部分的感受了，性的部分。病毒狠狠地把我搞垮了。尼尔森认为病毒在你的身上之所以有不同的效用，或许是因为你服用类固醇的关系。这有几分道理。反正自作孽不可活嘛。”他嘲讽似的咯咯笑，“自作孽，好笑，真是太好笑了。”

葛瑞没搭腔。不管吉尔德情绪如何，似乎都和他没有关系。

“总而言之，我想也不算坏事。老实说，我从来不觉得自己有多爱那档子事。但是即使过了这么多年，我还是会想她。想到她说的话，想到阳光照在她那张床上的情景。我有点想念那太阳了。”他顿了一下，“我知道她不爱我，她只是在演戏。打从一开始我就知道，尽管我不愿意承认，但我就是知道。”

“你告诉我这些干吗？”

“干吗？”他的目光凝聚在葛瑞脸上，“很明显啊。你真会装疯卖傻，请原谅我这么说。因为我们是朋友啊，劳伦斯。我知道，你八成认为碰到我是你这辈子最倒霉的事，看起来也的确是这样。我相信你或许会觉得很不公平，但是你让我别无选择。老实说，对吧，劳伦斯？但奇怪的是，你却是我交情最久的老朋友。”

葛瑞闭嘴不说话。这人的脑袋真是有问题。葛瑞发现自己不由自主地想往外伸展，结果还是整个人紧紧绷在链条上。他这一生最大的快乐，除了死之外，就是把吉尔德的头扭下来。

“丽拉呢？我不是想刺探，可是我总觉得你们之间有点什么。从你过去的背景来看，这实在很令人意外。”

葛瑞内心有个部分绞在一起。他不想谈这件事，现在不想，永远都不想。“别烦我。”

“别这样，我只是问问嘛。”

“你去死吧！”

吉尔德的脸挨近一些，声音压得低低的，仿佛推心置腹。“告诉我，你还听得到他的声音吗，劳伦斯？告诉我实话。”

“我不知道你在说什么。”

吉尔德皱起眉头瞥他一眼，仿佛纠正他似的。“拜托，没听到他的声音？我真正要问的是他的事。这不是我的胡言乱语。”他用力地盯着葛瑞，“你知道他叫我干什么，对不对？”

好像没有必要否认，葛瑞点点头。

“把所有的问题考虑进来，你觉得这是个好主意吗？我觉得我需要你的意见。”

“我怎么想有什么关系？”

“别看轻你自己，你仍然是他的最爱，劳伦斯，这一点疑问都没有。当然啦，我或许是负责指挥的人，我是这艘船的船长。但是我看得出来。”

“不是。”

“不是什么？”

“这不是个好主意。这是个可怕的主意，这是天底下最糟糕的主意。”

吉尔德挑起眉毛，宛如两个降落伞迎风鼓起。

“看看你，”这么长时间以来，葛瑞第一次真正地大笑，“你以为他是你的朋友？你以为他们之中有任何一个是你的朋友？你这个龟儿子，吉尔德。我知道他们是什么东西，我知道零号是什么东西，当时我人在那里。”

他显然是命中要害了，吉尔德的拳头握紧又放松。葛瑞甚至懒洋洋地想，这人是不是要揍他。他一点都不担心这个，这至少可以打破一成不变的乏味，这会带来一点变化，一种新的疼痛。

“我得说，你的反应实在很让我失望，劳伦斯，我本来还指望你给我一点支持呢。可是我不想自贬身价，我知道你希望这样，但我还是比你伟大。顺便提供点信息给你——‘大计划’今天就会完工，之后是剪彩典礼，我把这个当成一个惊喜，你知道的，我想你应该会很高兴听到这个消息。如果你愿意，就可以成为其中的一分子。但显然我看错你了。”

他起身，走向门口。

“你想要什么，吉尔德？”

那人转身，一双充满血丝的眼睛望向他。

“这到底对你有什么好处？我永远搞不懂。”

一阵漫长的沉默。然后吉尔德说：“你知道他们是谁，葛瑞？”

“我当然知道。”

但吉尔德摇摇头。“不，你不知道。你如果知道，就不必问了。所以我告诉你，他们是天底下最自由的东西。没有懊悔，没有悲悯，没有爱，没有任何事情可以感动他们，伤害他们。想想看那是什么情景，劳伦斯。绝对的自由！想想看那该有多棒。”

葛瑞没回答。他无话可说。

“你问我说我想要什么，朋友，我把答案告诉你，我想要他们所拥有的，我想要那个小妓女滚出我的脑袋，我想要感觉……**无感**。”

花瓶砸在墙上，玻璃立时爆开。太好了。汽车炸弹是最后一根稻草，这次非了结不可。

吉尔德叫威克斯到办公室来。等这位幕僚长进来时，吉尔德已经想办法稍稍镇静下来了。

“每天再多加十个。”

威克斯似乎吓坏了。“嗯，有特别的对象吗？”

“无所谓！”天哪，这家伙的脑筋有时候硬得像木板，“你听不懂吗？从来就无所谓！只要在早上点名的时候把他们抓出来就行了。”

威克斯有点迟疑。“所以你的意思是，嗯，你知道，随机抓出来，不一定是我们怀疑和叛军有关系的人。”

“太厉害了，福瑞德，这正是我的意思。”

有那么一秒钟，威克斯站在那里不动，瞪着吉尔德，一脸迷惑。不是迷惑，是不安。

“干吗？我是在自言自语吗？”

“遵命。我可以拟一张名单，送到山下给人力资源部。”

“我不管你怎么做，只要搞定就好了。”吉尔德伸手指着门，“现在给我滚出去，派个侍女来清理干净。”

8

想找到霍里斯，过程远比彼得料想的曲折复杂。一开始他们找上萝儿的一个朋友，那人认识某个认识霍里斯的人。每次看来只差一步就能找到人的时候，却又发现目标已经离开了。

最后的线索指引他们来到一座经营赌场的圆顶屋。午夜过后，他们走在 H 镇一条堆满垃圾的阴暗巷弄里。宵禁的时间早就过了，但是他们四周传来隐隐的喧闹声——有叫嚷咆哮，有玻璃碎落，还有钢琴的叮咚声。

“这地方真是了不得。”彼得说。

“你不常来这里，对吧？”迈克说。

“不算常来。嗯，其实是没来过。”

一个笼罩着阴影的人从门口出来，挡住了他们的去路。是个女人。“嗨，兵哥哥，今晚有什么计划吗？”

她从阴影里走出来。不年轻，但也不老，身材很瘦，简直像个小男孩，但是她语气里散发出来的色欲意味以及她站着的样子——重心不停在两脚之间挪移，骨盆轻轻交替抵着身上的小裙子——再加上她打量彼得全身时，那双垂下的眼睛让她看起来有一股难以抵挡的性感。

“我可以帮你吗？中尉。”

彼得吞了吞口水，他的脸热了起来。“我们想找表哥。”

那女人绽开微笑，露出一排活像染了色的牙齿。“每个人都是某个人的表亲啊，如果你愿意，我也可以当你的表姐。”她把目光扫向萝儿，然后转到迈克身上，“你呢，小帅哥。我可以找个朋友来。如果你的女朋友愿意，也可以来，也许她喜欢欣赏呢。”

萝儿抓着迈克的手臂。“他可没兴趣。”

“我们真的是来找人的。”彼得说，“给你添麻烦了，不好意思。”

她沉沉地笑了起来。“噢，不麻烦。你要是改变心意了，知道该上哪儿去找我的，中尉。”

他们继续往前走。“很俊的男人。”迈克说。

彼得回头望向巷子里。那女人，或者说他们认为是女人的那个人，已经又消失在某扇门里了。“真没想到她是男的，你确定吗？”

迈克粗鲁地笑了起来，摇摇头。“你真的应该多出来混一混，老兄。”

他们看见那间圆顶屋就在前方。一道道光线从门的边缘透出来，门口有两个粗壮的男人在把守。他们三个停下脚步，躲在一个垃圾都溢出来了的垃圾桶后面。

“最好由我来开口。”萝儿说。

彼得摇摇头。“这是我的主意，应该由我去。”

“你穿着这身制服去说？别闹了。你和迈克留在这里，小心别被人妖钓上了。”

他们看着她走向门口。“这真的是好主意吗？”彼得悄声说。

迈克竖起一只手。“等着瞧吧。”

萝儿一走近，那两个男的就紧张起来，上前挡住她。交谈几句之后，她就回来了。彼得听不见他们说了什么。

“好了，我们可以进去了。”

“你是怎么告诉他们的？”

“说你们两个刚领到薪饷，而且你喝醉了，所以演得像一点哟。”

屋里很拥挤，充满喧哗声，一张张六角形的大台子占满了空间，牌局正在进行。烟雾弥漫，整间屋子都是呛人的烟味，混杂着麦酒的酸甜香味。半裸的女人——至少彼得认为她们是女人——坐在房间边缘的凳子上，年龄最小的绝对不到十六岁，最老的一个年近五十，化着小丑似的浓妆，活像个女巫。更多女人在屋子后面的布帘里进进出出，通常手里都挽着显然喝得醉醺醺的男人。就彼得的了解，H镇之所以存在，是为了对某些非法恶行睁一只眼闭一只眼，但把这些行为限定在某个特定的区域之内。他明白其中的逻辑——人终究是人——

但是身临其境又是另一回事。他很想知道迈克对他的评价是不是正确，他这人到底有多拘谨？

“这不是我们以前玩的那种扑克吧？”他问迈克。

“现在叫得州扑克。得先交二十块钱才准看牌，对我来说太贵了。”他也像彼得一样，眼睛在屋里四下搜寻霍里斯的身影，“我们应该想办法融入他们的。你身上有多少钱？”

“一毛都没有。”

“没有？”

“我全给佩格修女了。”

迈克叹了口气。“你当然是给她喽。你始终如一，我真是服了你。”

“你们两个，”萝儿说，“真是一对软脚蟹。快过来学着点，朋友。”

她阔步走向最近的一张台子，找把椅子坐下来，从牛仔裤口袋里掏出一沓钞票，抽出两张，下赌注。第三张钞票换来一杯酒，她扬起一头被太阳晒得褪了色的头发，一饮而尽。发牌人发给每个玩家两张牌，然后开始下注。刚开始的四局，萝儿好像不怎么注意自己手上的牌，忙着和其他玩家聊天，总是翻个白眼就盖牌。然后，在第五局，神色态度丝毫未变的她开始提高赌注。台子上的那沓钞票越堆越高，彼得猜至少有三百奥斯汀[①]等人去赢。其他玩家一个接一个地弃守，最后只剩下另一个玩家，一个瘦巴巴的男人，脸上坑坑洼洼的，身穿水工的连身工作服。最后一张牌发出来了，脸上毫无表情的萝儿又加上五张钞票。那人摇摇头，盖牌了。

“好吧，佩服，佩服。”萝儿把钱扒拉过来的时候，彼得说。他们站在一旁，是近得足以看见、但又不那么明显的地方。“她是怎么办到的？”

“她作弊。”

“真的？我看不出来她怎么办到的。”

“其实很简单，每一张牌都做了记号，很不明显，但你还是可以感觉得到。台子上有个玩家是赌场的人，所以他总是可以赢钱。她利

① 原文为Austins，在本文中是一种货币的名称。

用前几局搞清楚哪个是赌场的人，以及如何读牌，再加上她又是女的，这里没有人把女人当一回事。他们认为她拿到好牌就下注，拿到一手烂牌就盖牌。但是四次里有三次，她都只是虚张声势。”

“要是他们发现她干的事怎么办？”

“他们不会的，不会立即发现。她会输个一两局。”

“然后呢？”

“然后就该离开了。”

屋子后方突然一阵混乱，引起了他们的注意。一个黑发女子的衣服被扒下肩膀，双臂揽着赤裸的胸部，冲出布帘，不住地尖叫。一会儿，有个男人跟着跑出来，裤子可笑地褪到脚踝边。他看起来似乎脚不着地——彼得发现，有个人从背后拎起他。那人被丢出去的时候，彼得认出他了，是赛奇队上的一名年轻下士，负责开瓦希斯营地来的交通车。另一个男人身形庞大，脸的下半部被胡椒盐儿色的大胡子掩住了，正是霍里斯。

“啊哈。”迈克说。

霍里斯一脸不在乎地抓着那人的衣领，拉他站起来。那女人满嘴脏话地叫嚷不休，一根手指指着他们两个——**宰了这个王八蛋！我干吗忍受这种事！你听见了吗？你是死人啊，你这个浑蛋！**霍里斯半推半拎地把那人推向门口。

“我们该上场了。”彼得说。

他们一个箭步走向门口，在走出屋子的时候，萝儿从后面赶上他们。那名下士拼命哭着道歉，一面想拉上裤子，快点离开。就算霍里斯被这人的哀求打动了，也没露出半点声色。两名保安看着这个场面高声大笑，霍里斯抓着下士的腰带，把他往巷子深处推去。就在他让那人再次站好之后，彼得出声喊他。

“霍里斯！”

他有那么一会儿的迷惑，似乎不认得他们是谁，然后很意外地说：“彼得，你好。”

那名下士还在他的手里挣扎。“中尉，拜托，行行好吧。这怪物要杀我！”

彼得看看他的朋友:“是吗?”

这个大块头故作幽默地耸耸肩。“我想,既然他是你的人,这次就放过他吧。”

“好!你放我走,我不会再回来,我发誓!”

彼得的注意力转到那名吓坏了的下士身上。他想起来了,这人名叫犹达。“下士,你在哪个营区?别糊弄我。”

“西营舍,长官。”

“那就快去吧,士官。”

“谢谢你,长官!你绝对不会后悔这么做的!”

“我已经后悔了。快点滚吧。”

他连跑带跳地拉着裤子离开了。

“我不会真的伤他,”霍里斯说,“就只是吓吓他。”

“他做了什么?”

“他想吻她,这是不允许的。”

这罪过似乎没什么大不了的。在彼得看来,其实连罪过都谈不上。“真的?”

“这里是有规矩的。除了这件事之外,几乎什么都可以做,主要是看女人的意思啦。”他的目光越过彼得,“迈克,很高兴见到你,好久不见了。你看起来很好嘛。”

“彼此彼此。这是萝儿。”

霍里斯朝她微笑。“哦,我知道你是谁。不过终于可以正式认识你,实在很高兴。今天晚上牌玩得如何啊?”

“不太坏。”萝儿回答说,“你们安插在那张台子的暗桩是个大笨蛋,我才正要开始呢。”

霍里斯的表情严肃起来,这让他脸上的伤痕更明显。“别批评我,彼得,我只有这个要求。这里自有一套运作方法,就是这样。”

“你可以相信我。我们都知道……”他搜寻适当的词,“嗯……你所经历的事。”

一阵沉默。霍里斯清清嗓子:“我想呢,你们不是来和我叙旧的。”

彼得看着他背后那两个看门的保安,他们显然在偷听,连掩饰都懒得掩饰。

“有没有可以谈话的地方？”

两个小时之后，霍里斯和他们在家里碰面。他家是间防水油纸搭建的棚屋，位于H镇西端。虽然外观看起来破旧不起眼，但屋里却很意外地洋溢着温馨的居家气氛，窗户有窗帘掩映，一串串干燥香草垂挂在天花板的横梁上。霍里斯点燃火炉，煮了一锅水泡茶，其他人则围坐在小餐桌旁。

“我泡了柠檬香蜂草。”霍里斯把四个冒着热气的马克杯摆在桌上说，“是我在后面那一小块空地上自己种的。”

彼得讲了油道上发生的事，以及阿普格透露给他的讯息。霍里斯若有所思地听着，一面喝茶，一面捋着胡子。

“你可以带我们去找提夫第吗？”彼得问。

“问题不在这里。提夫第不是你会想要扯上关系的人，你的指挥官说得没错。我可以替你担保，可是那些家伙惹不得。我的话只能说到这里为止。军方是不受欢迎的。”

“我看不出来还有别的选择。如果我的直觉没错，他或许可以告诉我们艾美和格瑞尔到哪里去了。这些事情全都有关，阿普格是这样告诉我的。”

“听起来有点牵强。”

“或许吧。可是如果阿普格说得没错，罗斯威尔的事也是同一批人干的。”彼得不想苦苦紧逼，但是下一个问题非问不可，“你记得什么？”

霍里斯脸上瞬间闪过一丝痛苦。“彼得，没用的，好吗？我什么都没看见，我就只是抱着凯勒柏拼命跑。也许我当时该有不同的反应。相信我，我曾经想过。但是抱着那个宝宝……”

“没有人说什么。”

“那就别提了，拜托。我只知道当时大门一开，他们就拥了进来。”

彼得瞥了迈克一眼。这是他们之前不知道的事实，拼图又多了一块。

“大门为什么会打开？”

“我想根本没有人知道。”霍里斯说，“无论是谁下的命令，一定都已经在攻击行动中丧生了。而且我也没听过什么女人的事，就算她在那里，我也没看见。你说的那些卡车我也没看见。”他重重地呼了一口气，“事实是，莎拉不见了。这些事情我只要想上一秒钟，就会疯掉。我很抱歉这样说，相信我，我不会假装自己已经平心静气了。但是我们只能接受事实。你也一样，迈克。”

“她是我姐姐啊。”

“她也就要成为我的妻子了啊。”霍里斯看着迈克那张惊诧的脸，“你不知道，对吧？”

“见鬼了，霍里斯。不，我不知道。”

“我们打算等你到了柯厄维尔再告诉你，她希望等你来。我很抱歉，迈克。”

一伙人似乎都不知道要怎么开口。在沉默之中，彼得环顾四周，接着明白自己眼前所见的是什么。这间有着火炉、香草与家用物品的温馨的屋子，霍里斯把这里经营成了他和莎拉共同生活的家。

“只能告诉你这么多了，”霍里斯说，“希望你满意。”

“我不能接受。看看这个地方，你一直在等她回家。”

霍里斯紧紧抓着他的马克杯。“放手吧，表弟。”

“也许你是对的，也许莎拉死了。但是，如果她还活在某个地方怎么办？”

“那么她就是被掳走了。我真心请求你，如果你还看重我们的友谊，就别再让我想这些事。”

“我非这样不可。我们也都爱她，霍里斯。我们是一家人，是她的家人。”

霍里斯站起来，把马克杯摆回水槽里。

“只要带我们去找提夫第就好。我只有这个要求。”

霍里斯背对着他们说：“他和你想的不一样，他有恩于我。”

“什么恩？在妓院里给你一份工作？”

他垂着头，双手抓住水槽边缘，仿佛挨了一拳似的。“天哪，彼得，你还是老样子。”

“你没做什么不对的事。你做了你应该做的，你救了凯勒柏。”

“凯勒柏，”霍里斯重重地叹了一口气，“他还好吗？我一直想去看他。”

“你应该亲眼去看看他。他欠你一条命，而且长得很好。”

霍里斯转身面对他们。他眼里亮起了一朵小小的希望之火。情势改变了，彼得从他眼里可以看得出来。

“你呢，迈克？我知道彼得是怎么想的。”

“被杀的那些人是我的朋友。如果可以报仇，我当然要做。而只要我姐姐有一丝机会活着，我绝对不会什么都不做的。”

“这个大陆很大。”

“一直都是啊。这也阻挡不了我。”

霍里斯看看萝儿。“那你的意见呢？”

萝儿微微一惊。“你干吗问我？我只不过搭便车过来而已。”

大块头耸耸肩。“我不知道，你玩牌玩得很厉害，告诉我概率有多大吧。”

萝儿瞟了一眼迈克，然后又看着霍里斯。“这不是概率的问题。天底下这么多男人，她却选择了你。如果她还活着，一定在等着你。她会想办法活着，等你找到她，这才是最重要的。”

所有人都等着听霍里斯接下来会怎么说。

“你实在是个厉害的角色，你知道吗？”

萝儿咧嘴笑：“大家都知道啊。”

又一阵沉默。然后他说：“等我收拾几样东西吧。”

9

第一片雪花落下，是在艾莉希亚侦察市郊的第三个晚上。松厚的雪花从墨黑的天空片片落下，大地被洁净的冬季寒意笼罩着。空气令人感觉冷冽但纯净，在她的肺里浸透着一点点冰凉。她应该生火，但是火光会被人看见。她哈着气暖手，在冰冻的土地上跺脚，但仍发现自己的感觉渐渐消失。很合适，这猝然降临的寒意，带有战斗的味道。

士兵已经不在她身边了。艾莉希亚要去的地方，它不能跟着。这匹马身上总是散发着某种神圣的气息，仿佛是神灵世界送来给她的。在它最深沉的意识里，看见了发生在艾莉希亚身上的事，那黑暗的进化。打从那天在山脊上把刀插进那头公鹿的身体，挖出它兀自跳动的心脏开始，那股强烈的气味就在她心中漫开。那是一股兴奋的力量，源源不绝的能量，但并非没有代价。她很想知道，在被彻底征服之前，她还剩下多少时间。到那时她就会剥下人类的外表，里外合一。在那之前，她就只是艾莉希亚·唐纳迪欧，远征军侦察狙击手，仅此而已。

走吧，她之前对它说，**和我在一起不安全**。她的眼睛含有泪水，恨不得转头不看它，但却办不到，**你这可爱的小家伙，我永远不会忘了你**。

最后几公里路，她徒步沿着河走。河水依然自在流淌，但这维持不了多久，靠近岸边的河水很快就会结成冰。四周没有林木，光秃秃的一片，暮色低垂时，城市的影像出现在地平线。早在好几个小时之前，她就已经闻到城市的气味。那广阔的规模让她吃惊，她从背包里抽出泛黄的手绘地图，研究地形。有耸立在山顶的圆顶建筑是个像碗似的体育馆，有被水坝一分为二的河流，有起重机的大型水泥建筑，有一排排围有铁丝网的营舍——都和格瑞尔十五年前记录的一模一样。她拿出无线电方位侦测器，用冻得麻木的手指调整收讯频道，前前后后移动。一阵静电，接着指针跃动了一格。侦测器指向那个圆顶。

有人在那里。

现在除了白天光线最强的那几个小时之外，她已经不需要眼镜了。这是怎么发生的？她的眼睛是怎么回事？她在河面端详自己的脸，那橘色的光持续消退。这代表什么意思？她看起来近乎……正常，一个普通的年轻女子。这会是真的吗？她想。

最初两天，她绕着城市周围评估防卫的情况。她仔细计算车辆、人力与武器。从大门口出发的定期巡逻队可以轻易闪避，他们的行动感觉上是敷衍了事，仿佛察觉不到有真正的威胁存在似的。天一亮，一辆辆卡车从营舍开出，绕行全城，载工人到工厂、畜栏和农田，天黑了再送他们回来。艾莉希亚观察了几天之后，越发觉得自己眼中所见的是某种监狱，类似一个由奴隶与奴隶主构成的社会，但防范措施似乎不怎么严密，围墙不怎么牢固，许多警卫显然也没带武器。不管控制百姓的力量是什么，一定都来自内部。

她的注意力集中在两幢建筑上。第一幢是有起重机的庞大建筑，外表看起来像堡垒般结实。透过望远镜，艾莉希亚发现那里只有一个入口，有沉重铁门封住的广阔入口。起重机一动也不动，建筑工事似乎完成了，然而从外观看起来，却还没有启用。这建筑的用途是什么？是为了躲避病鬼，作为最后撤退之时的避难所？看来是有可能的，只是除此之外，这城市嗅不出一丝威胁感。

另一幢建筑是体育馆，位于城市南界之外，一片有围墙的毗邻地上。和那座堡垒不同的是，体育馆是日常活动的地方。车辆进进出出，有时候是厢型载重车，有时候是大型卡车，总是在黄昏或天黑之后不久，消失在通往地下室的坡道里。车里载了什么始终是个谜，直到第四天，一辆牲口载运车载满牛开进坡道。

下面养着东西。

第五天中午过后不久，艾莉希亚在她扎营的涵洞里休息时，突然听到远处传来的爆炸声。她用望远镜瞄准城市的中心地带，一道黑烟从山脚下冒出来，至少有一幢建筑着火了。她看着人和车奔向爆炸地点，一辆救火的车开来灭火。现在她已经分辨得出谁是犯人，谁是狱卒了，但是这一次，却出现了第三种人。总共有三个，搭乘一辆黑亮的车子来到惨剧发生的现场。这辆车和艾莉希亚之前看到的那些破铜烂铁完全不同，而且一踏进冬日的阳光里，那些人马上拉好领带，抹平身上西装的皱褶。这是什么奇装异服啊？他们的眼睛躲在厚重的黑色镜片后面。是因为白昼的阳光，还是另有原因？他们一现身，就产生了立竿见影的效果，宛如一颗石头在池塘表面激起的涟漪似的，现场的其他人身上散发出不安的气息。一个西装男忙着在夹板上记录着什么，其他两个则高声下达命令，指手画脚。她看见的是什么？领导阶层，显然是。这城市的一切都隐隐暗示着领导阶层的存在。但是这爆炸是怎么回事？是意外，还是精心策划的结果？盔甲上的一个裂缝？也许。

她接获的命令很清楚。侦察这座城市，评估威胁，在六十天内汇报到柯厄维尔。在任何情况下，她都不得与居民接触。但是没说她必须留在铁丝网外。

是该走近瞧瞧了。

她选择了那座体育馆。

她又花了两天的时间，观察卡车开进开出。围墙不是问题，进到地下室才是最棘手的部分。那扇门就像碉堡的大门一样，看起来坚不可摧。只有在卡车开到坡道顶端的时候，门才会升起，等车子一通过就落下，时间很紧。

到了第三天黄昏，艾莉希亚在一丛灌木后面，取下身上的武器——只留下插在枪套里的一把勃朗宁手枪，以及贴在她脊骨上的一把带鞘的刀。她已经在铁丝网上找到一个地方，以一座看上去已经废弃的建筑掩蔽，她可以偷偷爬进去。这几幢废弃的建筑和体育馆坡道之间隔着一百米的空地。等行驶的厢型车转过墙角，艾莉希亚就有六秒钟的时间可以跑完这段距离。很简单，她对自己说。小事一桩。

她一脚攀上围墙，翻了过去，沿着那栋房子的后墙跑到墙角，偷偷往外看。时间抓得恰恰好，哐当哐当的声音朝体育馆传来：是厢型车。接近转角的时候，司机放慢了速度。

快。

那辆车开上坡道顶端时，艾莉希亚紧跟在后面。铁链哐当哐当地拉起大门，就快拉到顶了。艾莉希亚大步跳起，降落在厢型车车顶，面朝下趴着，不到半秒钟，门就落下了。

见鬼了，她真是太厉害了！

她已经感觉到了，感觉到了他们。她皮肤上那太过熟悉的刺痛，以及她脑袋深处滔滔不绝的低语，宛如浪涛拍打在远处的边岸。厢型车放慢车速，穿过一个隧道。她看见前面出现了第二道门。司机按响喇叭，门升起让他们通过了。又过了三秒，车停了。

他们位于开阔宽敞的空间，每一边都有十六米长。从挡风玻璃顶端偷偷瞄过去，艾莉希亚看见八个人。六个带有来复枪，另两个背着重重的背包，带着庞大容器和长铁棍。房间的另一端有第三道门，和前两道不同：是厚重的钢铁装置，门上架着粗大的横棍。

其中一个人手里拿着夹板，慢慢晃到车子前面。她尽可能让自己平贴在车顶上。

“几个？”

“和平常一样。”

“我们要全部一次处理吗？”

“我怎么知道啊？命令是怎么说的？”

翻着纸张的声音。“嗯，没说。”另一个人回答，“就一次处理吧，我想。”

“还可以下注吗？”

“你想要下注的话还可以。”

“我押七秒。”

“淫魔押七秒，你得再挑一个。”

“那就六吧。”司机的门嘎吱一声打开来，艾莉希亚听见他的脚踏上水泥地。“我比较喜欢牛，撑得比较久。”

“你这个病态的浑蛋，你知道吗？”停顿了一会儿，“可是你说得没错，那很酷。”他转身向其他人喊着，“好了，各位，好戏上场了！把灯关掉！”

啪的一声，灯全熄了，只剩下天花板上的灯泡发出幽微的蓝光。所有人都离房间那头的第三道门远远的。门里关的是什么，连猜都不必猜，艾莉希亚打从骨子里便能意识到那东西的存在。一道铁门开始从天花板降下，然后停住。带着背包的那两个人在铁门这头就位，铁棍的顶端有火光跳动。司机走到厢型车后面，打开门。

“快点，快出来。”

“拜托，”有个男人的声音哀求着，“你不必这么做的！你和他们不一样！”

“噢，事情和你想的可不一样。乖一点。”

换了一个女的：“我们什么都没做！我才三十八岁！”

“真的？我敢发誓你没这么年轻。”左轮手枪咔嗒一声，“你们全部出来，快点！”

他们一个接一个下车，六个男的，四个女的，手腕脚踝都铐着锁链。他们哭泣，哀求饶命，有几个已经站不住了。两个人拿来复枪瞄准，司机拿着一串钥匙在他们之间走来走去，打开锁链。

“你干吗解开他们的镣铐啊？”另一个警卫问。

“拜托，别这样做！”那女人哀叫，“求求你！我有小孩啊！”

司机反手一挥，把她打倒在地。“我不是叫你闭嘴吗？”然后，他举起镣铐对刚才问话的警卫说，“你想事后清洗这东西吗？我可不想！”

别和居民接触，艾莉希亚告诉自己，**别和居民接触，别和居民接触**。

“淫魔，”司机喊着，“准备好了吗？”

一个长得像猪一样的男人站到一个像控制面板的东西旁边，他移动一个操作杆，门微微扭动。“再等一下，卡住了。”

别和居民接触，别接触，别接触……

“好了，可以了。”

管他去死！

艾莉希亚翻下车顶，和那个司机面对面站着。“你好啊。”

“搞什么……鬼？”

她抽出刀来，戳进他的肋骨下方。他深吸一口气，踉跄着往后倒下。

“你们，”艾莉希亚吼道，“全趴下。”

艾莉希亚从枪套里抽出那把勃朗宁手枪，往前踏进房里，手里握着枪，有条不紊地开火。警卫似乎都吓呆了，一时反应不过来。她开始一个接一个瞄准，让他们身上喷出一注注的鲜血，头部、心脏，又是头部。在她背后，囚犯们不停地惊声呐喊。她全神贯注，心思澄净如玻璃。她撂倒他们，像闪电一样猝不及防地击中他们。空气中逐渐弥漫着血液甜美的气味。弹匣里有九发子弹，她把他们全部放倒，还剩一发子弹。

抓住她的是那个带着喷火枪的家伙，虽然他本来并没打算这么做。在艾莉希亚扣下扳机的那一瞬间，他一心只想保护自己，低下头，背对她——这是本能的动作。

10

“证件。”

手指不再颤抖之后，莎拉把伪造的通行证交给警卫。她的心脏跳得很厉害，怦怦地撞在胸骨上，那女人没听见还真是奇迹。她从莎拉手里抓起通行证，很快看了一下，然后瞟了莎拉一眼，再看看证件，面无表情地交还通行证。

“下一个！”

莎拉穿过旋转的铁丝门。最后一步，只要进到里面，她就得靠自己了。里面有一座围着围篱的滑道，很像屠宰场里的设备。一队日班工人鱼贯通过——园丁、厨工、技工。滑道两旁有更多的爪牙监视，手里拉着颈系狗链吠叫不休的狗，一见有平地人畏缩害怕就哈哈大笑。每个袋子都要检查，每个人也都要搜身。莎拉把披肩包在头上，眼睛四处张望。真正的危险是被某个认识她的人看见——不管是平地人还是爪牙。一直要到戴上侍女的面纱，她才可以安全地隐身其中。

尤斯塔斯是怎么把她弄到圆殿的，她并不知道。他只说：到处都有我们的人，等她一进去，就会有联络人来找她。他们会以隐藏在普通对话里的暗语确认彼此的身份。她一路上山时，眼睛盯着地面，想让自己不被别人看见。但是再想想，她应该这样吗？到处张望不是更自然吗？就连这里的空气也不一样——更洁净，但是似乎弥漫着危险的氛围。在低垂的视线边缘，她察觉到大批人力资源部人员的存在，两个两个，或三个三个地成群移动。说不定是因为汽车爆炸案的关系，所以他们强化了保安工作，但谁知道？也许向来都是这样的。

圆殿周围有一圈水泥栅栏。她在岗哨前面出示通行证，登上通往入口的宽阔阶梯。入口有两扇宏伟的大门嵌在铜制门框里，她在门槛前面深吸一口气。进去吧，她想。

门打开来，她连忙让到一旁。两名红眼人快步走过她身边，衣领竖着抵挡风寒，手里提着真皮公文包。就在她以为自己已经逃过他们的注意时，左边的那个却突然停在阶梯顶端，转身看她。“走路要看路，平地人。”

她瞪着地面，想办法回避他们的目光。尽管有黑镜片遮蔽，但他们的眼睛还是有让她整个心拧在一起的力量。“对不起，长官，是我的错。”

“我对你讲话的时候，看着我。”

这像是陷阱。“我无意冒犯。”她嗫嚅着说，“我有通行证。”她举起证件。

“我说，看着我。”

莎拉抗拒自己的本能，缓缓抬起头。在惴惴不安的瞬间，那个红眼人从无法看透的镜片后面打量她，一点都没有接过通行证的打算。另一个红眼人的注意力显然不在她身上，他只是勉强忍耐同伴打乱今天的行程。他们身上有种特殊的稚气，莎拉想。柔嫩无瑕的脸庞，男孩似的灵活体格，让他们看起来像盛装打扮的早熟青年。对他们来说，任何事情都只是游戏。

“我们叫你做什么，你就要听命照做。”

另一个人很不耐烦地鼓起双颊。“你今天是怎么回事？她又不是什么重要的人。我们可以走了吧？”

“不，让我处理完这件事。”那人转头对莎拉说，“你听明白了吗？”

她血管里的血液几乎冻结了。她铆足全身的每一分意志，才能让自己不转开视线。他那双恶魔似的眼睛，那扭曲的冷笑。“是的，长官。”她结结巴巴地说，“我完全明白。”

“告诉我，你做什么。”

“什么？”

一抹微笑闪现，宛如掌中抓着老鼠的猫。“是啊，你是做什么的？你的工作是什么？”

她谄媚似的耸耸肩。“我负责打扫，长官。”看他没回答，她又补上一句，“我准备要当侍女。”

那个红眼人又端详了她一会儿，好像在思索这是不是满意的答案。“好吧，给你一句忠告，平地人。穿过那些门之后，最好小心一点。”

“我会的，长官。谢谢您，长官。”

“快滚去工作吧。”

她等到那两个人走下台阶，才放松下来。**见鬼**，她想，**上帝保佑，控制好自己吧。你就要进到全是这些东西的屋子里了。**

她鼓起勇气，打开门。

她瞬间就被这里的豪华气派吓呆，这个空间的高大广阔让她所有的感官都无所适从。她从没见过像这样的地方——闪闪发亮的大理石地板，阶梯式的露台，宏伟弯曲的楼梯。天花板高耸，变弱的阳光从穹顶遮有窗帘的高窗里洒下，让整个房间幽光闪闪宛如暮光笼罩。一切似乎既响亮又静寂，即便是最微弱的声音也会在四处回荡之后才被广袤的空无吸收。房间四周以及楼梯上间隔一定距离都部署着爪牙，一长排大约有十个工人在房间中央的登记桌前等候。她排在一个肩上扛着工具袋的男人背后。虽然有强烈的欲望想越过那个男人，看看前面的情况，但她不容许自己这么做。队伍缓缓前进，等待通行证盖章。她排在第五个，然后第三，接着第二。扛工具袋的男子走开，她看见了坐在桌后的人。

是阿谷。

肾上腺素让她的心脏狂跳。她无法动弹，无法呼吸。任务还未开始就已结束。她接获的命令很明白——绝对不能被活捉。红眼人会怎么做，妮娜已经清楚地告诉她了。**那是你想象不到的。你会哀求他们杀了你。你绝对不能犹豫。**她能怎么办？她应该转头就跑，祈祷他们杀了她？

“你觉得还好吗，小姐？”

“你说什么？”

“你……觉得……还……好吗？”

她觉得自己仿佛被人从悬崖边上拉了回来。她拼命想找个合适的回答。“我只是有点紧张。”

就算阿谷看见她觉得很惊讶，也没有显露在脸上。阿谷是个比她更会演戏的演员，莎拉认识他这么多年来，从没察觉到任何动静。

“第一次看到圆殿，可能会有点吃惊。你一定是新来的，黛妮，对不对？”

她点点头。黛妮，这是她的新名字，不是莎拉。

“请让我看看你的标签。”

她卷起袖子，伸出手臂。尤斯塔斯通过在记录部的内线，帮她弄到这个伪造的新身份。阿谷动作稍嫌夸张地比对文件上的号码。

“看来你要找副首长威克斯报到。”他招手要另一个爪牙来替代他在登记桌的工作，“跟我来。”

莎拉没听过这个名字，但是副首长一定是资深官员。阿谷陪她走过一条短短的走廊，到了一部有着镜面铁门的电梯前面。他们静静站着，两人面对前方，等待电梯。

“请进。”

阿谷跟在她后面踏进电梯，按下六楼的按钮。电梯厢开始爬升，他还是没看她，她怀疑他是不是有话要对她说。这时，就在通过四楼之际，他伸手按下面板上的一个按钮，电梯陡然停止。

“我们的时间不多。”阿谷说，“你被指派给那个叫丽拉的女人。这远比我们期待的要好得多。”

“丽拉是谁？”

“她是控制病鬼的人，一个主要的目标。她有重重警卫保护，而且几乎从不踏出房门。”

她心思飞快地转动，想理解他所说的每一个字。“我应该怎么做？”

“目前就只要观察她，想办法赢得她的信任。你我不能再有任何直接接触，讯息会通过送餐给你的侍女转交。如果你餐盘上的汤匙颠倒，餐盘下就有给你的字条。回信的时候也用同样的方法，但只有在紧急状况之下才能这么做。懂了吗？”

莎拉点点头。

“我向来很喜欢你，莎拉，我也认为自己可以保护你。但是现在都无关紧要了。如果红眼人发现你是什么人，我也帮不上你的忙。”他的手指探进腰带底下，摸出一块金属片，塞进她手里。“随时藏在身上。这里面有一张吸墨纸，浸泡过上次妮娜用来迷昏你的药水，只是浓度高得多。含在舌下，只要几秒钟的时间。相信我，这比被送进地下室好。”

她把东西塞进上衣口袋里。她知道自己随时有生命危险，她只希望时间到了的时候，她能有勇气。

阿谷的手压在电梯开关上。“准备好了？”

电梯厢颠了一下，又开始上升，接近目标时缓缓减速。阿谷迅速恢复他所扮演的角色，抓着她的手肘上方。门滑开来，一个爪牙站在电梯口，块头很大，一口黑牙，双手叉腰瞪着他们。

“这天杀的电梯是怎么回事？”然后，那人的目光锁定莎拉，“她上来干吗？”

“新的侍女。我带她去见威克斯。”

那名爪牙上下打量她，不怀好意地挑动眉毛。“漂亮，这个很不赖。”

阿谷带她穿过两旁都是厚重木门的走廊。门边和视线平齐的地方都挂着注明姓名与职衔的铜牌，其中有几个名字，莎拉记得她在平地张贴的公告上看过，“宣传部长，埃丹·侯普”“公共工程部长，克雷·安德森”“矿产回收部长，达瑞尔·齐伊”“公共卫生部长，维克朗·苏雷许”。他们来到最后一扇门，门上的铜牌上写着“家园幕僚长与副首长，福瑞德·雷克·威克斯”。

“进来。”

这房间的主人埋首在办公桌的一堆文件上，拿着钢笔在写字。一道沉默的冬季昼光从他背后垂覆着帘幕的窗户射进来。过了好一会儿，他才抬头。

“黛妮，对吧？”

莎拉点点头。

那个红眼人的目光转到阿谷身上。“请到外面等。”

门关上了。威克斯往后靠在椅背上，浑身散发出疲惫的气息。他从桌上的文件里抽出一张，看了看。

“乳牛场，你以前在那里工作？”

“是的，副首长。”

“没有近亲？”

“没有，副首长。”

威克斯的注意力转回到办公桌的文件上。“好吧，看来今天是你的幸运日，你要去陪丽拉。你听过这个名字吗？”

莎拉温驯地摇摇头。

“也许听过某些传闻？我们不敢奢望保安工作滴水不漏，虽然本来应该如此的。如果你听过，就告诉我吧。”

她费尽心力才强迫自己直视他的眼睛。“没有，我没听过。”

威克斯沉默了一会儿才说：“好吧，你只要知道丽拉自成一格就够了。这工作很简单，基本上就是做她要求你做的事。你会发现她很……我该怎么说？很难捉摸。她要求你做的事，有些是很古怪的。你想你做得到吗？”

她坚定地看他一眼。“可以的，长官。”

“你有一件非做不可的工作，就是要让她吃东西。你得哄她才行，她有时候顽固得不得了。”

“我做得来的，副首长。”

他再次靠在椅背上，双手交叠摆在膝上。“你会发现在圆殿的生活比平地舒适，一天三餐，有热水可以洗澡。除了我告诉你的任务之外，不太有其他的要求。如果你做得好，我们没有理由不继续让你过好日子。最后一件事，你和小孩处得怎么样？”

“小孩，长官？”

“是啊，你喜欢小孩吗？和他们处得来吗？就我来说，我觉得他们很烦。”

莎拉又是一阵熟悉的心痛。“是的，长官，我喜欢小孩。”

她等着威克斯进一步解释，但他显然不打算再说什么。他隔着办公桌又打量她几秒钟，然后拿起电话。

“告诉他们，我们过来了。”

大约一个小时之后，莎拉换上了侍女的袍子，站在房间门口。这个房间的装潢极尽华丽，无数的细节装饰让人眼花缭乱，一时难以看清楚。窗户垂覆着厚重的帘幕，光线来源是装设在房间各处的几盏银质大吊灯。慢慢地，屋里的景象一一清晰，大量的家具和小摆设让这个地方不像是有人居住的空间，反倒像是各色各样物品的储藏室。庞大的沙发上满满都是饰有流苏的饱满抱枕，两旁各有一张同样塞得满满的椅子，对面一张光滑的木质矮方桌，桌上堆满了书。地板上铺有图案精美的地毯，散落着更多五颜六色的抱枕。墙面挂满裱在厚重金属框里的油画——风景、马与狗的画像，还有许多穿着奇怪服装的妇人与子女的肖像，那栩栩如生的特质十分惊人。其中一幅格外吸引莎拉的注意：一名身穿蓝色衣服、头戴橘色帽子的女人坐在花园里，身旁有个小女孩。她走近细看，画框底下有个小小的铜牌，上面写着“皮耶——奥古斯特·雷诺阿，阳台，一八八一”。

“噢，你来了。他们也差不多该派人来了。”

莎拉转身。一名女子双臂抱胸，站在卧房门口。从阿谷和威克斯的话里，莎拉想象过这女人的模样，但眼前的这女人和她想象中的既像又不像。她想象中的人至少应该有点分量，但眼前的这人却非常纤弱。她差不多有六十岁了，一条条深刻的皱纹把她的脸切割成好几块不同的区域；松弛的皮肤垂挂在湿润的眼睛下方，活像两张吊床；嘴唇白得几乎看不见，像是女鬼的嘴唇。她穿的微微闪光的袍子，是用某种轻薄闪亮的布料裁制的，一条厚重的布巾裹在头上，宛如缠着头巾。

“Hablas inglés？”

莎拉呆呆地看着她，不知道该怎么回答这句她听不懂的话。

“你会讲英文吗？”

“会。”莎拉说，“我会讲英文。”

这女人有点吃惊。“哦，你会讲。我不得不说，这实在很令我意外。我向派遣公司要求过多少次，要他们派个会讲一点英文的人来。次数多得我都不想提了。”她心烦意乱地挥了挥手，“对不起，再告诉我一次，你叫什么名字？”

莎拉根本没提过自己的名字。“我叫黛妮。”

“黛妮。”那女人说，“你到底是哪里人？”

似乎答案越笼统越明智。“我是这里的人。”

“你当然是这里的人。我是说你的出身、你的族群、你的民族、你的宗族。”她又激动地挥舞双手，“你知道的，你的 familia。”

莎拉仿佛陷入流沙似的，和这女人多交谈一句，就在她古怪的状态里更深陷一步。然而她身上也有某种惹人怜惜的气质。她似乎很绝望，宛如一只被关在鸟笼里紧张鸣叫的鸟儿。

“加州。”

“噢，我们有点进展了。”沉吟了一会儿，然后，她露出了恍然大悟的神情：“哦，我知道了，你是半工半读。你干吗不早说？”

“夫人。”

“拜托，”她轻快地说，“叫我丽拉，而且不要这么拘谨。你这么做很值得敬佩，可以表现你的人格。当然，这并不表示我会付给你比其他侍女更多的钱。我跟派遣公司说得很清楚，一小时十四，不行就拉倒。”

什么十四？莎拉很纳闷。“十四很好。”

“然后，当然有社会安全费。我们会付这笔钱，也会填报一〇九九[①]。戴维对这些事情很注意的。你可以说他是个守法的人，死脑筋的老古板。抱歉没有医疗保险，可是我相信你在学校应该有保险的。”她露出鼓励的微笑，“所以，我们达成共识了？”

莎拉点点头，一句话也说不出来。

“太好了。我得说啊，黛妮，”丽拉轻快地走进房里来，“你来得恰是时候。老实说，是差一点就太晚了。”她从袍子里拿出一盒火柴，点亮梳妆台旁边的一座巨大的枝形烛台，“你何不把东西摆在那里？”

她指的是威克斯刚交给莎拉的那个托盘，上面有个铁壶和杯子。莎拉把托盘摆在丽拉指示的地方，在一座覆盖披肩的精美雕花衣柜旁

① 一〇九九表格，为美国报税表格的一种，专供非公司雇员的自由工作者申报所得之用。

边。丽拉站在穿衣立镜前面，肩膀转过来转过去，看着镜中的自己。

“你觉得如何呢？”

“不好意思，你说什么？”

她深吸一口气，一手搁在肚子上，往内压。“该死的节食！我这辈子从没挨过这样的饿，可是好像真的有用哟。你觉得如何，黛妮？再减两公斤？你老实说，没关系。”

侧站着的这个女人瘦到皮包骨。“我觉得你看起来很不错，”她轻声说，“我想不必再瘦了。”

“真的吗？因为我照镜子的时候，心想，这个大胖子是谁？这艘大飞船？噢，天哪，是个人！我真的这样想。”

莎拉记起威克斯的嘱咐。“我想你应该吃点东西，真的。”

“是有人叫我吃。相信我，我以前听多了。”她双手叉腰，皱起脸，声音压低八度，“丽拉，你太瘦了。丽拉，你这骨头上得长些肉才行。丽拉这个，丽拉那个，巴拉巴拉巴拉。现在什么时间了？”

“我想应该是……中午吧！”

“我的天哪！”丽拉开始在房间里忙来忙去，抓起各式各样的东西，然后又随手一搁，看起来没有任何章法可言，“别光站在那里啊。”她恳求莎拉，抓起一堆书，塞进书架。

“你希望我做什么？”

“做……我不知道，什么都好。拿去，”她把抱枕塞到莎拉手里，“摆到那边去，在那个什么东西上头。”

“嗯，你是说沙发？”

“是啊，我指的当然是沙发！”

就这样，这女人脸上似乎亮起了光彩，神奇、快乐、闪耀的光彩。她的目光越过莎拉，看着门口。

“亲爱的！”

她蹲了下来，一个身穿简单罩袍、有着金色飘逸鬈发的小女孩跑过莎拉身边，奔向丽拉张开的双臂里。“我的小天使！我亲爱的小女孩！”

那孩子手里抓着一张有颜色的纸，指着丽拉缠在头上的毛巾。“你刚洗澡吗，妈咪？”

“嗯，是啊！你知道妈咪有多爱洗澡。你真是个聪明的小女孩！来，告诉我，”她接着说，“你上课上得怎么样？珍妮有没有念书给你听？”

“我们念了《彼得兔》。”

“太棒了！”丽拉绽开笑颜，“好不好玩？你喜欢吗？我一定告诉过你，我像你这么小的时候有多喜欢它！”她注意到那张纸，“这又是什么呀？”

小女孩把纸高高举起。“是一张画！”

“这是我吗？这画的是我们两个吗？”

“这是小鸟。这一只叫马莎，这一只叫比尔。它们筑了一个巢。”

闪过一丝失望之后，她再次微笑。“噢，当然是小鸟啦，谁都看得出来，清楚得就像你这张漂亮小脸蛋上的鼻子。”

两人就这样不断对话。莎拉几乎什么都没听进去，一股强烈的情感袭上心头，那是生理警报的感觉，某种根植于遗传的深刻感觉，宛如浪潮一阵阵席卷而来，她所有的注意力都集中在那个小女孩披覆着金发的后脑勺上。看这头鬈发，小女孩镂刻在这空间里的独特身影。莎拉自然而然就知道了，她也知道这矛盾在她心中建造了一条长廊，宛如两个相对的镜子映照出无数反射的影子，无穷无尽。

“我真是太不应该了，”丽拉说，她的声音极度不真实，仿佛来自遥远的星球，“竟然这么不礼貌。伊娃，我要帮你介绍一下，这位是我们的新朋友……”她顿了一下，想不起来。

“黛妮。”莎拉勉强挤出声音来。

“我们神奇的新朋友黛妮。伊娃，说你好。”

小女孩转身。莎拉一看见她的脸，时间霎时崩落溃散。那脸形，那五官，独一无二的组合，这世界只可能有一个。莎拉心里确定无疑。

这小女孩紧闭嘴唇，马上绽开闪亮的微笑。“你好吗，黛妮？”

莎拉正看着自己的女儿。

下一个瞬间，气氛骤变，有个暗影出现了，让莎拉回到了现实世界。

“丽拉。”

莎拉转身。他站在她背后。他的脸是张平凡无奇、见过即忘、和千百人相似的大众脸，但却散发出看不见的威严力量，宛如地心引力般不容置疑。任何人只要一看他，就自觉窘迫。

他高傲地看着莎拉，目光凌厉地穿透她。“你知道我是谁吗？”

莎拉吞了吞口水，喉咙紧得像簧片。她心中第一次想起偷偷藏在袍子里的那个金属片，而这也不会是最后一次。

“知道，长官。您是荷拉斯首长。”

他厌恶地撇撇嘴。“盖好你的面纱，看在老天的分上。看到你就让我觉得恶心。”

莎拉伸出颤抖的手指，听命地放下面纱。现在，那个阴影成为名副其实的影子了，隔着粉红色的轻纱，他的容貌变得隐约模糊，仿佛笼罩在雾中，谢天谢地。吉尔德阔步经过她身边，走向蹲着的丽拉和莎拉的女儿。这人的出现和她女儿究竟有什么关系？莎拉看不出来，但是丽拉就不同了。她全身紧绷，把小女孩抓在身前，像盾牌似的站了起来。

“戴维——”

“住嘴。”他的眼睛很不以然地打量她，“你看起来简直像鬼，你知道吗？”然后，再次转身对莎拉说：“东西呢？”

她知道，他指的是那个托盘。莎拉指了指。

“端过来。”

她的手竟然还能稳稳地端东西。

“叫她们出去。”吉尔德对丽拉说。

“伊娃，小可爱，让黛妮带你出去吧，”她飞快地瞟了莎拉一眼，眼神满是哀求，“今天天气很好，呼吸一点新鲜空气，你觉得怎么样？”

“我要你带我去。”女孩不从，“你从来不出门。”

丽拉用宛如想开口唱歌似的声音说：“我知道，小可爱，可是你知道妈咪对阳光有多敏感吗？而且妈咪得吃药了。你知道妈咪吃药的时候会怎么样的。”

小女孩很不情愿。她挣脱了丽拉的怀抱，走到站在门口的莎拉身边。

简直像奇迹一样，她拉起了莎拉的手。

手贴着手。那手如此纤小，柔若无物，充满回忆，握在手里简直难以承受。莎拉所有的感官全集中在自己手里的那只小手上，品着女儿的小手被抓在她手里的那种微妙感觉。自从女儿离开她的肚子之后，这是她们第一次身体接触，虽然这一次不同了——不再是女儿在她身体里面，而是她的手抓住女儿的手。

“快去啊，你们两个。”丽拉声音嘶哑，哀凄不已地指着房门，“去玩吧。”

凯儿（伊娃）默不作声地拉着莎拉走出房间。莎拉整个人飘了起来，尽管她像有四十五公斤重。伊娃，她想，我得记住要叫她伊娃。

穿过一条短短的走廊，再走过一段楼梯，楼梯底下一道双扉门通向一个有围墙的小院子，里头有跷跷板和秋千。天空洒下映满雪光的肃穆光线。

“来吧。”小女孩说完，自己冲了出去。

她爬上秋千。莎拉站在她后面。

“推我。”

莎拉把链索往后拉，突然紧张起来。这安不安全啊？这个可爱的小宝贝，这个圣洁神奇、活生生的人。一米显然是太高了。她放开链索，女孩飞了起来，把双腿用力往下压。

“高一点。”她要求。

“你确定？”

“高一点，高一点！”

所有的感官都无比犀利鲜明，每一个细微的感受都深深镌刻在心上。莎拉抓住女儿的背往前推。她高高飞起，飞到十二月的气息里，发丝在她背后画出一道弧线，让空气中洋溢她甜美的体香。女孩静静地荡着，整个人沉浸在这个动作里，快乐非常。这个小女孩，在冬日里荡秋千的小女孩。

我亲爱的凯儿，莎拉想，我的宝贝，我的最爱。她推着，一次次推着。女孩飞远，然后又飞回她手里。我知道，我知道，我始终都知道，你是我千百个孤寂夜晚小心呵护的生命余火，我绝不会让你死去。

11

休斯敦。

被海水吞没、液化了的城市。广阔的市区已成一片沼泽，只有摩天大楼林立的市中心地带还留存着城市的影子。飓风、热带暴雨，北美大陆的水川如脱缰野马般狂奔涌进海湾，追求终极的解脱。一百年来，潮水来来去去，淹没低地，吞噬一切，镂刻出淤泥堆积的缓流小河，以及废物污染的三角洲。

他们距市中心十几公里远。行程的最后几天简直像玩跳房子游戏，寻找有干土的地方和勉强可通行的破碎道路，在满是昆虫的林木里披荆斩棘地前进。在这些地区，大自然露出恶毒的真面目，在这里的每一个东西都想叮你、围攻你、咬你。空气嗡嗡作声，弥漫着沉重的湿气与腐臭的瘴气。结瘤扭曲的林木像一只只伸掌抓物的手，看起来完全是另一个时代的东西。这一切看起来都像是人为布置出来的，但又有谁会创造这样的场景呢?

黑夜来临时，他们的行进变得非常缓慢，就连艾美都开始显得烦躁了。她的病情并没有减轻，甚至恰恰相反。格瑞尔在她以为自己没注意的时候，看见她双手捂着肚子，表情痛苦地慢慢呼出一口气。这个晚上，他们在一幢房子的顶楼过夜。这幢已成废墟的住宅简直豪奢得可笑，一盏盏垂挂的枝形大吊灯，一间间大得像体育场的房间，如今都已经裹上了一层散发着臭味的黑色霉菌。距离大理石地板一米高的墙面上是一道褐色的痕迹，显示洪水曾经淹没的高度。在他们栖身的那间大卧房里，格瑞尔打开窗户，想驱散呛鼻的阿摩尼亚气味，他看见下方爬满藤蔓的院子里，有座满是烂泥巴的游泳池。

一整夜，格瑞尔都听见屋外呆呆鬼在林木间移动的声音。他们从这个枝干跳到那个枝干，宛如人猿。他听见他们穿过枝叶时的簌簌声，接着是老鼠、松鼠和其他小型动物临死的尖厉叫声。尽管有艾美的忠告，他还是握着枪，睡睡醒醒。**要记得，卡特是我们之中的一员。**他祈祷这是真的。

到了早上，艾美并没有好转。

“我们应该等等。”他说。

光是站起来，似乎就会耗尽她全身的力气。她没掩饰自己的不适，捂着肚子，痛得垂下头。他看得出来痉挛发生时她腹部的抽搐。

“我们走。”她咬紧牙关说。

他们继续往东走。市中心的摩天大楼清清楚楚地呈现在他们面前，有些已经倒塌，黏土到处散落，日积月累地侵蚀了地基。其他的建筑东倒西歪，彼此倚靠，活像离开酒吧回家的醉鬼。艾美和格瑞尔走在两条长满野草的淤积的小河之间，沿着窄窄的沙地往前走。高挂的太阳亮晃晃的。海上开始出现船只的残骸，船的碎片倾倒在浅水里。来到陆地的尽头时，格瑞尔下马，从背包里抽出望远镜，瞄准斑驳的海面。前方一片死寂，一艘大船紧挨着摩天大楼搁浅在岸边。船头高得不可思议，直上云霄，巨大的螺旋桨露出水面。船名锈渍斑斑，船号清晰可见：“雪佛兰水手号”。

“我们可以在这里找到他。”艾美说。

这里没有干的道路可以穿越，他们必须找艘船。运气不错，往回走了不到一公里，他们找到了一艘倾覆在草丛里的铝制划艇。船底看起来还是好的，铆钉还很牢固。格瑞尔把船拉到水边，他扶着艾美上船。

“马怎么办？”他问她。她脸上掩不住的疼痛。

“我们应该可以赶在天黑之前回来，我想。”

他稳住船，让艾美坐上去，然后自己也坐到船中的长椅上。他拿一条扁平的板子来当船桨。坐在船头的艾美已经躺平了，闭着眼睛，双手抱住腰，额头淌下汗水。她没发出声音，但格瑞尔怀疑她是因为他才默不作声的。

随着距离拉近，那船越来越大，大得令人心惊。生锈的船身耸立，高出水面好几百米。船偏向一边倾倒，周围的水面浮着一层黑黑的油。格瑞尔把船滑向紧邻的那幢大楼门厅，靠在一排静止不动的手扶梯旁。

“卢修斯，我需要你的帮忙。”

他扶她下船，搂着她的腰，站到最近的手扶梯旁。他们置身的挑高的中庭，有好几座电梯，墙面镶着烟灰色玻璃。“艾伦中心一号①”，牌子上写着，底下是办公室名录。上楼是个大问题，因为他们至少要爬十层楼。

“你爬得上去吗？”格瑞尔问。

艾美咬着嘴唇，点点头。

他们循着指示找到楼梯。格瑞尔亮起手电筒，再次搂着她的腰，开始往上爬。楼梯间封闭的空气因为发霉而恶臭有毒，每爬几层楼，他们就得走到外面，让肺部排净秽气。他们爬到十二楼才停下脚步。

“我想我们已经爬得够高了。”格瑞尔说。

在一间摆满书的办公室里，他们透过封死的窗户往外看，看见下方两三米处，那艘货柜船的甲板紧紧靠着大楼。跳下去很容易。格瑞尔拉来办公椅，高举过头，用力砸穿窗户。

他转身看艾美。

她专注地看着自己的手，宛如端着杯子一般握着自己的手，掌心满是鲜红的液体。这时格瑞尔才注意到她袍子上的污渍，更多的血从她的腿淌下来。

“艾美——”

她迎上他的目光：“你累了。”

宛如被包覆在无尽的温柔里，宛如盖着毯子，整个人都好想睡。

“哦，该死。”他说，但人已昏过去，倒在地上。

① 原文为 One Allen Center，艾伦中心为休斯敦市中心的摩天大楼建筑群，包括三幢，分为一号、二号（Two Allen Center）与三号（Three Allen Center）。

12

彼得和其他人走九十号高速公路进入圣安东尼奥。他们在市郊外围的防护箱过夜，清晨进城。市郊只有一片倒塌烧毁的房屋，他们栖身的房间位于警察局下方，后面有条加了防御设施的坡道。这儿不是地方卫队的防护箱，霍里斯说，而是提夫第的。这儿比彼得以前见过的防护箱大，但比较简陋——就只是一个闷不通风的房间，备有铺位，一辆货舱装了几罐汽油的大轮卡车，墙边堆着板条箱与军用的金属置物柜。那是什么东西？迈克问。霍里斯挑起一边眉毛说，我不知道，迈克，你说呢？

天一破晓，他们就顶着阴沉的天色启程。霍里斯开车，旁边坐着彼得，而迈克和萝儿坐在载物平台上。整座城市大部分已在疫情蔓延时焚毁，残余的市中心只剩下几幢高楼，衬着淡淡的山峦背景，孤零零地矗立着，焦黑的立面露出阴暗倾毁的内部，大批呆呆鬼正在里面睡觉度过白昼。“只有呆呆鬼！”大家总是这么说。但事实就是事实，病鬼就是病鬼。

彼得等着霍里斯掉头，带他们往北或往南走，但是霍里斯带他们驶进市中心，离开高速公路，开上狭窄的地面道路。道路被清理过了，小客车和货车停放两旁。建筑的阴影吞没他们的车子时，霍里斯打开了后车窗。“你们最好拿起武器。”他警告迈克和萝儿，“在这里要小心一点。”

“全体注意了，老兄。”迈克说。

彼得凝望这片废墟。城市总是让他想象以往的世界是什么模样。大楼和房屋，汽车与街道，曾经挤满了人，那些过着自己的日子、对未来一无所知、不知道历史有一天会终结的人。

他们顺利前进。随着建筑之间的间隙变宽，植物也开始长满道路。

“还有多远？”他问霍里斯。

“别担心，不远。”

十分钟之后，他们来到一堵围墙边。霍里斯把车停到大门口，从车里的置物箱拿出钥匙，然后下车。似曾相识的感觉袭上彼得的心头：霍里斯变成彼得的哥哥西奥，正打开发电站的大门，在许多年以前。

“这是哪里？”霍里斯回到车上时问。

“山姆休斯敦堡。”

“是军事基地？”

“比较像是军医院，”霍里斯解释说，“至少以前是医院啦。可是这里已经没什么医疗行为了。”

他们开进去，彼得有种行经小村镇的感觉。在一座原本可能是镇中心地标的守护天使雕塑旁边，有高耸的钟塔。除了几门礼炮之外，看不到有什么军事色彩的东西——没有卡车与坦克，没有武器部署，也没有任何类型的防御设施。霍里斯把车停在一幢平顶的低矮的长形建筑前面，门口挂着牌子：“水上运动中心”。

“水上运动？”大伙儿下车之后，萝儿说，她很怀疑地瞟着那个牌子，来复枪横在胸前，随时准备开火，“就像……游泳？”

霍里斯指着她的枪。“你应该把枪留在这里，别给人留下坏印象。”他把注意力转到彼得身上。“最后的机会。做了就无法回头了。”

“嗯，我确定。”

他们进到门厅。这幢建筑所有的东西都维护得很好，天花板完好，窗户牢固，也没有垃圾。

“感觉到了吗？”迈克说。

地板底下发出了振动，仿佛有条巨大的线抽动着。屋里有座发电机在运转。

“我还以为这里会有警卫呢。”彼得对霍里斯说。

“有时候会有，提夫第想摆派头的时候。但是基本上不需要。”

霍里斯带他们走过一道双扉门，门后露出一个铺有瓷砖的宽阔空间，天花板挑高，房间正中央是一座空荡荡的大游泳池。他带他们再穿过一道推门，走下一段楼梯。楼梯间有嗡嗡作响的荧光灯照明，彼得想要问霍里斯，提夫第从哪里弄来启动发电机的瓦斯，但他马上就自己找到答案了。提夫第弄到瓦斯的方式，就和他弄所有东西的方式一样：偷来的。

楼梯通向一个塞满管子和金属箱的房间。他们此时已在游泳池底下。穿过拥挤的空间，他们又来到一扇门前，但这扇门和其他门都不同，是沉重的钢门。门上没有任何标识，光滑的表面看不见任何装置，也看不出要怎么打开。墙上有个键板，霍里斯迅速输入一串数字，低沉的哐当一声，门开了，露出一条阴暗的走廊。

“没关系的，”霍里斯的头一歪，指着门口，“灯会自动开启。”

大块头往前走，一排荧光灯随即亮起，医院似的走廊白墙让灯光显得更亮。彼得对提夫第的感受急剧改变。他原本想象的是什么情景？臭气冲天的营寨，盘踞着像巨大人猿似的、连牙齿都有武装的家伙。但眼前所见和他原本的预期天差地别，没半点相像，而且恰恰相反。就目前所见，这里的技术水准远超过柯厄维尔。改变观点的不只是他，迈克也看傻了。了不得啊。他的表情似乎这么说。

走廊尽头是一部电梯，上方架着摄影机。不管在另一头的是谁，都已经知道他们来了。打从踏进门厅起，就有人监视他们了。

霍里斯扬起脸，面对镜头，然后按下墙上小麦克风旁边的按钮。“没关系，”他说，“他们是和我一起的。”

一阵静电的噼啪声，然后传来一个声音：“霍里斯，该死的，你在搞什么？”

“所有的人都没有武器，他们是我的朋友，我替他们担保。”

“他们想干吗？”

“我们必须见提夫第。”

一阵沉默，对讲机另一端的声音似乎在和某人商议，然后传来话声：“你不能就这样把人带进来，你是脑袋坏了吗？”

“如果不是很重要的事情，我不会这样要求。开门吧，唐肯。”

又一阵沉默。然后门滑开来。

“后果自负！”那声音说。

他们踏进电梯，开始缓缓下降。“好吧，我服了你。”迈克说，“这是什么地方？”

“我们以前的USAMRIID工作站。这里是马里兰总部的一个附属单位，在疫情发生的那段期间运作的。”

“什么是USAMRIID？”萝儿问。

迈克回答：“就是‘美国陆军传染病医学研究中心’的简称。”他对霍里斯皱起眉头，“我搞不懂，提夫第在这里干吗？”

电梯门打开来，枪上膛的声音随即响起。他们每个人都面对着一管枪。

“你们，全部跪下。”

总共六个人。最年轻的看来不到二十岁，最老的大约四十几岁。乱糟糟的胡子，油腻腻的头发，卡着污垢的牙齿——这和他的想象比较接近。其中一个大块头顶着大光头，脖子底下一层层肥肉，脸上和手臂露出来的部分全都是蓝色的刺青。这个显然是唐肯。

“我告诉过你了，”霍里斯说，他和其他人一样，手抱头，跪在地上，“他们是我的朋友。”

“闭嘴。”他身上的衣服是各种制服的大杂烩，有军方的，也有地方卫队的。他举起左轮手枪，蹲在彼得面前，用那双专注的灰眼睛仔细打量着彼得。这么近的距离，彼得可以清楚地看见他脸上和手臂上的图像：病鬼、病鬼的手、病鬼的脸、病鬼的牙齿。彼得一点都不怀疑，在衣服底下，这人身上必定也刺满了病鬼。

“远征军。”唐肯拉长声调，重重点头，“提夫第一定会喜欢的。你叫什么名字，中尉？”

“乔克森。”

“彼得·乔克森？”

“没错。”

唐肯维持蹲姿，踩住靴跟，转身看其他人。“你们觉得如何啊，各位？我们可不是每天都有这种贵客上门的。”他又看着彼得，“事实上，我们根本就没有客人。这就是问题啦。我们这里可不是什么观光胜地。”

“我必须见提夫第。”

“我听见啦。恐怕提夫第这会儿不见客，我们这位提夫第是很看重隐私的家伙。”

“少废话。”霍里斯说，“我告诉过你了，我替他们担保。提夫第必须听听他们要说的事。”

“这是你自己的烂摊子，朋友。我不认为你有资格对我发号施令。你们两个呢？”他问迈克和萝儿，“你们有什么话要说？”

“我们是油工。”迈克回答说。

“有意思。你们带油来给我们吗？”他盯着萝儿，脸上浮现出一抹不怀好意的微笑，“那你呢？我想我知道，是玩牌的，对不对？再不然就是掷骰子。你八成不记得了。”

“你这张脸这么丑，我怎么可能忘得了？”

唐肯咧嘴笑，站起来，搓着那双肉乎乎的手。“好吧，见到你们真是高兴，真的很高兴。在我宰掉你们之前，还有没有谁想说什么？说句再见？”

“告诉提夫第，是田野的事。”霍里斯说。

气氛变了，彼得立刻感觉到，这句话像阴影，笼罩着唐肯的脸。

“告诉他。”霍里斯说。

那人显然吓呆了，一动不动。接着，拿起手枪。

“走吧。”

唐肯和手下押着他们穿过一条长走廊。彼得仔细看着周围，虽然没什么可看的，只有其他的走廊与紧闭的门。许多门旁边的墙上都有键板，就像游泳池底下的那道门一样。唐肯带他们走到像这样的一扇门前，用力敲了三下。

“进来。”

黑帮老大提夫第·拉蒙特。彼得发现自己的想象再次被颠覆了：他是个个头儿很小的人，长长的鹰钩鼻上架着眼镜，淡色的头发垂在脖子上，稀稀疏疏地盖住粉红色的头皮。他坐在大铁桌后面，不知为何拿着小木杆搭着一座塔。

“唐肯？”他头也没抬地说，“什么事？”

“我们逮到三个入侵者，长官。霍里斯带他们来的。”

“我知道了。”他继续耐性十足地搭着塔，“你没宰掉他们，是因为……”

唐肯清清嗓子。“是田野的事，长官。他们说他们知道一些内情。”

提夫第的手停在模型上。又过了几秒钟，他抬起头，透过眼镜看着他们。

“谁说的？”

彼得往前一步。“我说的。”

提夫第端详了他好一会儿。“其他人呢？你们知道什么？”

“我看见她的时候，他们和我们在一起。”

“到底看见谁？”

“那个女人。”

提夫第没说什么，他的脸像盲人般僵硬。然后他说：“所有的人都出去，除了你……”他一根手指指着彼得，“你叫什么名字？”

“彼得·乔克森。”

“只有乔克森先生留下。”

“那你希望我怎么处理其他人？”唐肯问。

“你自己想啊。他们看起来肚子饿了，何不给他们吃点东西呢？”

“霍里斯呢？”

“对不起，我有没有听错？你说是他带他们进来的？”

“就是这样，他让他们知道我们在哪里。”

提夫第重重叹了一口气。“嗯，这是个问题。我该怎么处理你呢，霍里斯？我们是有规矩、有行为准则的。盗亦有道。我还要说多少次？”

“对不起，提夫第。我认为你必须听听他们说的事。”

“嗯，对不起还不够，你让我的处境很为难。”他的目光疲惫地在房里兜转，仿佛在架子和档案之间可以找到他的下一句话似的，“很好。你在班表上排第几？”

“第四。”

“以后不是了。你暂时调离笼子，直到我下达其他的命令。我知道你有多爱那里，但我对你已经很宽大了。”

“谢谢你，提夫第。”霍里斯说。

“你们全都滚出去吧。”门在他们背后关上。

彼得等提夫第先开口。这人从办公桌后站起来，走到摆有一壶水的小桌子旁。他给自己倒了一杯，喝掉。就在静默的气氛开始变得紧张的时候，提夫第转身面对彼得。

“她穿什么衣服？”

“黑色的斗篷，戴眼镜。”

“你还看到什么？有没有卡车？”

彼得述说油道上发生的事，提夫第听着。彼得说完之后，提夫第回到办公桌。

“我给你看样东西。”

提夫第打开最上层的抽屉，拿出一张纸，滑过桌面。是一张炭笔画，纸张很硬，略微褪色，画的是一个女人和两个小女孩。

“你看过这样的画，对不对？我看得出来。”

彼得点点头。这张画让他很难移开视线，画里有股难以抗拒的魅力，仿佛那女人和两个小女孩超越时空的界限，从纸上凝望着他，而他就像看着鬼，三个鬼。

“是的，在科罗拉多。瓦希斯殉职之后，格瑞尔拿给我看过。有一大沓。”他抬起头，看见提夫第眼神锐利地看着他，仿佛测验学生的老师，“你为什么也有一张？”

“因为我很爱她们。”提夫第回答说，“瓦仔和我有我们的问题，但他一向了解我的感觉。他们也是我的家人，所以他才会把这张画给我。”

“她们在田野遇害了。”

“迪伊和那个小女儿希丽当场被杀，发生得很快，你也知道俗话是怎么说的：越快越好，但不要今天。大女儿妮蒂亚失踪了，再也没找到。”他皱起眉头，“你觉得很意外？和你预期的不一样？”

彼得不知如何回答。

“我告诉你这些事，是为了让你了解我们是谁，是什么样的人，我们这里的每一个人都曾经失去亲人朋友。我给他们一个家，一个可以安置怒气的地方。比方说唐肯，他现在看起来或许很可怕，但是我看着他的时候，你知道我看见什么了吗？一个十一岁大的孩子。他那天也在田野，父亲、母亲、妹妹都没了。”

“我看不出来经营黑市和这件事有什么关系。”

“这是因为，这只是我们做的事情的一部分而已。用来付账买单的方式，你可以这么说。平民政府容忍我们，因为他们必须如此。从某个角度来说，他们需要我们，就像我们需要他们一样。我们和你们远征军并没有太大的不同，只是同一个铜板的两面而已。”

提夫第的逻辑太过简单，只是为了合理化自己的罪行。但另一方面，彼得也无法否认那幅画的意义。

“阿普格上校说你以前是军官，侦察狙击手。”

提夫第脸上闪现一抹微笑，其中想必有什么缘由。“我早该知道这事和冈纳脱不了关系。他是怎么对你说的？”

“说你在离职之前当到上尉，还说你是有史以来最好的情报兵。”

“他这么说？嗯，他是好心啦，可是只有一点点。”

“你为什么辞职？”

提夫第不在意地耸耸肩。“原因很多。大体上，你可以说是因为军队生活不适合我。你来到这里，让我觉得或许军队生活也不适合你。我猜你是豁出去了，中尉。你开小差几天了？”

彼得觉得自己被逮着了。“只有几天而已。”

“开小差就是开小差。相信我，我清楚得很。至于你的问题，我之所以离开远征军，是因为田野上的那个女人。说得更精确一点，是因为我告诉指挥部说那个女人从哪里来，而他们却什么也不肯做。”

彼得大吃一惊。“你知道她是从哪里来的？”

“我当然知道，指挥部也知道，你以为冈纳干吗叫你到这里来？十五年前，我和其他两个人被派往北方，找寻位于艾奥瓦州某处的无线电讯号源。那个讯号很微弱，只是一些杂音，但是已经可以用无线电方位侦测器侦测到。我们不知道为什么，追查偶然出现的噪声并不是远征军的工作，可是这项任务很机密，直接从高层下达。我们接获的命令是去侦察，然后汇报，就只有这样。我们找到了一座城市，规模起码有柯厄维尔的两倍甚至三倍大。可是那里没有城墙，没有灯。不管从哪一方面来看，那座城都不应该存在。而你猜我们看到什么了？看到卡车，就像那天攻击展开之前，我在田野看到的那种卡车，就像你三天前看见的那种卡车。”

“那么，指挥部怎么说？”

“他们叫我们永远不告诉别人。”

“他们为什么这么做？”可是，他们也对彼得说了一模一样的话。

“谁知道？我猜命令是来自政府的文职高层，而不是军方，他们吓坏了。无论那些人是谁，他们都拥有我们无法抗衡的武器。”

“病鬼。”

提夫第轻轻点头。“掩住耳朵，希望他们永远不会再来，或许没错，但不是我能坐视不管的。就在那天，我递出了辞呈。”

“你没再回去？”

“艾奥瓦？我干吗回去？”

彼得感觉到心中涌起一股急迫感。“瓦希斯的女儿可能在那里，还有莎拉。你看见那些卡车了。”

“不好意思，莎拉？我认识这个人吗？”

“她是霍里斯的妻子，或者说原本应该是。她在罗斯威尔失踪了。”

提夫第脸上浮现出懊悔的神情。“哦，没错。是我的错，我是应该知道的，虽然我不认为他提过她的名字。不管怎么说，这也不能改变什么，中尉。”

“可是她们可能还活着。”

“我不认为有这个可能性，都已经过了那么久了。反正我也不能做什么，当时不行，现在也不行。你需要一支军队，但文职高层绝对不会给我们。领导阶层的说法是，那些人，不管是什么人，都不会回来了，至少到目前是如此，如果你说的是事实的话。”

似乎漏掉了什么，彼得想，有个细节隐隐浮现在他意识的边缘。

“和你一起去的其他两个人是谁？”

“我们那个侦察小组？负责带队的是内森·库洛雪克，另外一个是个年轻的中尉，名叫卢修斯·格瑞尔。”

这个讯息如洪流冲向彼得。

“带我去，带我去看那座城在哪里。”

“我们到那里之后要怎样？”

“找到我们要找的人，想办法把她们弄出来。”

“我说的话你听进去了吗，中尉？那里不是只有幸存者而已，他们和病鬼结盟。更重要的是，那女人可以控制他们。我们都看见那个情况了。”

“我不在乎。”

“你应该要在乎的，你只会害自己被杀，或者被掳。我猜情况还可能更惨。”

“你只要告诉我如何找到那个地方就行了，我可以自己去。”

提夫第从办公桌后面站起来，走回墙角的那张桌子，又给自己倒了一杯水。他缓缓喝掉，一小口一小口。随着静默的时间拉长，彼得明显感觉到，这人的心已经飘得远远的，他不知道会面是不是结束了。

“告诉我，乔克森先生，你有小孩吗？”

“这有什么关系？”

“请回答我的问题。”

彼得摇摇头。“没有。”

“没有家人？”

“我有个侄子。”

“他现在在哪儿呢？”

这些刺探性的问题让他很不舒服，但是提夫第的语气让他卸下了心防，答案似乎就自然而然地跳出来。“他由修女照顾，他爸妈都在罗斯威尔遇害了。”

“你们很亲近吗？你对他很重要吗？”

“你到底想说什么？”

提夫第不理会他的问题。他把空玻璃杯摆在桌上，走回办公桌。

“我猜他很崇拜你。伟大的彼得·乔克森——别这么谦虚，我知道你是什么人，而且不只是官方说法，还有你的那个女孩，艾美，还有十二魔的事。别怪到霍里斯头上，他不是我的消息来源。”

“那是谁？”

提夫第咧嘴笑。“也许下次再说吧，我们眼前讨论的是你的侄子。你说他叫什么名字来着？”

“我没说。他叫凯勒柏。”

“我要问的是，对凯勒柏来说，你算不算他的父亲？除了在境内到处游走，想办法为世上除掉病鬼威胁之外，你到底算不算他的父亲？”

彼得觉得自己被精心设计了。提夫第的问话让他想起和凯勒柏一起下棋的情景——前一秒钟还在棋局中如鱼得水，下一秒钟就被逼进死局，棋局结束。

“这是个简单的问题，中尉。”

“我不知道。”

提夫第又打量了他一会儿，然后以拍板定案的语气说：“谢谢你的坦白。我的建议是，把这件事忘掉，回家养大你的那个小男孩。为了他，也为了你自己。我会给你一张通行证，放你和你的朋友走，但同时也要警告你们，如果透露我们的行踪，我该怎么说呢，就给你们好看。”

彼得完全被回绝了。“就这样？你什么都不打算做？”

“把这当成这辈子最大的恩惠吧。回家去，乔克森先生，好好过日子，你可以等以后再谢我。”

彼得拼命想找出话来说服这人改变心意，他指着桌上的那幅画说：“这两个女孩，你说你很爱她们。”

“我是很爱她们，我到现在都还是很爱她们，所以我才不打算帮你。你可以说我感情用事，但是我不希望因为你的死而良心不安。”

“你的良心？”

“是啊，我也有良心的。”

“你让我很意外，你知道吗？”彼得说。

“真的？我怎么让你意外？”

“我从没想到过提夫第·拉蒙特会是个懦夫。”

要是彼得以为这样可以激怒对方，那他就要失望了。提夫第往后靠在椅背上，指尖相抵，透过眼镜上方冷静地看着他。“你以为这样或许可以激怒我，我会把你想知道的事情告诉你？”

“大概吧，没错。”

“那你就看错我了，别以为我是那些在乎别人怎么想的人。但这是不错的尝试，中尉。”

“你说有个女孩失踪了。如果她还活着，我不知道你怎么还能坐在这里不管。”

提夫第纵容地叹了一口气。“也许你还没听说，可是这并不是如果怎样就该怎么办的世界，乔克森先生。太多如果只会让你自己夜里睡不着觉，更何况我们本来就已经睡不好了。别搞错我的意思，乔克森先生，我欣赏你的乐观，嗯，或许不应该说是欣赏——这个字眼太强烈了，可是我可以理解。有段时间我也和你差不多，但是那段时间已经过了。我拥有的就只有这幅画，我每天都拿出来看。目前我只能这样满足自己。”

彼得再次拿起那幅画。那女人灿烂的笑容，左边的头发有一些微微的飘扬。两个女孩睁大眼睛，和所有的孩子一样，充满希望地等待即将展开的生活。他一点都不怀疑这幅画是提夫第生活的重心。看着图，彼得察觉到错综复杂的歉疚、忠贞与承诺。这幅画不只是个纪念，还是这人用来惩罚自己的方式，提夫第恨不得自己与她们在田野一起死去。多么奇怪啊，他竟然发现自己为提夫第·拉蒙特感到难过。

彼得把画摆回提夫第的办公桌上。“你说黑市只是你工作的一部分，可是你没告诉我，你其他的工作是什么。”

“我说过了吧，没有吗？”提夫第摘掉眼镜，站起来，“很公平。跟我来吧。”

提夫第操作另一个键板，厚重的门打开来，里面是个很大的空间，墙边放着大铁笼。屋里弥漫着动物的气味，有血、有生肉，还有酒精的呛鼻气味。灯光是清冷的蓝紫色——“病鬼蓝”，提夫第解释说，波长四百纳米，已是肉眼可见光谱的极致。刚好够让他们安静下来，提夫第告诉彼得，建造这个设施的人非常了解他们。

迈克和萝儿加入他们的行列。他们穿过摆满笼子的房间，走下一小段楼梯。等在他们面前的是什么已显而易见。

“这个，”提夫第打开一个面板，里面有两个按钮，一绿一红，“是观测平台。”

他们站在一个长长的阳台上，一列步道凸出在铁架上。提夫第按下绿色按钮。在器械与链条的摩擦声中，铁架开始缩进另一端的墙面，露出一整面强化玻璃。

“来吧，”提夫第催他们，“你们自己看吧。”

彼得和其他两人一起踏上步道。霎时间，一只病鬼往上一跃，撞向玻璃，然后重重地摔落在地，滚回墙角。

“真是……见鬼！”萝儿喘着气说。

提夫第也站到步道上来。“建这个设施只有一个目的：研究病鬼。准确来说，是研究如何杀死病鬼。”

他们三个瞪着下方的牢笼。彼得数了一下，总共有十九个，第二十个牢笼是空的。看起来大多是呆呆鬼，这些呆呆鬼对他们的存在几乎没有任何反应。但是刚才扑上来的那个不同，那是个成熟的女德古鬼。她盯着在步道上移动的他们，眼神充满饥渴，身体紧绷，爪掌张开。

“你怎么弄到他们的？”迈克问。

“我们设陷阱。”

“用哪种陷阱？旋式诱饵？”

“旋式诱饵是给外行人用的。高速旋转会让他们无法动弹，但是那种装置不好，真的，除非你打算当场宰了他们。要活捉他们，我们用的是建这个设施的人所用的诱饵陷阱。钨合金制作的，强韧得不得了。”

彼得的目光从德古鬼身上移开。“那你们研究的结果呢？”

“不像我原本期望的那么多。除了胸口和嘴巴上壁，他们的头颅底部还有第三个弱点，但是那个弱点非常小。如果你能肢解他们，他们就会流血致死，但是割穿皮肤很困难。冷和热似乎没什么太大的效果。我们试过很多不同的毒药，但是他们太聪明了，骗不到。他们的嗅觉灵敏到不可思议的程度，任何东西只要掺了药，他们绝对不碰，不管多饿都不吃。我们可以确定的是，他们会溺水。他们的身体密度太大，无法浮在水面上，而且他们没办法屏住呼吸太久。他们最久只能停止呼吸七十六秒。”

“要是你让他们挨饿，会怎么样呢？”迈克问。

“我们试过。饥饿会让他们变得迟缓，进入一种睡眠状态。”

“然后呢？”

“就我们所知，他们可以永远维持这样的状态。最后我们只好放弃尝试。”

彼得突然意识到自己眼前所见是什么了。黑市的勾当只是掩护，这人真正的目的就在这里，在这个房间里。

“提夫第，你满嘴屁话。”

所有人都转身。提夫第双臂抱胸，狠狠瞪了彼得一眼。

“你有话想说啊，中尉？”

“你一直想回艾奥瓦去，你只是还没搞清楚该怎么做。”

提夫第的表情完全没变。他那张脸似乎瞬间变老了，因为人生沧桑而显得憔悴。“这是个有趣的想法。”

“是吗？”

整整五秒钟的时间，两人盯着彼此，其他人也一句话都没说。这静默拖得太久了，迈克打破了紧张状态。

“我猜她喜欢你，彼得。”

下方五米，那个大德古鬼仰头看他，仿佛活动旋转架似的脖子上，那颗头在缓缓转动。她张开嘴，宛如打哈欠似的，嘴唇往后扯开，露出闪亮亮的牙齿。

提夫第跨步向前。“我们最新的收获。”他说，“我们以这个为傲——我们追踪了她好几个星期，现在已经不太能找到像这样的成熟德古鬼了。我们叫她席拉。”

“你们打算怎么处理她？”迈克问。

“我们还没决定。大概和平常差不多吧，我想。试一点这个，试一点那个。可是她很暴戾，没办法弄到笼子里。”

彼得想起霍里斯受到的惩罚。“什么笼子？”

提夫第得意扬扬的脸上绽开微笑。

午夜之前的几个小时，他们三个被关在一个小房间里，有个提夫第的手下在门外把守。彼得才刚睡着，就听到门铃响起，门打开了。

“跟我来。”提夫第说。

“我们要去哪里？”萝儿问。

“到外面去，还用问？”

为什么说“还要问”？彼得想。但这似乎就是提夫第的作风，喜欢搞戏剧性。“霍里斯人呢？”彼得问。

“别担心，他会和我们会合。”

多云无星的夜晚。有辆卡车停在阶梯下面等着他们，他们爬上车后的载货平台，提夫第则和司机坐进前座。他们没有警卫相随，没有武装，在黑漆漆的夜里，这究竟是要到哪里去？

几分钟之后，卡车停在一座看起来像飞机停机棚的长方形大建筑前面。又来了几辆车，包括一辆大型平板拖车。在手电筒的光线里，许多人晃来晃去，身上带着手枪和来复枪。建筑里传来嗡嗡的声音。

“你们马上就知道我们到底是在干什么了。”提夫第说。

建筑里头是个没有隔间的大空间，靠火炬照明。一面很大的美国国旗垂挂在梁上，因年代久远而显得破旧。正中央有个笼子，圆拱形，直径约十六米，一条扣住的铁链从拱顶中央垂到地板上。周围的看台上坐满了人，高声谈笑，对着一个在座位间上上下下走动的人，挥着手上的钱币。提夫第一进来，观众席就响起一阵掌声以及响亮的顿足声。他一副充耳不闻的模样，陪着他们三个走到看台前排一个没人坐的区域，离那个笼子的栅栏只有几米的距离。

“还有五分钟就停止下注！”有个声音嚷道，“五分钟！”

霍里斯在他们旁边坐下。“该不会是我想的那样吧？”彼得说。

他有点揶揄地点点头。“差不多。”

“他们是真的在为结果下注？”

“有些是。对付呆呆鬼，大部分押注都只要花几分钟就可以得到结果。”

“你也做过？”

霍里斯奇怪地看着他。“为什么不？”

又一阵更大声的喝彩，打断了他们的交谈。彼得抬头看见一个铁箱，被推高机推进屋里。另一头有个人进来了，充满信心地昂首阔步，是唐肯。他身上穿着厚厚的防护衣，带着一把长矛，头上戴着面罩，露出有刺青的脸。他抡起右拳，用力高举，引来看台上的人的疯狂顿足。推高机的操作员把铁箱放进笼子中央，然后退开来。另一个人把铁箱的闩锁扣到铁链上。等那人离开之后，唐肯踏进笼里，门在他背后锁了起来。

众人噤声。坐在彼得旁边的提夫第站了起来，手里拿着扩音器。他清清嗓子，朝着观众说：“请起立，唱国歌。”

所有人都站起来，右手贴在心脏部位，开始唱：

噢，你可看见，透过破晓曙光，
我们对着什么，发出欢呼的声浪？
谁的星条旗，经历危险烽火，
依然在我军碉堡，迎风招展？①

彼得也站起来，拼命回想歌词。这是很久很久以前的歌——是古昔时代的歌。在庇护所的时候，老师教过他们。可是这曲调很难唱，而且歌词又是当年还是小男生的他无法理解的，所以他始终学不会。他瞟了迈克一眼，迈克也同样诧异地挑起眉毛。

最后一个音符消失在另一阵欢呼声中。呼喊的声音中和着另一

① 美国国歌。

种反复持续的声音，是用力顿足的声音——唐肯！唐肯！唐肯！唐肯！……提夫第让大家喊个够，然后才举起手来要大家安静。他再次面对笼子。

“唐肯·威塞斯，你准备好了吗？”

“准备好了！”

“那么……计时开始！”

呼声震天。唐肯拉下面罩，号角响起，铁链拉起。有那么一会儿，什么动静都没有。然后，那个呆呆鬼从铁箱里跳出来，以轻快如昆虫的动作爬上笼子，像只蟑螂爬上墙壁似的。他或许是在找一个有利的攻击位置，彼得无法判断。观众自有看法，欢呼声瞬间变成喝倒彩。那个呆呆鬼在笼子顶端，双脚抓着一根铁棍，舒展身体，头朝下，双臂张开。唐肯站在他的下方，叫嚷着听不出来是什么的挑衅，挥舞长矛，看他敢不敢下来。**肉！**观众一面拍手一面齐声喊，**肉！肉！肉！肉！**

呆呆鬼好像一时茫然不知所措，无神的眼睛漫无目的地东张西望，仿佛这喧闹混乱让他的大脑短路了似的。他的脸有模模糊糊的轮廓，像是被强酸侵蚀了五官的人。他就这样倒挂在那里五秒，然后十秒。

肉！肉！肉！肉！

“够了，”提夫第站起来，拿起扩音器，“丢肉进去！”

一大块一大块血淋淋的肉穿过铁栅栏被丢了进去，砸得地上一片血肉模糊。这就够了。呆呆鬼放开铁棍，扑向最近的一块肉。那是牛腿的上半部分，呆呆鬼把肉从地板上抄起来，张嘴咬了一口，不是吃，而是用力吮吸肉里的汁液。只花了两秒钟，肉就被吸干了。呆呆鬼甩掉了那干巴巴的肉块。

呆呆鬼转向唐肯，现在他对这个人有兴趣了。呆呆鬼蹲下来，靠蜷曲的脚趾和张大的手掌保持平衡。他有动静了，头一歪，打量了唐肯片刻。

然后出击。

呆呆鬼朝唐肯扑来，双臂展开，指爪瞄准他的脖子，唐肯倒在地上，挥舞长矛。呆呆鬼发狂了，彼得也感觉到了，竞技的那种赤裸裸的刺激感觉涌进他的血管。呆呆鬼躲闪长矛，退回到笼壁上。这一次不再迷惑撤退，他的意图非常明显。他们攻击的时候，是从上方来的。呆呆鬼在离地大约六米的高处，身体往后拉，放开铁栏杆，让自己头朝前方，凌空翻滚，像开瓶器一样快速旋转降落，双脚着地，离唐肯只有三米左右的距离。交锋的过程一模一样，只是角色对调了：唐肯进击，呆呆鬼滚地，长矛在他头部上方扑了空。就在唐肯整个人往前冲的时候，呆呆鬼突然以蹲姿跃起，头朝前方，对着唐肯穿有防护衣的腹部撞去，把他撞到了笼子的另一头。

唐肯背抵着铁栅栏，显然吓坏了。矛丢在他左边的地上，面罩已经被扯掉。彼得看见他伸手要拿武器，但是这动作很轻微，只有手微微地蠕动。他喘气喘得像拉风箱，一丝血从他的鼻子流到上唇。这个呆呆鬼为什么还不杀了他？

因为这是陷阱，呆呆鬼似乎察觉了。在他端详地上的武器时，彼得可以感觉到他内心的冲突。他有想要大开杀戒的冲动，但又隐隐怀疑这事情并不像表面这样——或许是人类的推理能力还有几分残留在他身上吧。哪一种力量会胜出？观众反复呼喊唐肯的名字，想唤醒吓得不敢有任何动作的他，再不然就是想刺激呆呆鬼采取行动。死的是谁都可以。光是进到笼子里，唐肯就已经取得最大的胜利了——证明自己是个男子汉，奋力抵抗呆呆鬼，不让他们宰割他，宰割他的同胞，他的世界。其余的就顺其自然吧。

胜出的是血。

呆呆鬼跃起。就在这时，唐肯缓缓移动的手摸到长矛，一把抓住。就在那个病鬼从空中扑来时，唐肯举起长矛，成四十五度角，和病鬼胸膛正中央成一直线，矛的尾端夹在他两膝之间，抵在地上。

呆呆鬼知道将会发生什么事吗？在结局即将到来的这一瞬间，他是不是意识到自己已奔向死亡？他快乐？还是哀伤？此时，矛找到了它的目标，彻底刺裂了这个鬼东西的胸膛，就在这一瞬间，病鬼重重呼了一口气，吐尽了生气，迎向死亡。

唐肯把呆呆鬼的尸体推开。彼得和其他观众一起顿足。他和大家一样斗志昂扬，众人的活力汇集成澎湃的生命力。他和众人齐声高喊：

唐肯！唐肯！唐肯！唐肯！

唐肯！唐肯！唐肯！唐肯！

这为什么不一样？彼得寻思，虽然有一部分的他并不愿意去思考这个问题，只想沉浸在眼下狂欢的情绪里。他曾经多次面对病鬼，在墙道、城市、沙漠、森林与野地。他曾经深入地下两百多米，进入病鬼盘踞的巢穴。他曾经有好几百次，像这样置生死于度外，但是唐肯的勇气似乎比他更强大、更纯粹，也更有救赎的力量。彼得看着他的朋友，迈克、霍里斯、萝儿，绝对不会错，他们也和他有相同的感觉。

只有提夫第看起来不同。他和其他人一样站起来，但是脸上一点表情都没有。他心里在想什么？他的心思飘到哪里去了？他回到了田野？就连笼子都无法减轻他的重担？彼得要登场了，他等待欢呼声平息下来。在看台上，赌金开始计算、交付。

“让我进去。”

提夫第挑起一边眉毛，打量着他。“中尉，你说你想干吗？”

“我要赌一把，赌一条命，换你答应带我到艾奥瓦的承诺。不仅要告诉我那座城在哪里，而且还要和我一起去。”

“彼得，这不是个好主意。”霍里斯警告他，“我了解你的感受，我们称这种反应为‘笼子热’。”

“不是这样的。”

提夫第双臂抱胸。“乔克森先生，你以为我有多蠢？你的声名远播，我一点都不怀疑杀死呆呆鬼对你来说不是什么难事。”

“不是呆呆鬼。”他说，“是席拉。”

提夫第凝神端详着他。在他背后的迈克和萝儿一句话都没说。他们也许了解他打算干吗，也许不了解，说不定他们只是被他的冲动行为给吓呆了，无法做出任何反应。但不管事实如何，都无所谓。

“好吧，中尉。这是你的葬礼，只不过到时候我们可没有任何东西能装殓你入土。”

提夫第和两个手下陪着彼得，进到表演场后面的一个小房间。迈克和霍里斯也陪在他身边，萝儿在看台等候。这房间里什么都没有，只有一张长桌，摆放装有甲胄的防护衣以及各式武器。彼得着装。他原本担心防护垫会让他的动作变得太慢，却意外发现那东西很轻巧柔韧。面罩就不是这么回事了，彼得看不出来能有什么用，只会让他的视野变窄。他没戴面罩。

再来是武器。他可以挑两种，不准用枪械，只能用刺杀的武器：刀、十字弓、长矛、剑以及各种长度与重量的斧头。他比较想用弓，但是在这么窄的地方，搭弓上箭要花太多时间。彼得选择了一把装有倒钩铁头的长矛。

至于第二项，他的眼睛搜寻着他需要的东西。在房间的角落里，有个表面镀金属的垃圾桶。他掀开盖子，仔细查看。

“请给我抹布。”

抹布拿来了。彼得用口水沾湿抹布，用力擦垃圾桶盖。盖子上开始出现他的倒影——并不清楚，只是模模糊糊的身影，但这样就够了。

“这就是我想要的。”

提夫第的手下爆出笑声。**垃圾桶盖！拿这么不入流的小东西来对抗成熟的德古鬼！他是想自杀啊？**

“你要笨我不管，中尉，”提夫第说，“但是这个，我不会容许。”

迈克探询似的皱眉看他。“就像……拉斯韦加斯？”

彼得似有若无地微微点头，然后再次面对提夫第：“你自己说这房间里的东西都可以挑的。”

“我是说过。”

“所以我挑好了。”

他被带进了竞技场。观众爆发出叫嚣声，但是和先前对唐肯的欢呼声不同，他们的立场逆转了。彼得不是他们的人，他们很乐于看他死掉，这个远征军的傲慢军官，竟然胆敢认为自己可以撂倒德古鬼。箱子已经摆在竞技场中央。彼得走近时，似乎看见箱子在晃动。他听见看台传来的声音：“停止下注！”

“要退出还来得及，”霍里斯说，“我们可以想办法安排的。”

“他们觉得我会如何？”

“一赔十，押你可以撑过三十秒。一赔一百，赌你可以撑过一分钟。”

“你也下注了？”

“我押你会在四十五秒之内胜出。我一定赚翻了。”

“和以前一样，好吗？”彼得不必细说——**要是我被咬了，但幸免于难，千万不要让我活下来，快刀斩乱麻。**

“你不必担心。”

“迈克，你要盯着他履行承诺。”

迈克的脸上写满了担心。“天哪，彼得。你只做过一次，说不定当时他们是因为其他因素才动作迟缓的。你想过吗？”

彼得看着竞技场中央的箱子，正在像引擎般震动。“谢了，我现在想到了。”

他们握握手。沉重的时刻，但是他们以前也曾有过相同的经历。彼得走到笼子里，提夫第的一个手下把门锁起来。霍里斯和迈克一起回到看台上，和萝儿坐在一起。提夫第拿着扩音器站起来。

“远征军的乔克森中尉，你准备好了吗？”

一片嘘声，彼得尽力不加理会。他之前靠的是纯粹的信念，但是此刻来临，他的身体开始怀疑他的理智。他的心狂跳，手掌冒汗，感觉手里的长矛沉重得不可思议。他深吸一口气。“准备好了！”

“那么……开始计时！”

事后，彼得知道这场竞赛足足进行了二十八秒。这时间既算长，也算短。事情发生得很缓慢，但也似乎在转瞬间就全部结束了，整个过程模模糊糊的，不能以一般的时间来计算。

他记得的是——

那个德古鬼从箱子里蹦出来，宛如水从水管里喷出来那样；她阔步凌空一跃，以纯属天生的力道跃上笼子顶端，然后又快速三连跳，动作太快以至于彼得连眼睛都跟不上。就在她扑到他身上时，他心里浮现了她一如预期地跳出笼子、身体飞跃划出弧线的画面，接着事情就发生了，和他原本预料的一模一样。一个站定不动，一个头朝前飞扑而来；他俩身体碰撞的那一瞬间，力道猛然相撞，德古鬼把他撞到笼子的另一头，他有点喘不过气来，骨头都散了——有那么一会儿，或再久一点点，但不太久，他的身体不停地翻滚，翻滚，再翻滚。

他面朝下趴着，垃圾桶盖和长矛都不见了。他翻过身来，面朝天仰躺，靠着双手双脚往后爬动，找到长矛残余的部分。长矛折断了，变成带着尖锐铁头的长棍。他用拳头握紧，站了起来。他会继续舞动残矛，起码要奋战到底，至死方休。观众的欢呼声仿佛从遥远的星球传来。那个德古鬼朝他走来，一副悠然自得的近乎漫步闲逛的模样。她歪着头，嘴巴大张，让他好好地看看她的牙齿。

他们四目相交。

真正的眼神交会，用探索灵魂的目光凝视。这一瞬间仿佛冻结了，而且就在这一瞬间，彼得感觉到自己的心探入她的心灵深处。她的感觉与回忆，她的想法与欲望，她原本的那个人以及成为眼前这个可怕怪物的痛苦。她的表情柔和下来，姿势明显地放松了几分，神情在凶恶之中又添了一些别的，深沉的忧郁。她的内心还住了个人类，宛如黑暗中的一朵火焰。别移开视线，彼得告诉自己。不管你要怎么做，都别躲开她的视线。他的手握紧残矛。

他往前一步，再一步。她还是没动。他感觉到自己内心悄悄升起一股战栗——不是恐惧，而是渴望，这就是她想要的。观众此时全体沉默。他们两个仿佛置身在某个广阔静寂的地方，只有他们两个，在一座空荡的教堂里，一座废弃的剧院或是一个山洞里。他一只手抡起长矛，另一只手压在她肩上保持平衡。拜托，她的眼睛说。

于是就结束了。

观众静悄悄，一点声音都没有。彼得发现自己在发抖。这无法逆转的事，完全超乎理解能力的事，就这样发生了。他俯望那具尸体，感觉到她的灵魂离开了身体，宛如一阵微风轻拂过他。只不过微风拂过的是他的心头，那话语化成微风。**谢谢你，谢谢你，我自由了。**

他走出笼子，提夫第等在那里。

“她不叫席拉。”彼得说，“她的名字是爱蜜丽。”

提夫第什么都没说，只是一脸不解。

“她被抓的时候才十七岁，她最后的记忆是亲吻一个男生。”

“我不懂。”

霍里斯、迈克和萝儿走下看台。彼得迎向他们，停下脚步，然后又转身面对提夫第。

“你想知道怎么杀死他们吗？”

那人摇摇头，捏着下巴。

“看着他们的眼睛。”

13

艾美心里满满的全是卡特和那个女人——她名叫蕾秋，蕾秋·伍德。

艾美感觉到了，彻底感觉到了。她感觉到、看到，也知道那女人的双臂揽住卡特，把他不停地往下拉，往下拉，游泳池里水的味道仿佛恶魔的气息。他们沉到池底时轻轻触地，两人身体交缠，宛如情侣。

卡特多么爱她啊。这是艾美最深刻的感受。他的爱……这男人的一生就在此时此刻结束，就在泳池底，他的心永远陷入了悲伤的旋涡。**哦，拜托，让我来吧，**安东尼·卡特说，**如果你希望我死，我就死。如果你叫我死，我就为你而死。让我替你死吧。**这时水泡一个个升起，是那女人吸进了第一口气，她的肺里灌满可怕的池水，死亡的剧烈痉挛穿过她的全身，接着，她走了。

他所在之处集世界悲哀于一身。这是“雪佛兰水手号”，里面仿若沉浸了一颗活生生跳动着的哀恸的心脏。

血汩汩地流出艾美的身体，她从船尾踏上倾斜的甲板。艾美可以感觉到改变开始发生了，上方的山丘发出隆隆声，很快就会像雪崩那样朝她横扫而来，毁灭她，让她焕然一新。艾美踏进船身深处，走廊交错似迷宫一般，还有倾斜的管道间。她的双脚蹚过锈色的积水，水面闪烁着虹光。她凭着直觉前进，自然而然地找到方向。她接收到了卡特的信号，那信号带着她不断深入，深入，深入。

抽水间。

他们吊挂得到处都是，整个空间都因为他们而发光。他们攀附在每一寸表面上，蜷缩在地上宛如孩童。这里是贮存所，是藏身处。安东尼·卡特的巢穴，他哀伤的军团暂时停歇在此。你在哪里？她想。

随着意念转动，她的身体开始抖动，先是抽搐，然后腹部紧紧揪住，仿佛被一只巨大的手掌抓住。她脚步踉跄，拼命想站稳。一片片黑影浮掠过她的视线，发生了，开始发生了。

我在这里。

在哪里？你在哪里？拜托，我想我快……死了。

到我这里来，艾美。到我这里来，到我这里来，到我这里来……

一扇门矗立在她面前。她打开了吗？她蹒跚向前，走进一条狭窄的通道。地板上滑溜溜的，是油，大地的鲜血，时间的佳酿。她来到第二道大门，T1，上面标示着：一号槽。她知道里面有什么。她使尽力气，抓住锈蚀的门环，一转。四周的空间豁然开阔，她仿佛踏进了一座宏伟的大教堂。

他在那里，安东尼·卡特，那十二个中的第十二个。干瘪、瘦小，微不足道的小东西，不比原本的那个人大，甚至在他心里，他还是原本的那个人，一个放弃了一切的人。他躺在地上，在这荒弃的世界里，他缓缓舒展身体，站起来面对她。卡特，悲哀之人，他把自己禁锢在自己建造的牢狱里。

“帮帮我。”艾美说。她的身体又一阵狂烈的颤抖，她昏了过去，倒在他怀里。

然后，她到了另一个地方。

她在一条高速公路的路桥底下。艾美认得这个地方，或者看来像她所知道的那个地方。景观、声音和气味，都承载着回忆的重量。头上有车辆呼啸而过的声音，道路交汇处发出咔咔的声响；垃圾到处飞，空气里弥漫着烟雾，阴郁沉重。艾美站在路边，举着一张硬纸板，写着：“饿，请帮我，上帝保佑你。”车流不断，小轿车、卡车，没有人看她一眼。她衣衫褴褛，双手污黑，肚子里是冰冷空虚的石块。车子毫不在意地飞驰而过——为什么没有人停车？

然后，车来了。一辆大型的休闲旅行车，乌黑闪亮，减速，然后停车，驶向路边的时候简直像从天而降的一只大黑鸟。贴了隔热纸的玻璃映出清楚的倒影，让世界一分为二。在轻轻的引擎声中，驾驶座的窗户降了下来。

“艾美，你好。”

华格斯特坐在驾驶座，身穿深蓝套装，打黑领带。胡子剃得干干净净，头发往后梳，露出额头，微微发亮，仿佛刚淋浴完。“你的时间抓得刚刚好，”他微笑着越过前座去开门，“为什么不上车呢？”

艾美把牌子放在地上，爬上前座。车里很凉，飘着皮革的味道。

“见到你真好。”华格斯特说，“别忘了绑安全带，小可爱。”

她难以置信，简直说不出话来。“我们要去哪里？”

“你马上就会知道。”

他们驶离路桥底下，进到夏日的阳光里。窗外的商铺、住家和汽车飞掠而过，是个繁忙的人类世界。装有减震弹簧的车子微微震动。

“有多远？”

华格斯特微微耸肩。“不太远，沿着这条路再过去一点。”他斜瞟了她一眼，“我不得不说，你看起来很好，艾美。你长大了。”

“这里……是哪里？”

“这个嘛，是得州。”他装出厌恶的表情，“这里是得州的休斯敦。”他脸上浮现出回忆，“丽拉很讨厌听到这个地方。‘布莱德，这个州和其他地方没什么不一样。’她总是这么说。”

“可是我们为什么会在这里？”

“怎么来的嘛，我不知道，而且我也不认为会有答案。至于为什么……”他再次瞟她一眼，“我是他的人，你了解的。”

“卡特的？”

华格斯特点点头。

“你也在船上？”

“船上？没有。”

“那么，是在哪里？”

他没有马上回答。“我想最好让他自己向你解释。”他的目光迅速移到艾美脸上，“你看起来真的很好，艾美，就像我以前想象的那样。我知道他看见你会很高兴。”

他们开进一个住宅区，那里有一幢幢独栋豪宅，有翠绿浓荫的大树和精心修剪的广阔草坪。华格斯特转进一幢殖民地风格的红砖房子，停在车道上。

“我们到了。我想我得让你自己进去了。”

“你不陪我进去？”

“哦，恐怕这次我只是个使者，不，不算使者，只是个司机，只是载你过来而已。”

“可是你不陪我，我就不想进去。”

“没关系的，亲爱的，他不会咬你。”他拉起她的手，轻轻捏了一下，“去吧，他在等你。我很快就会再见到你，不会有事的，我保证。”

艾美下车。蛐蛐在草地里鸣叫，让周遭显得更加寂静。空气带着厚重的湿气，闻起来有种刚割过的草的味道。艾美回头看华格斯特，但是那辆车已经不见了。她明白，这地方就是这点不一样，东西会没来由地消失无踪。

她走上车道，穿过一道棚架攀满开花藤蔓的门，进到后院。卡特坐在露台的一张桌子旁，穿着牛仔裤、脏T恤衫和没绑鞋带的厚重靴子。他拿一条毛巾抹抹脖子和头发，割草机摆在旁边，散发出汽油味。艾美走近时，他抬头微笑。

“嗯，你来了。”他指指桌上两个装有液体的玻璃杯，“我刚忙完，过来坐会儿。我想你或许会想喝点茶。”微笑扩大成露出一口白牙的咧嘴笑，“六月的大热天里，有什么比得上一杯冰红茶呢？”

他有张小小的圆脸，温和的眼睛，头发剪得短短的，很像一顶黑色的羊毛帽。可可色的皮肤上有零星的黑色斑点，片片草屑沾在他的衬衫与手臂上。艾美坐在他对面的椅子上。紧邻着露台的是游泳池，一片冰凉诱人的澄蓝，水波轻轻拍打铺着瓷砖的池畔。这时艾美才发现，这里就是她和格瑞尔过夜的那幢豪宅。

“这个地方，”艾美说，她扬起脸，饱满的阳光温暖了她的皮肤，“好漂亮。”

“一点都没错，艾美小姐。”

“可是我们还在船里，对吧？”

“从某个角度来说，”卡特平静地说，“从某个角度来说。”

他们默默坐着，小口喝着冰红茶，玻璃杯外面淌下串串水珠。事情变得更清楚了。

“我想我知道我们为什么在这里。”艾美说。

“我料到你会懂的。”

气温陡降，寒意逼人。艾美全身发抖，她用双臂环抱身体。枯叶，宛如片片黄褐色的纸张，吹落到露台。光线失去了色泽。

“我一直在想你，艾美小姐。好长一段时间，我和华格斯特，我们聊了很多，聊得很开心，就像你和我现在一样。”

无论卡特打算告诉她什么，她突然都不想听了。树叶让她很害怕。

“他说他是你的，他属于你。”

卡特温和地点点头。“他说他亏欠我，我觉得没错，但是我也很看重他，是他给了我时间去想清楚的。无边无际的时间，安东尼，他就是这么说的。刚开始的时候我做了一些坏事，我承认，是饥饿害的。可是我永远无法习惯。华格斯特是给我机会去把事情做对的人。”

“是他把你封在船舱里的，对不对？”

“对。饿到不能忍受的时候，我要求他这么做。如果不是为了你，他也会把自己锁起来的。他要照顾你啊，小女孩，我会这么说。那个人啊，他全心全意地爱着你。”

艾美开始察觉游泳池里的动静。一道黑色的阴影缓缓浮起，浮出水面，在漂浮的秋叶里露出形貌。

“她一直在这里。”卡特哀伤地缓缓摇头，“这是最悲哀的。我每天割草，她每天死去。”

他沉默了一会儿，亲切的脸上浮现出悲凉。然后他回过神来，再次面对她。“我知道这对你来说不公平，你即将要面对的事情，华格斯特也知道。但你是我们唯一的机会，不会再有下一次了。”

她的怀疑已经变成确定了，宛如一颗种子在她心中萌芽。她已经感觉到好几天，好几个星期，好几个月了，零号的声音在召唤她。**艾美，去找他们，去找他们，我们的血亲姐妹。我们都认识你，感觉得到你。我们是一体两面，你要关照他们，看护他们。**

“拜托，”她声音颤抖，“不要叫我做这件事。”

“我不是要命令你，也不是要告诉你怎么做，但事情就是这样。”卡特在椅子上挺起身体，从衣兜里掏出一条手帕，“你想哭就哭个够吧，艾美小姐。我想，你至少应该有这个权利。我自己就哭得泪流成河。”

她也是。她不停地哭。在孤儿院里，她尝到生活的滋味。和凯勒柏，和修女们，和彼得以及其他所有的人在一起。她成为一个群体里的一部分，家庭的一员，她在那个世界里为自己搭筑了一个家。现在这一切都将消失。

“他们会把我们两个都杀了。”

“我想他们是会想办法杀了我们，我打从开始就知道了。”他越过桌子，握着她的手，“没关系的，我知道，可这是我们必须承担的。这是我们唯一的机会，永远不会再有下一次机会了。”

没有办法拒绝，命运找上了她。光线逐渐消散，枯叶飘旋坠地。游泳池里，那女人的尸体继续她缓慢的旅程，漂着漂着，在永恒之流里旋转、旋转。

“告诉我该怎么做。”

第三卷　偷天换日

我是无名小卒！你是谁？
难道——你也是——无名小卒？
那我们就是——对了！
别告诉别人！
他们会张扬的，你知道。

——爱蜜莉·狄金逊[①]

① 爱蜜莉·狄金逊（Emily Dickinson，1830—1886），美国诗人。

14

冬日真正的第一场雪，似乎和往常一样，在夜半时分飘落。莎拉睡在沙发上，被敲打的声音吵醒。有一小段时间，这声音在她心里和梦境混为一体。在梦里，她怀孕了，正打算告诉霍里斯这个消息。令人费解的是，梦里的场景混杂了好几个地方（第一殖民地那幢她长大成人的房子的门廊，研磨机轰隆隆响的生质燃料厂，纯粹想象出来的剧院废墟，有破旧的紫色布帘垂挂在舞台上），尽管其他角色在外围来来去去(嘉姬、迈克、凯伦·莫林努和她的女儿)，但却有种隔绝感。只有她和霍里斯两个人，而宝宝在她肚子里轻轻捶打——莎拉发现那是某种密码——吵着要出世。每回她打算告诉霍里斯，话到嘴边，就变成完全不同的一句话：不是“我怀孕了”，而是“天下雨了”；不是“我就要生孩子了”，而是“今天星期二”。每每惹得霍里斯一脸不解地看着她，然后觉得有趣，最后就哈哈大笑起来。“这又不好笑。”莎拉说。听着霍里斯那温暖的笑声，她眼中盈满挫折感带来的泪水。“这不好笑，这不好笑，这不好笑……”一遍又一遍，梦境就这样消失不见。她醒了过来。

她静静地躺了一会儿。敲打声是从窗户传来的。莎拉掀开被子，穿过房间，拉开窗帘。圆殿所在的区域彻夜有灯光照明，宛如黑暗汪洋中一座荧光闪耀的岛屿。冰冷的雪在灯火的光束里落下，随着阵阵寒风飘动，与其说是雪，不如说更像是冰。但在她流连窗边之际，情况变了。雪飘得更慢，更平缓，变成一片片雪花，覆盖了每一寸地表，织成雪白的大地。在这个套房的另两个房间里，丽拉睡着了，莎拉的女儿也舒服地窝在自己的小床上。莎拉多么渴望走到她身边，把她搂在怀里，抱到沙发上，搂着她入睡。摸着她的头发、她的皮肤，感知她温暖的鼻息。但这个想法只能是个虚无的梦，她绝对不敢想象有实现的可能性。在渴望的痛苦折磨里，她看着雪花飘落，看着雪白的幕布抹去这世界，虽然她也知道，雪花落在平地上又是另一回事。冻僵的手指，冻僵的脚趾，身体在刺骨寒意中摇晃。这是最黑暗也最悲惨的几个月。是啊，莎拉打了个寒战，心想，**冬天来了，冬天开始了。最起码我可以待在这里。**

但是清晨醒来时，情况又变了。

"黛妮，你看！是雪！"

一道闪亮的光照进屋里。那小女孩穿着睡衣爬到椅子上，拉开窗帘，鼻子贴在结霜的窗玻璃上。莎拉马上从沙发上起身，拉拢窗帘。

"可是我想要看！"

里间传来声音："黛妮！你在哪里？我需要你！"

"马上来！"莎拉直直盯着小女孩哀求的眼睛，"对不起，亲爱的，你知道规矩的。"

"可是她可以待在床上！"

"黛妮！"

莎拉叹了一口气。早晨的丽拉总是很难搞，她会因为焦虑和莫名的恐惧而烦躁不安。而这个情形会一天比一天严重，除非她再次进食。在鲜血所提供的活力恢复魔法之下，她会变得很开心，对她们两个都很好，甚至有点飘飘然，不过她对凯儿的兴趣有点抽象，并不是真的针对她这个人。她似乎无法理解这年纪的孩子，对凯儿讲话的样子，明显把凯儿当成是小婴儿。在心情愉悦的日子里，丽拉似乎一心相信她是住在一个叫"樱桃溪"的地方，嫁给一个名叫戴维的人——虽然她经常提起一个叫布莱德的人，这两个名字不时替换——而莎拉是管家，由"派遣公司"派来的，不管那是个什么组织。但是随着血液的功效消退，大约四五天的时间之后，她开始变得无力惊惶，仿佛这个精心编造的幻想越来越难以维持下去。

"我先让她去洗澡，然后我再看看能不能带你出去玩。这样可以吗？"

小女孩用力点头。

“那快去换衣服。”

莎拉看见丽拉坐在床上，把身上那件薄睡衣的裙褶抓在胸前。若要莎拉猜她的年龄，她会说这女人看起来大约五十岁。她明天看起来会更老，脸上的皱纹加深，肌肉松弛，头发变灰变少。有时这变化太过明显，莎拉简直是眼睁睁看着变化进行。然后吉尔德会带着血液过来。莎拉和凯儿被赶出房间，等她们回来时，丽拉已经满头秀发，再次成为皮肤光洁的二十五岁女子，循环再次启动。

“你为什么不回答？害我很担心。”

“对不起，我睡过头了。”

“伊娃呢？”

莎拉回答小女孩在换衣服，然后就去帮丽拉准备洗澡水。和梳妆台一样，丽拉的浴室也是个如图腾般重要的地方。在深深的浴缸里，她可以泡上好几个钟头。莎拉打开水龙头，摆出丽拉的肥皂、精油、小罐乳液以及两条刚洗好的蓬松毛巾。丽拉喜欢在烛光下沐浴，莎拉从化妆镜里拿出一盒火柴，点亮枝形烛台。等丽拉来到门口时，浴室里已经蒸汽弥漫，穿着厚重制服长袍的莎拉开始冒汗了。丽拉关上门，转身脱掉睡袍。她的上半身很瘦，虽然接下来还会更瘦，这些天来，丽拉上身的质量不断往下移动，积累在臀部和大腿。她转身再次面对莎拉，用戒慎恐惧的表情盯着浴缸。

“黛妮，我今天真的很不舒服，你可以扶我吗？”

莎拉牵着她的手，让她缓缓跨过栏杆，坐进冒着蒸汽的热水里。整个人泡进水里之后，她的表情缓和下来，不再紧张。她让水浸到下巴，愉快地吐了一口气，双手像船桨那样前后摆动，把水撩到身上。她头往后仰，浸湿头发，然后又抬起湿淋淋的头来，往后靠在浴缸边上。摆脱了地心引力的束缚，丽拉仿佛恢复了青春。

“我好喜欢泡澡。”她喃喃地说。

莎拉坐在浴缸旁边的小凳子上。“先洗头？”

“嗯嗯。”丽拉的眼睛闭着，“麻烦你。”

莎拉开始洗。就像其他事情一样，丽拉对头该怎么洗也有某些特定的偏好。先洗头顶，莎拉双手用力按摩，然后再往下，用手指拨开捋顺她长长的发丝。先上肥皂，接着清洗，然后再用精油把这套程序重复一遍。有时候她还要莎拉反复做上好几遍。

“昨天晚上下雪了。”莎拉试探地说。

“嗯嗯。”丽拉的脸很放松，眼睛还是闭着，“是啊，丹佛就是这样。如果你不喜欢这天气，只要稍等一分钟，马上就会变了。我爸爸总是这么说的。”

丽拉父亲说的话，她总是这样如实引述，这在她们的对话里占了很重要的位置。莎拉用一个水壶舀起浴缸里的水，冲净丽拉额头的肥皂，开始抹精油。

“所以我猜所有的地方都要关闭喽。”丽拉继续说，“我真的很想去市场，我们什么东西都没了。”别担心，莎拉知道，丽拉从来没离开过这个套房，“你知道我喜欢什么吗，黛妮？舒舒服服地吃一顿长长的午餐。找个特别的地方，有高级桌布和瓷器、桌上插着鲜花的地方。”

莎拉已经学会要顺着她的话说。“听起来很棒。”

丽拉沉浸在回忆里，长叹一声，整个人泡到水里。“我都想不起来，上次舒舒服服地吃一顿长长的午餐是多久以前的事了。”

过了几分钟，莎拉忙着把精油抹到她的头上。“我想伊娃会想到外面去玩一会儿。”说出这个名字简直像扯个该死的弥天大谎，但有时候就是不可避免。

“是啊，我想她应该会喜欢。”丽拉漫不经心地说。

“我只是在想，有没有其他的孩子可以陪她一起玩？”

“其他的孩子？”

“是啊，和她年龄相当的孩子。我想能交几个朋友对她应该会很好。”

丽拉很不舒服地皱起眉头。莎拉怀疑自己是不是做得太过分了。“这个嘛，”丽拉用让步的语气说，“隔壁有个小女孩，叫小什么来着？黑头发的，可是我很少看到她。这附近的人都很看重隐私的，都是老古板，要是你问我的话。”然后她又说，“可是你是她的好朋友，不是吗，黛妮？”

朋友。这实在很讽刺、很伤人。“我努力当她的朋友。”

“不，不只是这样。”丽拉半睡半醒地微笑，“你有点不同，我看得出来。我想这样对伊娃很好，有个像你这样的朋友。”

“所以我可以带她到外面去。”莎拉说。

“等一下，”丽拉再次闭上眼睛，“我希望你念书给我听。我真的好喜欢一边泡澡一边听故事。”

等她们终于出了门，时间已近中午。莎拉用大衣、连指手套和橡胶套鞋把伊娃裹得紧紧的，外加一顶羊毛帽，拉下来盖住她的耳朵。至于莎拉自己，就只有原来的长袍，脚上也还是原来那双破旧的运动鞋和毛袜，但她不怎么在乎。脚冷，可是心不冷！她们走下楼梯到了院子，进到一个经过重新改造、感觉上像个崭新世界的地方。空气闻起来冷冽而清新，阳光在雪地上反射出刺眼的强光。在阴郁的屋里关了这么多天，莎拉不得不在门口暂停一会儿，让眼睛可以适应外面的光线。但是凯儿没有这样的困扰，活力充沛的她放开莎拉的手，从门口往前冲，跑过院子。等莎拉辛辛苦苦追上——她或许错估了这双运动鞋，这双鞋会是个大问题——小女孩已经捧了满手绒毛似的雪往嘴巴里放。

“这吃起来……好冷。”她脸上散发着快乐的光芒，“你吃吃看。”

莎拉照她的话做。“好吃。”她说。

她教小女孩堆雪人。她心里充满甜蜜的怀旧之情，仿佛自己也回到了童年，在庇护所的院子里玩。但这不一样，莎拉现在是母亲了。时间有着自己永不停止的循环。感觉到女儿身上那种极具感染力的快乐，体验到两人之间彼此传递的惊喜感，是多么不可思议啊。在眼前的这一刻，莎拉心中再也感觉不到痛苦。她们人在哪里都无所谓，只要她们两个在一起。

莎拉也会想起艾美，这么多年来，她第一次想起。艾美向来不是个小女孩，至少看来是如此，但又永远是个小女孩。艾美，这个不知来历的女孩，在她身上，时间不是循环，而是静止不动的，她把整个世纪捧在手中。莎拉突如其来、出乎意料地为她感到哀伤。她一直很纳闷儿，在农庄的那个晚上，艾美为什么把那几瓶病毒丢进火焰里，将其摧毁殆尽。莎拉很痛恨那些病毒，不只是它们所代表的意义，更痛恨它们的存在；但是她也知道那些病毒是什么：是救赎的希望，是威力强大、足以用来对抗十二魔的武器（十二魔，她想，她有多久没想起这个名词了）。她从来就不知道要如何理解艾美的决定，现在她有答案了。艾美知道，她被病毒夺走的人生是人类唯一真正的本质。莎拉的女儿，这个莎拉所创造出来的活生生的小人儿身上，藏着这个最大谜团的答案：死亡，以及死亡之后的未知。这是多么显而易见啊。死亡不算什么，因为根本就没有死亡这回事。仅仅依赖着凯儿的存在，莎拉就拥有了永生。有了孩子，就等于接受了永生不死的礼物——不是时间停止了，像艾美那样，而是时间不断延伸，永远持续不断。

“我们来扮雪天使。”她说。

凯儿没做过。她们并肩躺下，身体被一片雪白包围，两人指尖相触。在她们上方，太阳和蓝天俯望见证。她们手脚来回拍动，然后站起来看雪地上留下的印子。莎拉解释天使是什么：天使就是我们。

“这很好玩。”凯儿微笑着说。

负责伺候的女孩珍妮就要送午餐来了，她们在雪地的时光也要结束了。莎拉想象接下来的情景：丽拉陷入幻想，不理会她们两个，湿衣服晾在火炉旁边的架子上，莎拉和女儿窝在沙发上，亲昵依偎着交换体温，读好几个钟头的故事，彼得兔和松鼠胡来，以及詹姆斯和大桃子两人相拥，走进母女梦境交织的睡梦里。她从来没这么快乐过。

走回门口的途中，莎拉抬头瞥向窗户，看见窗帘被拉开了。丽拉在看她们，眼睛躲在黑色的镜片后面。她在那里站了多久？

“她在干吗？”凯儿问。

莎拉勉强挤出一个微笑。“我想她只是很喜欢看我们玩。”但她心里升起一丝恐惧。

“为什么我必须叫她妈妈？”

莎拉停下脚步。“你说什么？”

女孩沉默了一会儿。融化的雪水从枝头滴下。

“我累了，黛妮。”凯儿说，“你可以抱我吗？”

女孩的重量在她怀里轻若无物。这是她失去的那一部分，无法克制的喜悦。回到屋里了，丽拉还在窗前看着她们，但是莎拉不在乎。凯儿双手揽着她，脚紧紧夹住她的身体，就这样，莎拉抱着女儿离开雪地，走回公寓。

莎拉没收到任何讯息。她每天都在等待倒置的汤匙和塞在托盘底下的纸条，但什么都没有。珍妮来来去去，放下装有面包、麦片粥和汤的托盘，不发一语地匆匆离去。除了带凯儿到院子里玩之外，莎拉从没离开过套房半步，但她瞥见阿谷一次，那次是丽拉叫她去找维修工来清理浴缸的水管。他正穿过走廊，身边还有两个爪牙，包括莎拉第一天在电梯里碰到的那个国字脸爪牙。阿谷走过她身边，一如既往，他的伪装——从容不迫的态度，充满自信地与同僚阔步同行——完全没有破绽。他们没有露出半点相识的神情，就算阿谷认得她，也没露出痕迹。

莎拉不该主动送出讯息，除非有紧急情况，但是没有进一步联络，让她很忧心。最后她决定冒险一试。公寓里没有可用的纸，但是有书。有天晚上丽拉上床之后，莎拉从《维尼熊》的书后面撕下一小张纸。更大的问题是要找东西来写，公寓里没有铅笔或钢笔。但是她在丽拉梳妆台的底层抽屉里找到一个有针插的针线盒。莎拉选了看起来最尖的一根，刺进食指指尖，用力挤出一滴血来。她以针代笔，在纸上草草写下讯息。

需一见。黛

隔天，珍妮来收她的托盘时，莎拉等着。她不像平常那样让珍妮匆匆端走，而是主动把桌上的托盘端起来交给珍妮，并和珍妮四目交接，然后垂下目光，免得她没注意到自己的用意。

“谢谢你，珍妮。”

回应在两天之后送达。她偷偷把纸条塞进长袍的口袋里，等待自己独处的时间。她一直等到下午丽拉打盹儿的时候才抽出时间。丽拉已经接近这次循环的终点，干瘪，虚弱，心烦意乱。吉尔德很快就会带着血液来。莎拉在浴室里打开纸条，上面写着时间地点与一行指示。莎拉心一沉，她不知道自己必须离开圆殿。她得找个可信的借口，得到丽拉的许可，否则她根本不知道该怎么做。而以丽拉现在的混乱状态来看，她是否能理解莎拉的请求，实在很令人怀疑。

第二天，她帮丽拉洗头的时候，提起这个话题。请几个小时的假，她是这么说的，到市场去一趟，看看新面孔应该不错，而且她也可以去找些特别的香皂和精油。这个请求让丽拉莫名焦虑起来。她最近变得越来越黏人，几乎不让莎拉离开她的视野。可是到了最后，她终于在莎拉温言软语的劝说下让步了。**只是别去太久，**丽拉说，**你不在身边，我就不知道该怎么办，黛妮。**

阿谷帮她搞定其他的事。在大门的柜台上，爪牙把通行证交给她，还敷衍了事地警告她说时效只有两个小时。莎拉迎着寒风，走向市场，只有爪牙和红眼人才能在这里交易。货币是小小的塑料圆盘，分红、蓝、白三种颜色。莎拉长袍的口袋里有十五枚，三种颜色各五枚，是丽拉每隔七天交给她的酬金，用来更进一步强化幻想——莎拉是她花钱雇来的帮佣。人行道上的积雪已经被扫净，这里以前是这座城的商业区，规模很小，只有一幢幢红砖建筑，紧邻大学向外延伸三条街。城里大部分的地方都已经荒弃废置，凋零颓败。除了资深官员之外，几乎所有的红眼人都住在市区南端的公寓大楼。市场是这座城的中心，两端出口都有检查哨。有些房子还挂着招牌，彰显着它们原本的功能：艾奥瓦州立银行、鲍威尔陆海军堡垒、温琵咖啡、沛绿雅书籍音乐馆，甚至还有一间架有广告牌的小电影院。莎拉听说爪牙有时候可以获准去看那几部一播再播的电影。

她在检查哨亮出通行证。街道空荡荡的，只有巡逻员和几个红眼人，穿着豪奢的厚重大衣，戴着太阳眼镜，在那里悠闲地晃荡。莎拉蒙着面纱，仿佛没了身影似的走动，但她知道，这种安全感只是危险的假象。她的步伐不快也不慢，低头顶着从街上吹来的阵阵寒风，转过房舍的墙角。

她来到草药店。走进店里时，门铃叮当响。屋里很暖，洋溢着柴烟与草药的香味。柜台后面有位妇人，一头闪亮的银发，扁着缺牙的嘴，俯身用秤量着一小撮淡黄色的粉末，分装到小玻璃瓶里。莎拉进来的时候，她抬起头，然后瞟着在精油柜前流连的爪牙，像在说话。**小心一点，我知道你是谁，在我摆脱他之前，别靠近**。然后，妇人提高音量，用提供帮助的语气说："长官，你大概是想找特别的东西吧。"

那名爪牙闻闻一块香皂。他大约三十五六岁，不能说不英俊，但浑身有一股虚荣感。他把香皂摆回架上："我要能治头痛的东西。"

"啊，"露出令人安心的微笑，这容易解决，"请等一下。"

老妇人在背后墙上的那排草药里挑出一罐，舀出一匙干叶子，装进纸包里，递过柜台，交给他。"用温水浸泡，一小撮就可以了。"

他很不安地翻看那个纸包。"这是什么东西？你该不会想毒死我吧，老太婆？"

"这只是普通的迪伦草，我自己也吃。如果你想要我先试吃，我也很乐意。"

"算了。"

他付给她一枚蓝币，老妇人盯着他走出门去。

"跟我来。"她对莎拉说。

她带莎拉走进后面的储藏室，里头有张桌子，几把椅子，和一道通往后巷的门。老妇人叫莎拉在这里等，然后就回店面去。好几分钟之后，门打开来，是妮娜，穿着平地人的短袍和黑外套，一条围巾裹住下半部的脸。

"这真是蠢得可以了，莎拉，你知道这有多危险吗？"

莎拉瞪着这女人无动于衷的眼睛。在此之前，她都不知道自己有多愤怒。

"你们知道我女儿还活着，对不对？"

妮娜没解下围巾。"我们当然知道，所以我们才这样做的。莎拉，我们知道一些内情，然后我们将这些情报来加以利用。我猜你听到这件事应该很高兴才对。"

"多久了？"

“有关系吗？”

“当然有，该死，当然有关系！”

妮娜严厉地看着她。“好吧，就说我们一直都知道好了。假如我们之前就告诉你，你会怎么做？不必费事回答了。你一定会冲动行事，做出一些蠢事来。如果你想闯进圆殿，跑不了十步就会死无葬身之地。如果你听了会比较安慰的话，我可以告诉你，我们是有过一番讨论。嘉姬认为你应该知道，但是压倒性的意见认为行动成功比较重要。”

“压倒性的意见？也就是你们的意见？”

“是我，也是尤斯塔斯的意见。”有那么一瞬间，妮娜的表情似乎温柔了，但是仅仅是那么一瞬间，“别看得这么严重，你得到你想要的啦。快乐一点！”

“我想要的是带她离开那个地方。”

“我们也是这么打算的，莎拉。我们会把她救出来，迟早。”

“什么时候？”

“我想这应该很明显才对。等这一切结束的时候。”

“你是在要挟我？”

妮娜耸耸肩，不理会她的指控。“别误解我的意思——虽然我也不讨厌要挟别人，但就这件事来说，我根本不需要这么做。”她谨慎地看着莎拉，“你认为那些女孩的下场是什么？”

“什么‘那些’女孩？那里只有我女儿啊。”

“现在是只有她一个，但她不是第一个，那里永远有一个伊娃存在。给丽拉一个孩子，是吉尔德能让她保持镇静的唯一方法。可是女孩一旦到了特定年龄，丽拉就对她们失去兴趣，再不然就是女孩们会抗拒她。然后他们就再弄一个新的来。”

莎拉一阵头晕目眩。她得坐下来。“几岁？”

“五六岁吧，不一定。但总是会发生的，莎拉。这就是我要告诉你的。时间不多了，或许不是今天或明天，但不会太久，然后她就会到地下室去。”

莎拉勉强问出下一个问题：“地下室有什么？”

“他们在那里帮红眼人制造血液。我们不知道全部的细节，先是用人血，但是在处理过程中会发生一些变化，反正不知他们是怎么弄的。地下室里有个人，或者应该说是病鬼，他们叫他‘血源’。他喝人血的蒸馏液，造成他体内的改变，然后就产出完全不同的东西来。你见过丽拉的变化？”

莎拉点点头。

“他们每一个人都是这样，但是男人的变化过程比较慢。血源的血让他们恢复青春，让他们长生不老。但是你女儿一旦进到地下室，就永远不可能再出来了。”

莎拉内心掀起狂涛骇浪，愤怒、无助和一种想要保护女儿的强烈欲望。情绪来得如此剧烈，她觉得自己都快吐了。

“我应该怎么做？”

“等时机到了，我们会告诉你。我们会把她救出来，我向你保证。”

她明白妮娜要求的事，不是要求，是申明。他们完完全全地操纵她。凯儿是人质，而赎金要以鲜血偿付。

“恨她吧，莎拉，想想看她做的事。我们所有的人，包括我自己在内，迟早都会有时机到来的那一天。就像嘉姬那样，只要得到命令，我就会义无反顾地去执行。而且除非我们的计划成功，否则你女儿只能自求多福，我们永远救不了她。”

“在哪里？”莎拉问。她不必说得更清楚了，她的意思非常明白。

“你最好先不要知道，到时候你会按惯常的方式收到讯息。你是关键人物，而且时机很重要。”

“要是我做不到怎么办？”

“那你就会死，你女儿也是，只是时间早晚的问题。我已经告诉过你了。”她的眼睛深深望进莎拉眼里，她的眼睛里没有任何的悲悯，只有冰冷的清明，“如果一切照计划进行，那就会是红眼人的末日，吉尔德、丽拉，所有的人。你明白我说的话吧？”

莎拉的心完全麻木了。她点点头，用微弱的声音说：“明白。”

“那就尽你的义务吧，为了你女儿而做——她是叫凯儿吧？”

莎拉吓坏了。“你怎么会——”

“是你告诉我的，不记得了吗？她出生那天，你自己告诉我的。”

当然啦，她想，这样就说得通了。妮娜就是那天在产房里，交给她一绺凯儿头发的人。

“你或许不相信我，莎拉，但我要努力矫正这里的错误。”

莎拉好想笑。她是该笑，如果她还笑得出来的话。“你表现的方式还真有意思。”

“或许吧。但是我们就是活在这样的时代里。”又一阵探询似的停顿，“你心里也是这样想的，我一看就知道了。”

我有吗？这个问题一点意义都没有。无论如何，她总得鼓起勇气才行。

“为你女儿而做吧，莎拉，为了凯儿，否则她一点机会都没有。”

15

他们现在做的事还算可以忍受。并不是不痛，还有类似痛的感觉，但这些都是意料中的，也都还算可以承受得了。有好长一段时间，他们什么都没问她，没对她提出任何要求。单纯就是做他们喜欢做的事，他们会一而再，再而三地享受虐待的乐趣，而艾莉希亚并不轻易屈服。她不哭不喊，以坚苦自励的精神默默承受，只要笑得出来，就哈哈大笑。**有花招尽管使出来吧，朋友。我是该被用铁链铐住的人，你们不觉得这件事本身就是一种胜利吗？**

水刑是最惨的。说来奇怪，艾莉希亚向来喜欢水。她小时候是什么都不怕的游泳健将，深深潜进殖民地的洞穴，想办法尽量闭住气，忍受耳朵轰隆隆响，触到水底，看着自己吐出的气泡从黑暗中升起，迎向上方遥远的阳光。有时候他们把水灌进她的嘴巴，有时候他们把她从铁链上放下来，绑在板子上，然后头下脚上浸进冰冷的浴缸里。每一次她都想，开始了，然后数秒，直到结束。

一天天过去，她的力气也渐渐消退。整体来说，只是稍稍减少，但已经够了。他们给她食物，稀薄的咸粥、玉米，再不然就是硬得可以和皮革相比的焦肉条。他们的目的是让她活着，好让他们继续以虐待她为乐，但是没有其他的……唉！她在心里悄悄立誓，等她的变身到了最后一个不容置疑的阶段，开始尝人血时，她喝的必定是他们的血。放弃自己的人类身份是很沉重的，但是这个想法却让她觉得有一丝宽慰，她会喝干这些王八蛋的血。

到底已经过了多少天，根本无法估算。独自一人，她养成了在心中回溯过往岁月的习惯。她在回忆中穿梭，仿佛那是一条挂满图片的走廊——在第一殖民地当班守望，她和彼得、艾美以及其他人，穿过暗黑大地到科罗拉多的旅程，她和上校共度的乏善可陈却又怪异的童年。她总是叫他“长官”，从来没喊过“爹地”或“尼尔斯”，从一开始，他就是她的上级长官而不是父亲，更不是朋友。现在想到这些事真是奇怪。她人生的回忆承载着许多不同的情感，有哀恸，有快乐，有狂喜，有孤寂，还有某种程度的爱，但这些回忆共有的感觉却是一种归属感。她就是她的回忆，她的回忆就是她。她好希望自己能记住这一切的一切。

就在她开始怀疑他们是不是打算在她身上反复进行这个痛苦仪式的时候，一个外表看来似乎是负责指挥的人出现了，打断了她被囚禁状态的节奏。他没自我介绍，而且至少有一分钟的时间，他什么话都没说，只是站在她面前，打量着被吊在天花板上的她，脸上的表情很像是在看一本令人费解的书。他身穿黑西装，打领带，浆烫得笔挺的衬衫，皮肤苍白柔嫩，仿佛从未晒过太阳，看起来顶多三十岁。但是他的眼睛揭露了真相。她有什么好惊讶的呢？

“你……不一样。”他往前走近一点，用力从鼻孔呼出气来，像狗一样把气喷到她周围的空气里。

“是啊，大家都这么说。”

“我从你身上闻得出来。”

“我最近没什么机会打理干净。”她露出最大的微笑，“你或许可以……”

“发问的人是我。”

“你知道，你不该老是在暗处看书，把眼睛搞成这样。”

他往后退，张开手掌，划过她的脸，打了一耳光。

“哇，”艾莉希亚扭动了下下巴说，“痛啊，还刺刺的。”

他再往前，狠狠扭住她往上吊的手臂。“你为什么没有标签？”

“你这件衣服真好看，会害女生觉得自己好像穿得太随便了。”

又一个耳光，仿佛鞭子一抽。艾莉希亚眨眨湿润的眼睛，用舌头舔舔牙齿，尝到了血的味道。“你知道吗，你们这些家伙已经这样做过太多次了，我实在不太享受。我不太喜欢你们。”

他那双充血的眼睛愤怒地眯了起来，有点进展了。“告诉我塞吉欧的事。”

“我想不出来那是什么东西。”

他又打她。她眼前冒出点点金光。她看得出来他没铆足全力，他会一次比一次多加一分力道，慢慢增强。

“你干吗不把我放下来，让我们好好聊一聊？因为这样对你显然没什么好处。”

他的手咻的一声挥来，这次是拳头。很像被板子砸中的感觉，她甩甩头，吐掉嘴里的血。

“告诉我。”

“你想得美。”

她的肚子又挨了重重的一拳。气息淤塞在胸口喘不过来，她有好几秒钟都无法呼吸。就在她的肺部终于扩展开来之际，他再一次挥拳打来。

“谁……是……塞吉欧？”

艾莉希亚有点无法集中精神，她无法聚焦，无法呼吸，无法思考。她等着另一拳再挥来，但没有。她发现那人打开了门，三个人走进来，带着某种长凳，及腰高，底部有个宽阔的框架。

“介绍个朋友给你认识。这是淫魔，你们已经打过照面了。”

艾莉希亚的视线逐渐清晰起来，这个人的脸很不对劲。

“呃。”艾莉希亚挤出回答。

“你决定要对着液态丙烷槽开枪的时候，这位淫魔就在现场。他对那件事很不爽。”

“不过是小事一桩。很高兴见到你啊，淫魔。这名字还真不赖啊，‘淫魔’。”

“淫魔是特别热情的人，可以说他绝对不是浪得虚名。他有账要和你好好算一算。”穿西装的那人对另两个人说：“把她绑起来。可是，等等。”

拳头抡起捶下。脸、身体。等这人打够了，艾莉希亚已经差不多没感觉了。痛楚变得不同了——遥远而模糊。铁链咔咔响，她手腕上的压力不见了。她面朝下躺着，腰部绑在长凳上，双脚绑在框架上，裤子被扯掉了。

“给我们这位朋友一点隐私吧。”西装男说。艾莉希亚听到门关上，接着是最后一声不祥的声音：门锁咔啦一声锁上了。

16

艾美和格瑞尔北行途中，她每天晚上都梦见华格斯特。有时候他们在旋转木马上，有时候他们在开车，小镇和春天绿意盎然的乡野从窗外飞掠而过，远处有山峦隆起，他们的脸因为冰晶而闪闪发亮。今天他们是在奥勒冈，那个营地。他们在木屋的大房间里面对面坐在地板上，双腿像印第安人那样盘起来。摆在他们面前地板上的是大富翁游戏，有着褪色的分色区块，一沓沓的钱，还有艾美的小帽子和华格斯特的小汽车。华格斯特把骰子丢进杯子里，把小棋子往前移到圣查尔斯园，是艾美六幢（六幢啊！）旅馆之一的所在地。因为有炉火，所以房间里很温暖，窗外，雪花在丝绒般的夜色与深冬的寒气里落下。

“行行好吧。”他咕哝说。

他拿出钞票。他的气恼是装出来的，他想要输。他告诉她说她运气很好。他是这么说的，你运气很好，艾美。

他们的棋子走了一圈又一圈，有更多钱换手。公园地、伊利诺大道、马文园，还有那个一听就想笑的“B&O”。艾美的那沓钱越来越多，华格斯特的则快没了。她买了铁路和电力设施，到处盖了自己的房子和旅馆，大笔的产业让她可以盖更多房子，盖满所有的地方。了解财富的快速成长之道，是这个游戏胜利的关键。

“我想我需要贷款。”华格斯特坦承。

“找银行试试吧。”她得意扬扬地咧嘴笑。一旦他开始借钱，游戏很快就会结束了。他会举双手投降，然后他们会窝在沙发上的老位置，把毯子拉到胸口，轮流念书给彼此听。今天的书是韦尔斯[①]的《时光机》。

他把骰子掷到游戏板上，一个三，一个四。他把他的小汽车往前移，停在有个小小钻石戒指的“奢侈税”上。

“别又来了。”他翻了个白眼，付了钱，“和你一起在这里真是太棒了。”他的目光越过她，望向窗户，“外面下雪了，下了多久啦？”

“我想已经很久了。”

“我一直很爱下雪，这会让我想起小时候。下雪的时候总是很像圣诞节。”

火炉里的柴薪噼啪作响。在浓密的森林里，雪一直下，一直下。清晨破晓会带来柔和的白光以及悄然静寂。只是，在他们所在的这个地方，清晨永远不会来。

“每一年，我爸妈都带我去看《圣诞颂歌》。不论我们住在哪里，他们都找得到放映这部片子的电影院，带我去看。雅各布·马利总是让我觉得有点害怕。**他戴着人生铸成的枷锁**。实在太可悲了，但是也很美。许多故事都是这样的。”他想了想，“有时候我希望可以永远和你在一起。我实在很傻，我知道，没有任何事情是可以永恒不变的。”

“有些事情可以。”

“哪些事情？”

“我们喜欢回想的事情。我们对其他人的爱。”

“就像我对你的爱。”华格斯特说。

艾美点点头。

“因为我真的很爱你，你知道。”他说，“我有没有告诉过你？”

“你不必说。我始终都知道，我从一开始就知道。”

“不，我应该要说的。”他的语气满是懊悔，“说出来比较好。”

沉默笼罩着他们，深浓如森林，如覆盖森林的白雪。

“你有点不一样了，艾美，”他盯着她的脸，“有点改变了。”

---

① 韦尔斯（Hebert George Wells，1866—1946），英国小说家与历史学家，他以时光旅行、外星人入侵和反乌托邦为主题的科幻小说，对二十世纪的科幻文学影响极大。《时光机》（*The Time Machine*）为其重要作品。

“我想是有，没错。”

柔和的黑暗从边缘慢慢渗入，每次都这样，宛如舞台上的灯光慢慢变暗，直到什么都看不见，只剩他们两个。

“嗯，不管是什么改变，”他咧嘴笑，“我都很喜欢。”又过了一会儿，“你有没有告诉卡特，我有多么抱歉？”

“他知道的。”

华格斯特的目光越过她。“为了这件事，我永远都不会原谅自己。光是看着他我就知道了，他全心全意爱那个女人。”他垂眼看着大富翁的游戏板，“看来我们在这里的时光已经结束了。我不知道你是怎么办到的，我下一次会搞懂的。”

“你想念书吗？”

他们窝到沙发的老位子上，盖着羊毛毯。桌上有装着热可可的马克杯，像所有的东西一样，自动出现。华格斯特拿起书翻着，找到他想找的那一页。

“《时光机》，第七章，”他清清嗓子，转头看着她，“我勇敢的女孩，我勇敢的艾美。我真的爱你，你知道的。”

“我也爱你。”艾美窝在他身边说。

就这样，他们度过了无穷无尽的时间，但也仅仅在那一瞬间，黑暗如一条不请自来的毯子，悄悄罩在他们身上。

17

他们沿着东补给线往北到达德克萨卡纳，靠着防护箱补给食物和燃料，也睡在防护箱里。他们搭乘的是提夫第改装成活动屋的小型货柜车，这是有必要的，因为到了小岩城北方，他们必须露天过夜。他们没有燃料的问题，提夫第解释说。货柜车可以多装载两百加仑的备用油，而且十五年前和格瑞尔与库洛雪克往北行的时候，他们侦察了到艾奥瓦州界沿途的补给——机场、柴油发电厂、油槽林立的大型商用储存场。货柜车配备有过滤系统，可以除去污染杂质和氧化物。车速很慢，但是如果运气好，加上天气配合，他们可以在十二月中旬抵达艾奥瓦。

他们第一次在货柜车上过夜，是在距密苏里州界以南一百六十公里处。提夫第从货柜里拿出一个塑料罐，用布蒙住自己的脸，把装在罐里的清澈液体沿着车子四周洒了一圈。

“这是什么东西？”萝儿问。这味道呛得人眼泪都快流出来了。

“家传秘方。德古鬼很讨厌这个东西——而且也可以掩盖我们的气味，他们甚至不会知道我们在这里。”

他们吃豆子和硬面包当晚餐，睡在铺位上。没多久，霍里斯就开始打呼噜。霍里斯，彼得想，不，是萝儿，她睡觉的样子和她平素的作风一样：想怎样就怎样。彼得可以理解迈克为什么会被她吸引——她的吸引力太强大了——也知道为什么他这位朋友不肯坦然承认。有人这么渴求自己，谁受得了？就算猎物自己想要被抓，总还是得挣扎一番吧。在炼油厂等待的那段时间里，彼得曾经不止一次怀疑过，萝儿是不是在向迈克调情。她的确是，他断定。但这只是一种手段，她想更深入迈克的世界。一旦直抵核心，他就再也无力抗拒，迈克会是她的。

彼得在铺位上翻个身，想让自己舒服一点。他在活动屋向来很难入睡。每回正要昏沉沉睡去，外面就会有个噪声让他惊醒。有一回在阿马里洛附近，病鬼整夜捶墙，捶个不停，最后还真的把屋架抬了起来，想把房子整个翻过来。为了保持清醒，彼得队上的兄弟开始玩牌、讲笑话，打发时间，仿佛没发生什么重要的事情似的。**外面真是吵死了，**几乎每个人都这样说，**这叫我怎么专心打牌啊？**彼得好怀念那样的生活。他已经擅离职守九天了，差不多已经算是霍里斯或提夫第之流的不法之徒了。不管冈纳未来会怎么替彼得辩护，他之前的讯息很清楚——你只能靠自己了，没有人会说自己认识你。

他意识到的下一件事情是霍里斯摇醒了他。他们下车踏进寒风里。在这么靠北的地方，季节的变换清楚得不容怀疑。天幕低垂，一朵朵灰色的云宛如飘在空中的石头。

"看见没？"提夫第指着货柜车周围说，"连个脚印都没有。"

他们开车上路。彼得心里挂念着没有病鬼影迹这件事，就连在防护箱外面，他们也看不见任何脚印、任何痕迹。这是个他们乐见的发展，但是又这么不可能，所以才让人不安，感觉上好像是病鬼为他们准备了什么特别节目似的。

他们的行进速度很慢，道路开始变得似有若无，提夫第不时停下车，重新计算路径。他用指南针和地图，有时候还用彼得以前没见过的六分仪。迈克教他怎么用——利用测量太阳与地平线的角度估量时间与日期，在没有其他地标可以参考的情况下，计算出所在位置。这个仪器原本是海上的船舶用的，迈克解释说，因为海平线一览无遗，不过在陆地上也可以用。你怎么会懂这个东西？彼得问，但一问出口，就知道答案是什么了。迈克自己学会用六分仪，是在他驾船去找——或者应该说找不到海上围篱的时候。

旅程一天天过去，还是没有病鬼的踪影。这时大家都已经公开讲出心里的疑惑，虽然所有的讨论仅限于这事情有多奇怪。**好怪哟，**他们说，**我想我们应该觉得自己很走运。**他们是很走运，但是到头来，运气终究会背叛你的。过了十一天，提夫第宣布他们已经接近密苏里和艾奥瓦的州界了。他们浑身脏兮兮，精疲力竭，脾气暴躁。有条无名河挡住了他们的去路，整整两天的时间，他们走了一公里又一公里，想找座还架在河上的桥。他们的燃料储备开始变少，地貌又改变了，不像得州那么平坦，但没差太多，长度及腰的野草地里，有着缓缓起伏的丘陵。接近中午时，负责开车的霍里斯把车停了下来。

在后面打盹儿的彼得听见车门打开时醒了过来，他坐起来才发现车里只有他一个人。为什么停车？

他拿起来复枪，下了车。所有的东西都覆盖了一层细细的白色粉末——草丛和树木都是。是雪？空气里飘着焦油的味道，仿佛有东西烧焦了。不是雪，是灰，一粒粒小小的白色粉末在脚下扬起。其他人都站在一个小山丘顶上，彼得朝他们走去。在那里，他停下脚步，和同伴一样，被眼前所见惊骇得无法动弹。

"老天爷啊，"迈克说，"我们看见的这是什么鬼东西啊？"

18

这个女人，她是谁？

间谍、叛军？事实很明显，她企图解救人质的行动符合他们的一贯作风，而且她在犯下最后错误之前杀了六个人。可是她手臂上没有标签，却又说不通。吉尔德察觉到的那古怪臭味又代表什么？他们找回她的武器，勃朗宁半自动手枪，弹匣里还有两发子弹。吉尔德从没看过像这样的枪，这不是他们的。若非叛军从他不知道的地方找到了武器来源，就是这女人来自一个完全不同的地方。

吉尔德讨厌谜团，讨厌的程度比讨厌塞吉欧更甚。

这女人似乎坚不可摧，她甚至连名字都不肯告诉他们。就连淫魔，这个因为恶心癖好而恶名昭著的精神变态都没办法从她身上挖出丝毫情报。把人送进饲育场是一回事——病鬼会大发慈悲地让一切瞬间结束，反正总是要喂他们吃东西，虽然不是什么好事，但至少结束得很快。至于在扣押的时候揍上几顿或谨慎运用水刑，嗯，有时候这些手法就是无可避免。以前有个术语叫什么来着？“进一步侦讯”。

但用强暴当惩罚手段是以前没有过的，这有点费思量。这种事情总是发生在落后野蛮的小国，在那里，大家会拿斧头施暴行凶，理由只不过是对方生错村子，或长了一对不太一样的耳朵，甚至只是喜欢巧克力胜过香草。他应该会排斥这个想法才对，这应该……有损他的身份。都是塞吉欧逼他的。真是太奇怪了，前一天看来彻底疯狂的事，隔天却显得合情合理。

吉尔德坐在会议桌主持会议时，脑海里转的就是这些念头。如果可以选择，他宁可不开这些每周例行的会议，因为会议总是不可避免地变成莫名其妙的程序争议，典型的人多口杂难办事。吉尔德坚信指挥系统必须明确清楚，而金字塔形的官僚体系必定权力分散；结果就使得基层工作量暴增，需要越来越多的文书作业和处理程序，让每个人都难以施展拳脚。不过，这种共同治理的假象必须维持，至少暂时如此。

“还有人有意见吗？”

似乎没有。一阵不安的沉默之后，坐在吉尔德左手边、紧挨着公共卫生部长苏雷许、在威克斯正对面的宣传部长侯普清清嗓子说：“我想在座各位所担心的，嗯，也不能说是担心啦，我今天是以在座各位的立场——”

“天哪，有话就直说吧。还有，摘掉你的眼镜。”

“噢，对。”侯普摘掉脸上的深色眼镜，紧张兮兮地小心摆在会议桌上，“就像我说的，”他接着说，再次清清嗓子，“有没有可能，或许，事情已经有点失控了？”

“你真说对了，这是今天我听到的第一句有脑子的话。”

“我的意思是，目前所采用的策略似乎没达到想要的效果。”

吉尔德气呼呼地叹了口气。“你有什么建议？”

侯普的眼睛不由自主地环顾同僚。**你们最好是支持我，我可不想孤立无援。**

“或许我们可以缓解紧张情势，暂时。”

“缓解紧张情势？我们刚被痛击一顿。”

“嗯，是这样的。平地有很多流言，而且和我们期待的不同。或许我们应该试着让情势稍作缓解，看看结果会如何。”

“你疯了吗？你们全都疯了吗？”

“您自己说事情似乎没达到想要的效果。”

“我没说，是你说的。”

“可是既然可能这样，我们几个在讨论——”

“这是这个房间里最公开的秘密了。”

“没错。那么，好吧。我们的结论是，或许应该要采取相反的策略，更多收买人心的手法。如果您了解的话。”

吉尔德吸了一口气，让自己镇静下来。“所以你的建议是，请原谅我的措辞，我们应该当孬种。”

“吉尔德首长，请容我说几句话，”发言的是苏雷许，“叛军行动成功的模式——”

“他们杀人，他们杀平地人。难道这还不够清楚吗？这些人是屠夫啊。”

“这一点我们都同意。”苏雷许表情温和地继续说，“有一段时间，这对我们很有利，但是搜捕行动并没有得到什么有用的情报。我们还是不知道塞吉欧人在哪里，或者说他是怎么行动的，没有人来自首。但与此同时，报复却成为叛军极为有效的招募工具。”

“你知道你这话听起来像什么吗？我告诉你听起来像什么！听起来像演练过！”

苏雷许不理会他的讽刺：“让我给您看个东西。”

他从桌上的卷宗里抽出一张纸，滑过桌面，交给吉尔德。是他们自己的宣传单，但是背面却写着不同的讯息：

平地人，起来吧！
红眼人的末日就要来了！
每个抗命的行动都是对政权的打击！

诸如此类的论调。吉尔德抬起头，发现所有人都盯着他看，仿佛他是枚可能会被随时引爆的炸弹。

“怎样？这又能证明什么？”

“人力资源部人员到目前为止已经找到五十六张了。”苏雷许回答说，“我可以举个例子，说明这些传单造成的问题。今天早上早点名的时候，有一整栋寝室的人不肯唱国歌。”

“他们有没有挨揍？”

“总共超过三百人。我们只能把一半的人抓去关起来，因为我们没有足够的空间。”

“把他们的配给砍掉一半。”

“目前平地人的粮食只够勉强维持生存。要是再减，他们就没办法工作了。”

真是让人抓狂。吉尔德提出的每个对策马上被挡回来。眼前这情势，不啻是资深幕僚有组织的叛变。

“滚出去，你们全部！”

“我想，”苏雷许的神态平静得让人恼火，“我们应该对策略达成一些共识。”

热腾腾的血液冲上吉尔德的脸，他的头上青筋毕现，气得简直要中风了。他拿起那张纸挥舞。

“收买人心。你们听听自己在说什么？你们没看过这个吗？”

“吉尔德首长——”

“我没什么话好说了，出去。”

收拾文件，提上公文包，围着会议桌交换焦虑的眼神。每个人都站起来，开始走向出口。吉尔德把头埋在手里，天哪，他真是受够了。有些事情得办好，立刻就得办好。

“威克斯，等一下。”

那人转身，扬起眉毛。

“你留下来。”

其他人走了。他的幕僚长留在门口。

“坐下。”

威克斯回到他的位子。

“你可不可以告诉我，这到底是怎么回事？我向来信任你，福瑞德，靠你让体系运转。别糊弄我。”

“他们只是担心。”

“担心是一回事。但我绝不容许内讧，特别是我们已经这么接近的时候，他们随时都可能抵达。”

“大家都了解。他们只是不想……嗯，让情况失控。他们也吓了我一大跳。”

省省这些鬼话吧，吉尔德想。“你怎么看呢？情况已经失控了吗？”

“您真的想问我这个问题？”看吉尔德没搭腔，威克斯耸耸肩，“或许有一点。”

吉尔德站起来，从外套口袋里掏出眼镜，拉开窗帘。这个阴郁的地方，该死的不毛之地。他发现自己突然怀念起往昔，那个有着汽车、餐厅、商铺、洗衣店、退税，交通堵塞、有人在电影院前排队的旧世界。他已经很久没这么沮丧了。

“大家得多生小孩才行。”

“什么？”

他背对着威克斯说：“宝宝啊，福瑞德。”他讽刺地摇摇头，“说来有趣，我向来就对他们没什么了解，从来没真的感觉到有迫切需要。你有配偶，对不对？”

不谈论以前的人生是一条不成文的规定，吉尔德可以感觉到威克斯的回答带有几分迟疑。“我和太太有三个子女，两男一女。还有七个孙子。”

“你想念他们吗？”

吉尔德从窗前转身。威克斯也戴上眼镜了。是因为光线，还是别的？

“不再想了。”威克斯一边嘴角抽动了一下，“你是在测试我吗，荷拉斯？”

“或许吧，有一点。”

“别这么做。”

吉尔德从没听过他话语里有这么强的力量。这到底是该放心还是不放心呢？吉尔德无法断定。

“我们要让每个人立场一致才行，你知道的。我可以仰赖你吗？”

“这还需要问吗？”

“迎合我一下吧，福瑞德。”

过了一会儿，威克斯点点头。

答案正确，只是威克斯的迟疑有点恼人。吉尔德为什么要问？困扰他的不只是会议里的幼稚论调，这他以前就应付过了。有人就是爱踩别人的底线。**哎哟，好痛！搞什么？下命令的人是我啊！**更深层、更困扰的问题正在酝酿。这不只是意志遂行的失败，更有种叛变正要形成的感觉。所有的直觉都这样告诉他，仿佛他正跨在逐渐变宽的裂缝上，一脚站在这边，一脚站在那边。

他放下窗帘，回到会议桌边。“饲育场的情况怎么样？”

威克斯脸上的肌肉明显放松，他们回到熟悉的领域了。“爆炸把那个地方搞得一团糟，我们至少得再花三天去修理大门和灯光。”

太久了，吉尔德想，他们必须公开进行。或许这样比较好。他可以一石二鸟，来点现场震撼，好好重整军纪。他把笔记本推过桌子给他的幕僚长。

“写下来吧。”

19

“这真是太……奇怪了。”

丽拉刚进食过，还没有从那个状态恢复过来。血应该是莎拉和凯儿在院子里玩的时候，吉尔德送过来的。连着两天温度都在零摄氏度以上，积雪表面已经没那么坚硬，正适合捏雪球。她们互相丢来丢去，玩了好几个钟头。

现在她们坐在地板上，傍着火炉玩豆子和杯子的游戏。莎拉以前没玩过，是凯儿教她的。又是很欢喜的事，让女儿教自己玩游戏。莎拉拼命不去想这时光有多短暂——妮娜的讯息随时会来。

“哎，好吧，”丽拉说，仿佛她和莎拉一直在对话似的，“我很快就得出去办点事。”

莎拉稍微留心，丽拉的心思似乎又在幻想之中游荡。到哪里去办事呢？

“戴维说我非去不可。”丽拉在镜子里蹙起眉头，每回提到戴维，她就是这副表情，“丽拉，这是慈善活动。我知道你不喜欢歌剧，但我们绝对非去不可。丽拉，这个人是一家大医院的院长，所有的太太都会出席，要是我自己一个人去，人家会怎么想？”她认命地叹了一口气，正梳着一头浓密秀发的梳子停了一下。“他也许该想想我想做什么，我想去哪里，一次就好。布莱德就体贴多了，布莱德是那种肯听别人在说什么的人。”她的目光在镜子里迎上莎拉的目光。“告诉我，黛妮，你有男朋友吗？或某个在你生命中有特殊意义的人？如果你不介意我问的话。我的天，你实在很漂亮。我敢说有成群成群的男生去敲你的门。”

这个问题让莎拉有一会儿恍神，丽拉很少，甚至根本没问过莎拉的私事。“不算有啦。”

丽拉想了想。“嗯，这样很聪明。你还有很多时间，多玩玩，别定下来。要是碰见了真命天子，你就会知道。”丽拉又开始仔细梳头发，“记得我说的话，黛妮，有人在某处等着你。一旦找到他，千万别让他离开你的视野。我犯过这样的错误，看看我现在落到什么样子。”

这段话就像她以前说过的话一样，仿佛飘浮在太空里，完全碰触不到任何具体的东西。然而在这段封闭的日子里，莎拉开始慢慢察觉到，这些晦涩的谈话还是有某些有意义的模式可循。这是事实的影子，是某些人、某些地方、某些事件的真实历史。如果妮娜对这个女人的说法是事实——莎拉相信是真的——丽拉和其他的红眼人一模一样，都是凶残怪物。有多少个伊娃被送进地下室，只因为丽拉……妮娜是怎么说的？失去兴趣。然而莎拉还是不能否认，这女人确实有值得同情之处。她似乎整个人都迷失了，非常脆弱，满心悔恨。丽拉又一次重重地叹了一口气，没头没脑地自语。**有时候我真的搞不懂，事情怎么可以像这样继续下去。**还有一天晚上，莎拉帮她的双脚抹乳液的时候，**黛妮，你有没有想过要逃走？抛开你全部的生活，重新开始？**她越来越常让莎拉和凯儿自己去玩，仿佛逐渐放弃她在小女孩生活里的角色似的——仿佛她在某种程度上知道实情。**看着你们两个，我心里想，你们两个真是太合得来了。那小女孩好喜欢你，你就是拼图缺少的那一块。**

“你觉得呢？”

莎拉的注意力已经回到游戏上。她抬头看见丽拉正以热切的眼神凝望她。

“黛妮，该你了。”凯儿说。

“等一下，亲爱的。”她接着对丽拉说，“不好意思，什么觉得怎么样？”

丽拉脸上勉强挤出一个微笑。“陪我去。我想你可以帮上大忙。珍妮可以照顾伊娃。”

“去哪里？”

莎拉从丽拉的眼里可以看得出来：无论目的地是哪里，这女人绝对不愿意自己去。“去哪里有什么关系吗？是戴维的……事情。老实说，通常都很讨厌，我真是受不了那些人。”她从凳子上俯身对小女孩说：“你觉得怎么样啊，伊娃？妈妈出门的时候，珍妮陪你一个晚上？”

女孩不肯看她的眼睛。“我要黛妮陪我。”

“你当然想要黛妮啦，小东西。我们都很爱黛妮，天底下再也没有比她更特别的人了。但是大人有时候必须有自己的时间，去做大人的事。有时候就是这样啊。”

“那你去啊。”

“伊娃，我觉得你没听进我说的话。”

小女孩拉拉莎拉长袍的袖子。“告诉她。”

丽拉皱起眉头。“黛妮，什么事？”

“我不……知道。”她看看凯儿。凯儿跑到莎拉旁边，窝在地上，寻求保护似的倚在莎拉身边。莎拉伸手搂着她。“什么事，亲爱的？”

“伊娃，”丽拉打断她的话说，“你要黛妮告诉我什么？现在就告诉我。”

“我不喜欢你。”女孩的脸埋在莎拉的长袍裙摆里，咕哝着说。

丽拉吓了一跳，脸上血色尽失。“你说什么？”

“我不喜欢你，我喜欢她。”

丽拉的表情用惊骇还不足以形容，那是绝对无法接受的表情。莎拉顿时心里明白其他的伊娃发生了什么事，就是眼前这样的事。

“好吧，”丽拉清清嗓子，受伤的眼睛不安地环顾整个房间，想找个东西来让注意力可以停驻，“我明白了。”

“丽拉，她不是成心的。”小女孩又寻求庇护似的抱住莎拉，脸贴在她的长袍上，一面用眼角的余光担忧地瞟着丽拉。“告诉她，亲爱的。”

“没有必要。”丽拉说，“她已经把话说得再清楚不过了。”她摇摇晃晃地从凳子上站起来，一切都改变了，覆水难收，“不好意思，我想我得躺一下。戴维马上就会到了。”

她跌跌撞撞地走进卧房，身体往前倾，好像挨了一顿揍似的。

“你还希望我陪你去吗？”莎拉好声好气地问。

丽拉停住脚步，抓着门框保持平衡，没回头看莎拉。

“当然要，黛妮。为什么不要你陪呢？”

他们在夜色里驱车前往体育馆。一行十辆车，首尾都是小货卡，各载有一队武装的爪牙，中间八部豪华休旅车，供高阶官员搭乘。丽拉和莎拉坐在第二部车的后座。丽拉穿着黑色斗篷，帽兜拉下，垂在颈间，一副超大深色眼镜像挡风玻璃似的遮住她的上半张脸。莎拉隐约认得开车的司机，但不记得是在哪里见过，瘦巴巴的，一头稀疏的褐色头发，淡色的眼睛滴溜儿转。车子开出圆殿时，他从后视镜盯着莎拉。

“你，你叫什么名字？”

“黛妮。”

他冲着后视镜咧嘴笑。莎拉突然一阵担心：他认得她吗？他的目光穿透了朦胧的面纱，认出她了吗？

“嗯，你今天晚上可以大饱眼福了，黛妮。”

吉尔德原本不让黛妮来，但是丽拉不肯让步。**戴维，你有没有想过我的感觉，被拖去参加你那些蠢透了的派对，和你那些蠢透了的朋友周旋？如果她不去，我就不去，你不答应就拉倒。**周而复始，惹到吉尔德发火，只好心不甘情不愿地接受了。很好，他说，你爱怎样就怎样吧，丽拉。也许你的侍女该看看你的真面目，看得越真切就越高兴。

车子穿过平地，沿着结了一层寒冰的河流往前开。丽拉开始变了，随着每一分钟的流逝以及圆殿灯光的逐渐远去，她整个人也越来越退缩。她像只猫似的拉长背部，喉咙深处发出细微的哼唧声，手不住地摸着自己的脸和头发。

“嗯嗯，”丽拉发出欢叫声，“你感觉得到吗？”

莎拉没回答。

“这太……太棒了。”

他们通过大门。莎拉看见前面就是体育馆，里面亮着的灯，在冬夜里熠熠生辉。她觉得这比四处延展的黑暗更令人恐惧。车队放慢速度开上坡道，进入一个四周有看台、灯火通明的场地。车子停在一辆银色货柜车后面，有十几名爪牙等在那里，挥着警棍，在寒风里不停顿足。场地中央竖立的一根高高的杆架，牢牢钉在地上。

“嗯嗯。”丽拉说。

车门敞开，所有的人都下车。站在车旁，丽拉掀起莎拉的头纱，温柔轻抚她的脸颊。“我的黛妮啊，我可爱的女孩。这是不是很神奇呢？我的宝宝，我那些漂亮的宝宝。”

“丽拉，这里是怎么回事？”

她轻轻晃着头，仿佛沉醉在肉体的欢愉里，目光温柔而遥远。莎拉所认识的那个丽拉已经不在这双眼睛里了。她转头看着莎拉，然后出人意料地亲吻莎拉的唇。

“我好高兴你陪我来。”她说。

那名司机拉着莎拉的手肘，把她带到看台上。二十名穿黑西装的男子占了两排座位，对着拳头哈气，热烈交谈。“这里好冷。”莎拉被带到第四排，和一群爪牙坐在一起时，听到其中一个说：“我从没看过这个。”

前面下方，吉尔德面对群众。他穿着黑色大衣，颈间露出黑色领带，戴着手套的手里握着无线电。

“各位资深同仁，欢迎。”他愉快地咧嘴笑着说，呼出的气凝结在他面前，仿佛为讲出的每一个字标上逗点，“为了大家的光临，我们准备了小小的节目。在我们的付出即将达到高潮的此时，用一场秀来感谢大家的辛劳。”

“把他们带进来！”有个红眼人高声喊，引来欢呼与笑声。

“好，好，”吉尔德挥着手要大家安静，“即将要上演的节目，各位都很熟悉。但是今天晚上，我们做了非常特别的安排。侯普部长，能不能请你到前面来？”

坐在第二排的一个红眼人站起来走到前面，和吉尔德站在一起。这人很高，国字脸，小平头，尴尬地笑着说：“天哪，荷拉斯，今天又不是我的生日。”

“说不定他要给你降职！”又有个人喊道。

更多笑声。吉尔德等到笑声平息。“这位侯普部长，”他宛如父亲似的将一只手贴在这人背上，“大家都知道，打从一开始就和我们一起。身为宣传部长，他的支持与否，对我们的工作有非常关键的影响。”他的脸色瞬间变得严厉起来，“这也就是为什么，非常遗憾的，我必须告诉各位，我们掌握了无可辩驳的证据，证明侯普部长与叛军勾结。”他对着那人伸出手，一把扯掉他的眼镜，甩到一旁。侯普发出痛苦的惨叫，忙举起手臂遮住眼。“警卫，”吉尔德说，“抓住他。”

两名爪牙抓住侯普的手臂，更多爪牙抽出武器，团团围住他。一瞬间的迷惑之后，看台闹哄哄地响起各种问题：**什么？他说什么？侯普，这是真的吗？**……

“是的，各位朋友，侯普部长是叛徒，是他把重要情报透露给叛军，才导致了上个星期的爆炸案，害我们两位同仁丧命。”

“天哪，荷拉斯，”那人膝盖发软，眼睛紧紧闭起，想甩开抓住他的那两个人，但似乎已经浑身乏力。“你知道我的！你们大家都了解我！苏雷许、威克斯，谁来告诉他啊！”

“对不起，我的朋友。自作孽，不可活。带他上场。”

他被拖走了。在那辆银色卡车旁边，侯普被粗重的绳子绑到杆架上。有个爪牙拿出一个桶，把里面的鲜红色液体倒在他身上，浸湿他的衣服、头发和脸。他无助地蠕动着，发出可怜的哭喊声。**别这样，拜托。我发誓，我不是叛徒。你们这些浑蛋，说话啊！**

吉尔德双手圈在嘴边喊着：“犯人绑好了吗？”

“好了！”

他把无线电举到嘴边：“亮灯！”

转轮咔嗒咔嗒响，是门开启的声音。

艾莉希亚被吊在天花板上，手腕被绑缚在头上，承载着她的体重，缓缓发出嘎嘎的声响。她累了，好累好累。那个叫淫魔的家伙，日复一日地对艾莉希亚做着龌龊的勾当，没放过她身上的任何一寸肌肤。经历这一切，她连泪都没掉。叫嚷，是的，呐喊，但她绝不会允许自己落泪来让他满足。现在他又来了，懒洋洋地晃动着吊在手指上的那串钥匙，还完好的那只眼睛上下打量着她的身体，半扭曲的脸上浮现出贪婪兽性的微笑。

“我想，既然所有人都去体育馆看表演了，我们可以独自享受一段两人时光。”

有什么可说的？没有。

“我想呢，我们可以来点新鲜的花样。这长凳感觉……不亲密。”

他开始脱衣服，解开皮带和扣环，踢掉靴子，甩掉裤子。在这段过程里，艾莉希亚只能暗暗厌恶地看着。她觉得自己脑袋里好像有十个不同的艾莉希亚存在，每一个都有各自独立的片断讯息，和其他的艾莉希亚没有任何关系。然而，独自享受两人时光，这倒新鲜。这绝对是个新状况。通常他们都有四个人——一个负责绞轮，两个压住她，再加上淫魔。这会儿其他人哪里去了？

独自享受两人时光。

“我求求你，”她声音嘶哑地说，“别让我太痛。我会好好服侍你的。”

“这才对嘛。”

“放我下来，我会让你知道有多舒服。”

他思考着这个提议。

“镣铐可以留着，我保证我会合作。你想要怎么做，我都配合。”

从他的神色，她看得出来他渐渐拿定主意。她全身赤裸，遍体鳞伤。情况这么惨的女人还能干出什么事来呢？钥匙挂在裤腰带上，躺在他背后的地板上。艾莉希亚强迫自己不去看。

“这样也许挺有意思的。”淫魔说。

铁链穿过天花板上的一根横梁垂下来，靠着连接在墙上的操纵杆操作。淫魔连气也不喘一声，阔步走过去，放开制动器。头顶上一阵咔咔响，艾莉希亚双脚着地。

“再下来一点，”她说，“我得要可以活动才行啊。”

他睡意浓厚地咧嘴笑：“我喜欢你动脑筋。”

她腕上的压力不见了。“再松一点。”

她的策略很明显，但是淫魔的期待压倒了自己仅有的判断力。艾莉希亚双臂垂到身侧，现在有两米多的锁链可以供她运用了。

“别耍花样。”

她引诱着他，淫魔从她背后靠过来。

“这会让你很难忘的，我保证。”

就在他的双手贴上她的那一瞬间，她把右脚缩到胸前，用力朝他的脸踢去。咔啦一声，接着传出哀号。艾莉希亚站了起来，转过身来。他坐在地上，捂着鼻子，暗红的血从指间流下来。

“你这个该死的！”

他朝她冲来，想掐住她的脖子。问题是谁动作快。艾莉希亚向后退开，抡起一只手，让锁链变成套索，往前丢去。

锁链变成的圈圈正好套在他脖子上，她把他往前拽，然后自己往旁边一闪，让他的动能带着他转圈。现在她从他背后制住他了。她把另一只手的锁链也绕成套索套住他。轻快地一跃，她双腿夹住他的腰。他发出咕噜咕噜的声音，不住地挥舞双臂。**去死吧，你这头猪**！她想，**去死吧**！她铆足全力，把整个人的重量往后拉，像拉住马缰似的把锁链死命地往上拉，直到松垂的锁链全部用完，紧紧卡在他们头顶的横梁上。艾莉希亚听见自己渴望的声音：骨头咔嚓一声断裂的声音。

他们离地不到一米。死者九十多公斤的体重压在她身上，她把双腿缩到身体下方，拱起背，用力推。淫魔的身体往前倾，弯腰跪在地上，她一松开他颈间的锁链，他就面朝下倒在水泥地上。她从地上捡起钥匙，解开镣铐，从腰间甩脱。

然后她开始踢他，用力踩他的头，用脚跟狠狠把他的脸压在水泥地上猛踩。愤恨让她失去理智。她抓起他的头发，把他没有生命的躯体拖过牢房到墙边，然后拉起来，拿他的头去撞墙。“你觉得怎么样啊，你这个浑蛋！你喜欢断掉的脖子？喜欢我杀了你？”

牢房外面说不定还有人在，也说不定没有，说不定会有更多人冲进来，把她吊在天花板上，然后事情又重新开始。但这都不重要，重要的是，她要把他砸成这世界上有史以来最恐怖的惨状。她怒骂着，一次又一次："你这该死的家伙！你这该死的家伙！你这该死的家伙！"

然后就结束了。艾莉希亚放开他，尸体歪倒在地板上。艾莉希亚跪倒在地，大口大口把空气吸进肺部。结束了，但感觉上并没有结束。没有结束，再也不会结束了。

她需要衣服，需要武器。她发现淫魔小腿上系了一把刀柄很沉的刀。这刀的重心不太平衡，但还可以用。她剥下他的长裤和衬衫，套在身上，衣服上满是他的臭味，让她极其厌恶，浑身起鸡皮疙瘩。她卷起袖子和裤管，束紧腰带。靴子太大了，只会拖慢她的速度，她得要赤脚前行。她把尸体拖离门口，用刀柄敲敲铁门。

"喂，"她把手圈在嘴边，压低嗓音，"喂，我被锁在里面了！"

过了几秒钟依旧无动静，外面或许没人。该怎么办呢？她捶着门，这次很用力，希望会有人来。

正在这时，锁轮转动，艾莉希亚跳到门后。第二个警卫走进房里。

"搞什么鬼啊，淫魔？你自己说我也可以有三十分钟的……"

但他牢骚还没发完，艾莉希亚就冲到他后面，一手捂住他的嘴，另一手拿刀刺进他身体。

她放下尸体，鲜血在地上流成暗红的一摊，浓厚的气味冲进她的鼻孔。艾莉希亚想起她发的誓。**我会喝干这些王八蛋的血，我要以敌人的鲜血为自己洗礼**。在忍受酷刑的这段时间，她靠着这个想法熬过来。但是此时看着这两个人，她先看看这个警卫，然后看看淫魔，他躺在水泥地上，像是一块白色的污迹，艾莉希亚不禁厌恶地打了个哆嗦。

她想：**不是现在，时机未到**。她悄悄溜进走廊。

场中央陷入黑暗。有那么一会儿，寂静无声。接着，头顶高处的水族灯亮起，洒下清冷的灯光，让场中央笼罩在人工月光里。

丽拉出现在银色卡车后面。所有的红眼人都收起太阳眼镜。侯普已经放弃哀求，开始啜泣。一辆厢型车开上场中央，两名爪牙下车，走到车后，打开后车门。

十一个人跌跌撞撞下了车。六男五女连在一起，手腕脚踝都戴着镣铐。他们脚步踉跄，哭泣着，哀求饶命，因为太过惊恐而不再反抗。莎拉浑身冰冷，一动也不能动，觉得自己就快吐了。其中一个女人看起来很像凯伦·莫林努，但是莎拉不能确定。爪牙把他们拉到侯普旁边，命令他们跪下。

“这场面真了不得。”附近有个人说。

所有的爪牙退下，只留下一个陪丽拉站在大卡车后面。丽拉身体摇摆，头左右晃动，仿佛漂在看不见的水流里，或是随着听不见的音乐舞动。

“我以为应该是十个。”同一个人又说，是前方两排的一个红眼人。

“是啊，十个。”

“可是那里有十一个。”

莎拉又数了一遍，十一个。

“你最好下去告诉吉尔德。”

“开什么玩笑？谁知道他最近心里在打什么主意啊？”

“小心隔墙有耳。要是他听见你这么说，下一个就轮到你了。”

“我跟你说，那家伙有点失控。”停顿了一下，“可是我一向都知道侯普有点问题。”

对莎拉来说，这些对话仿佛远方的风吹过，她的注意力完全集中在场中央。那是凯伦吗？那女人看起来比较老，也太高了。大部分的犯人都是一副自我保护的姿势，弯腰跪在积雪上，双手高举过头；其他几个则跪得直挺挺的，脸上被蓝光笼罩，开始祷告。留在场上的那名爪牙穿着硬壳防护衣，头上戴着头盔，对着看台挥手。莎拉的每一寸肌肉都紧绷起来，她想转开视线，却又做不到。那名爪牙走到银色卡车的货舱门口，摸索着钥匙。

车门敞开，那名爪牙迅即闪开。有那么一秒钟，什么动静都没有。接着，病鬼出现了，从卡车里跳出来，仿佛是人身大小的昆虫，双手双脚着地，落在雪地上。瘦瘦的躯干上有一条条的肌肉，鲜亮的银光闪动。八个，九个，十个，他们冲向丽拉。丽拉张开双臂，掌心朝上，是邀请的姿势，欢迎的姿势。

在她脚边，他们垂首鞠躬。

她摸着他们，轻抚着他们。她两手轻轻摸着他们光滑的头，像看着孩子般捧起他们的下巴，宠爱无限地凝视着他们的眼睛。莎拉听见她说：**我的小可爱，我漂亮的小宝贝。**

“你看见没？她真是爱死他们了！”

那些人质发出默默的哭声。结局已无可避免，他们没有选择，只能接受。或者，只是因为这怪异至极的场面，把他们吓得发不出任何哀号。

我可爱的小宠物们，你们饿了吗？妈咪会喂你们，妈咪会照顾你们，妈咪会这么做的。

“不对，我确定应该是十个才对。”

这回是另一个人，从右边传来的声音。“你说十个吗？我也是这么听说的。”

“那第十一个是谁？”

有个红眼人猛然站起，指着场中央。“多了一个！”

“我没骗你，场上有十一个人！”

所有人都转头看讲话的人，包括吉尔德。

快去吧，亲爱的孩子。

病鬼从丽拉身边跳开。就在这时，一个人质突然站起来，露出了脸，是阿谷。病鬼围着那群人，所有人都开始尖叫。阿谷撕开衬衫前襟，露出绑在胸前的一排排铁管。他高举手臂，另一只手的拇指按下引爆器。

“塞吉欧万岁！”

第四卷　抵达

我一看，看见一匹灰色的马，
那骑马的人名叫“死亡”，阴间紧跟着他。

——《圣经·启示录》，第六章第八节

20

吉尔德拉着丽拉睡袍的衣领，轻轻松松地就把她拉起来，脸朝前撞向书架。砰的一声，有东西掉下来，丽拉尖声喊叫。莎拉瑟缩在地上，搂着凯儿，这小女孩怕得缩成一团。

“每一个病鬼！我们的九个人，都死了！你知道这把我搞成什么样子了吗？”

“这不是我的错！我不记得了！戴维，拜托！”

“没有戴维这个人！”

莎拉紧闭着眼睛，凯儿在她怀里轻声哭泣。要是吉尔德杀了丽拉会怎么样呢？她们两个会有什么下场？

“别这样！戴维！我求你！”

丽拉面朝上躺在地板上，吉尔德横跨在她身上，一只手抓着她的衣领，另一只手握成拳头，往后抡起，准备揍她。丽拉的双臂仿佛保护似的遮住眼睛，虽然这样一点用都没有。吉尔德的拳头会像破城锤那样砸烂她的脸。

“你……让我恶心。”

他放开手，走开，双手在衬衫上抹了抹。丽拉不由自主地啜泣，颧骨上的一道伤口流出血来，头发上还有更多血。吉尔德的目光扫向莎拉，不屑一顾。他的眼睛仿佛在说：**你什么都不是，在这场已经进行太久的游戏里，你只不过是个小角色。**

然后他乒乒乓乓地离开了房间。

莎拉走向躺在地上哭泣的丽拉。她跪下来，摸着她的脸，检查伤口。丽拉以突如其来的力气拂开莎拉的手，身体往后退开。

“别碰我！”

“可是你受伤了——”

那女人的眼睛里满是惊恐。莎拉一挨近她，她的手马上在自己的脸前挥着。

“滚开！别碰我的血！”

她站起来，跑进卧室，狠狠地把门摔上。

上午六点零二分。

车队在破晓之前的黑暗里驶向平地，大门开启，让他们通过。宛如箭头尖端的领头车是首长那辆黑色锃亮的休旅车，后面跟着两辆敞开后座的卡车，载满穿制服的人。他们轰隆隆地驶进迷宫般的寝室区，结满泥泞的车轮卷起一团团脏污的雪，从建筑里拥出来的集合参加早点名的工人——担忧的脸，担忧的眼睛——呆呆地看着车队经过。但是他们都只瞥了一眼就移开视线，因为他们知道最好别看。**他们是执行公务，和我们没关系。至少，最好和我没关系。**

吉尔德透过乘客席的车窗看着这些平地人，心中满是蔑视。他很讨厌他们，不只是叛军——那些违抗他的叛军——而是所有的平地人。像牲畜那样一天挨过一天，永远都只看见下一块等待犁平的农田，再也看不见其他的。在乳牛场、在农地、在生质燃料场的又一天，在厨房、在洗衣坊、在猪圈的又一天。

但是今天不只是又一天。

车队停在第十六号寝室前。东方的天空染上了淡淡的浅灰黄，宛如陈旧的塑料。

“就是这里？”吉尔德问威克斯。

在他旁边的那人紧抿着嘴，点点头。

爪牙下车，各就各位。吉尔德和威克斯也下了车。在他们面前，依照均等的间隔排成十五行，共有三百名平地人在寒风中冷得发抖。又有两辆卡车开进来，停在广场前面。车后的平台盖着沉重的帆布。

“那是要干吗的？”威克斯问。

“一点额外的……说服力。”

吉尔德阔步走向那个资深的人力资源部人员，从他手里抢过麦克风。一阵噪声，接着他的声音就扩散在广场上。

“谁可以告诉我塞吉欧的事？”

没有人回答。

“我只给你们一次警告。谁来告诉我塞吉欧的事？”

依然悄然无声。

吉尔德把注意力转到第一排的一名女子身上。这人不老也不年轻，一张大众脸，像石膏像一样没有特色。她头上裹着脏兮兮的围巾，手上戴着沾满污黑煤灰的无指手套。

“你，你叫什么名字？”

她垂下眼睛，对着围巾的皱褶咕哝，不知说了什么。

“我听不见，大声点。”

她清清喉咙，忍住咳嗽。她的声音带着粗哑的痰声。“普莉西拉。”

“在哪里工作？”

“在织布厂，长官。”

“有家人吗？孩子？”

她微微点头。

“是吗？几个？”

她膝盖颤抖。“一个女儿，两个儿子。”

“老公？”

“死了，长官。去年冬天。”

“可怜啊。到前面来。”

“我昨天唱了国歌，我发誓。”

“我相信你，普莉西拉。可是，两位，可以帮她一下吗，拜托？”

两名爪牙跑上前来，一人一边抓住女子的手臂。她身体一软，眼看着就要晕倒的样子。他们半拉半拖，把她拖到前面，逼她跪下。她没发出半点声音，彻底屈服。

“哪个是你的孩子？指出来。”

“拜托。”她可怜兮兮地哭起来，“别逼我。”

一个爪牙举起警棍，指着她的头。“这人就要敲碎你的脑袋了。”吉尔德说。

她摇摇低垂的头。

“非常好。”吉尔德说。

警棍一挥，这女人往前倒在雪地里。左边传来一声尖厉的惊叫。

“把她抓过来。”

是个十来岁的少女，有张和母亲相似的脸孔。她跪着被拖过来，哭泣、颤抖、鼻涕直流。

吉尔德举起麦克风。“谁有什么话要说？”

静默。吉尔德从大衣底下拔出手枪，扳开滑套。“威克斯部长，”他把枪递给威克斯说，“你愿意给我们这个荣幸吗？”

“天哪，荷拉斯，”威克斯惊骇不已，“你到底想证明什么？”

“这是个问题吗？”

“我们有人负责这种事，这不是我们说好的工作内容。”

“什么说好的工作内容？根本就没有什么说好的工作内容。工作内容是我说了算。”

威克斯一凛。“我不会做的。”

“你是不愿意还是不会？”

“这有什么差别？”

吉尔德皱起眉头。“仔细想想，差别其实不大。”他一面说，一面走到那女孩背后，枪口抵住她的后脑勺，开枪。

“老天爷啊！”

“你知道永远不会变老最大的问题在哪里吗？”吉尔德问他的幕僚长，一面抽出手帕擦着溅上血迹的枪管，“我曾经好好思索过这个问题。”

“去你的，荷拉斯。”

吉尔德举枪对着威克斯没有血色的脸，瞄准他两眼之间的部位。“你忘了自己也会死。”

吉尔德对着他开了枪。

群众的气氛改变了，他们的恐惧被其他情绪取代了。队伍里响起呢喃的低语，大伙儿交头接耳，这些人知道自己已经山穷水尽，退无可退了，逐渐凝聚起一股能量来。事情的发展比吉尔德所期望的要来得快，他原本希望在砸下警棍之前，可以先得到一些有用的情报，但是，人都死了。

“打开卡车。”

帆布掀开。一阵惊叫声如火山爆发般乍然响起：秘密揭晓了。吉尔德轻快地走回他的车，上车，叫司机开走。车子卷起泥泞和脏雪，扬长而去，把那演奏着死亡奏鸣曲的“乐团”抛在脑后，那是呐喊和惨叫交织的“旋律”，高亢、狂乱、充满恐惧，和自动机枪开火的节奏相互唱和。乐声慢慢消失，只剩爪牙走过遍地死尸的砰砰脚步声，最后，一切归于静寂。

21

艾奥瓦。已成灰烬的白骨。

在密尔斯堡，他们的燃油用完了。他们在一间没有屋顶的教堂里过夜，隔天清晨再徒步上路。还要走一百一十公里路，提夫第说，搞不好还会更远。他们又碰见和先前一样的两座坟场，死掉的病鬼多到难以想象，几万个，甚至几百万个。这代表什么？是什么因素驱使他们躺在空旷的野地，静待太阳夺走他们的生命？又或者他们是先被杀，然后尸体才被白昼的光线暴晒成灰？如今就连对任何事情都有一套说法的迈克也想不出答案。

他们步行前进，步履艰难地穿过齐膝的积雪。他们的口粮不多，但路上看不见任何猎物，仅剩的食物只有一条条肉干和吃了会在嘴边留下一层油的羊油，所以他们必须省吃俭用。脚下的土地感觉像某物的结晶，空气悬浮着，让人透不过气来。有时一连好几个小时都没有一丝风，紧接着就狂风大作。白昼来临，但瞬间就又走了。他们身穿毛皮帽兜的厚重大衣，毛帽拉得低低的，盖住额头，手套指尖剪掉，以备万一需要使用武器，虽然彼得很怀疑他们是不是真的办得到。他从来没觉得这么冷过。在这么荒僻的地方，提夫第是怎么辨识方位的？他实在搞不懂。

他们在一家修车店度过第十八个夜晚。非常神奇的是，这里竟然有个炉身宽大、皂石台面的锻铁柴炉。很好，但拿什么来生火呢？夜色降临时，迈克和霍里斯从隔壁的房子回来，带来两把木椅和满怀的书，一九九八年版的《大英百科全书》。烧书实在很不应该，尽管不情愿，但他们需要取暖。又搬了两趟，他们一个晚上的柴火就不虞匮乏了。

他们在亮灿的阳光中醒来，这是几天以来的第一个晴天，虽然温度又下降了。强劲的北风撼动林木枝叶。他们纵容自己再生起最后一次火，围坐炉边，享受每一丝暖意。

“就像……换毛。”

说话的是迈克。彼得转头看他。“你说什么？”

迈克的眼睛盯着炉门。“你觉得我们看见的有多少个？”

“我不知道，”彼得耸耸肩，“很多吧。”

“他们是同时死掉的，所以我们可以推测，这应该是原本就会发生的事，也就是病鬼生命循环的一部分。鸟会换毛，昆虫、爬虫都会蜕皮，身体的一部分磨损了，它们就脱掉，再长出新的来。”

“可是我们讨论的是全部病鬼啊。”萝儿说。

“他们只是看起来像一个个而已。从我们对病鬼所掌握的每一条信息都看得出来，他们是集体行动的。每一个病鬼都隶属于他自己的那一个群组，而每一个群组又都隶属于十二魔之一。先别管那些灵魂啊什么的鬼话，我不是说那不是真的，但那是艾美的领域。在我看来，病鬼和其他动物一样。蕾西杀死巴柏寇克的时候，他手下的所有病鬼也跟着死了，就像蜜蜂一样。记得吗？”

“我记得，”霍里斯点头说，“杀死蜂后，就等于杀死一整窝蜜蜂。你是这么说的。”

“我们在山上看见的，刚好可以作为证明。但是假设每一个病鬼群组其实只是单一的有机体，十二魔的每一个成员都只是一个重要的器官——心脏、大脑，其余的就像鸟的羽毛或昆虫的外甲。磨损了之后，有机体就会摆脱掉，好长出新的来。”

“他们感觉起来可不像羽毛啊。”萝儿挖苦说。

“好啦，不是羽毛，可是你们可以理解这个概念，也就是次要的、可以抛弃的东西。我一直都很纳闷：那么多个病鬼是靠什么活下去的？他们还有什么东西可吃？我们知道，他们可以很久不进食——提夫第已经证明了——但是没有任何东西是可以永远不进食还活得下去的？从种族永续存在的观点来看，吞噬掉自己全部的粮食是不合逻辑的，但身为掠食者，他们实在是太过成功。这个问题始终困扰着我，因为他们其他的一切都非常有组织。”

“我不确定我听懂了没，”提夫第说，“你是在说他们逐渐死掉？”

“显然是发生了某些事情，在瞬间同时发生，说明这是他们自然过程的一部分，是原本就内建于体系里的程序。我再举另一个例子，人体遇到惊吓的时候，血液会从神经末梢流向比较重要的器官，这是一种防卫机制，保护重要的，忘掉其余的。现在想象一下，每一个病鬼族群都是一只动物，因为饥饿而产生惊慌。合乎逻辑的做法就是急剧降低数量，让食物可以恢复供应。”

“然后呢？”彼得问。

“然后循环重新开始。”

有那么一会儿，没有人说话。

“反正，”迈克接着说，“这只是我的想法，我很可能是胡说八道。”

彼得知道并不是这么回事。“那么，为什么会在这里发生？”

“这，”迈克说，“就是我担心的。”

离开的时间迫在眉睫，他们已经耽搁太久了。收拾行囊，扣好大衣，他们一出门就顶着狂袭而来的刺骨寒风，想办法保持身体平衡。

“如果天气持续这样，就还要六天。”提夫第扛起背包说，“顶多七天。”

“为什么我希望再多几天？”萝儿说。

葛瑞，葛瑞。

他的眼睛突然睁大。

你感觉得到他们吗，葛瑞？

“是谁？吉尔德，是你吗？”

对不起，我一直不在你身边。你依然是我的最爱，葛瑞，打从我们相遇的那一天起。你还记得吗？

他的胃揪成一团，是零号的声音。

“别说了。”他条件反射似的扯着锁在手腕上的链条。他躺在自己的臭气里，浑身发臭，嘴里永远有血的味道。“滚开，别吵我。”

你对我吐露了自己的一切，你甚至不知道自己告诉了我呢。从那时开始，你是不是一直感觉到我在你心里？

滚开，他想。滚开，滚开，滚开。醒过来啊，葛瑞。

哦，你不是在睡觉。我一直都在这里，就像雅各布的故事，他躺在灰烬里，诅咒自己的命运。上帝测试他，就像我测试你一样。

我不认识你，我不知道你是谁。

你不知道葛瑞？你怎么可能不知道？我是你必须信服的上帝，是葛瑞唯一的真主。你感觉不到我的爱吗？你感觉不到我爱的羽翼覆盖你，直到永远吗？

他开始哭了起来。

让我死吧，拜托。我只想死。

你爱她，对不对，葛瑞？

他吞了吞口水，尝到自己嘴里的臭味。他的身体是一个窝藏臭味与腐败的洞穴。

是的。

那女人，丽拉，她是你的一切。

是的。

在她血管里流动的，是你的血，就像你血管里流着我的血一样。你明白吗？你了解吗？我们是一个整体，葛瑞。你被锁在这里，但你并不孤单。葛瑞的上帝与你同在，主宰今世与未来一切的上帝，下一个新世界的上帝。在那个世界里，你将拥有特别的所在，葛瑞。

下一个新世界。

他们就快来了，葛瑞。

谁？谁快来了？

但是这个问题才问出口，他就知道答案了。

我们的兄弟。

22

突然间，她自由了。新生之物，远征军上尉艾莉希亚·唐纳迪欧，翻过铁丝网，跃进夜色里，离开了。

她跑，她跑，不停地跑。

她一路上杀了几个人，也有几个女的。艾莉希亚以前从没杀过活生生的女人，整体来说，似乎没什么太大的不同。因为到头来，每个人都以同样的方式放弃生命。脸上同样出现诧异的神情，手指格外温柔地触摸伤口，还有那相同的永恒凝视，望向亘古。死亡是某种特定的恩典。

或许这也是艾莉希亚毫不犹豫下手的原因。

她找到行囊，还在她原本藏匿的树丛里。一根长矛和一把十字弓，无线电方位侦测器，她插着刀的刀带，换洗的衣服、毯子和鞋子，一百发子弹，但没有枪可以装了。淫魔的刀已经不在她身边，插在某人的左肾里——那人竟然叫她别跑，好像她会乖乖听话似的。从爆炸的中心区跑开的时候，她甚至分不清楚是白天还是黑夜。时间已经消逝，她所找到的世界是个已然改变的地方。不，不对，这世界还是一样，改变的是她。她觉得自己和其他的一切都没有关系，宛如幽灵，甚至近乎没有躯体。在她的头顶上，冬季星辰闪烁着澄澈纯洁的光芒，犹如一块块的冰。她需要有个栖身之所，她需要睡眠，她需要遗忘。

她在一间以前或许是养鸡用的棚屋里过夜。屋顶有一半不见了，只剩下光秃秃的骨架：只有一面墙还立着，一个个小笼子覆满已成化石状的鸡粪，地上是硬邦邦的泥土。她裹着毯子，受伤的身体冷得发抖。露意丝，她心里想，就是像这样吗？回忆在她的脑海里翻搅，一段段鲜明的痛苦折磨，仿佛闪电撕裂了她的思绪。什么时候才会停止，什么时候才会停止？

醒来的时候，天还是黑的，她的心绪缓缓苏醒。有个暖暖的东西拂过她颈间。她翻身，睁开眼睛，发现一个巨大的黑影出现在她上方。

我的好孩子，她想，然后说："我的好孩子。"士兵垂下脸贴近她，大鼻孔一掀一阖，温暖的气息喷得她满脸都是。它伸出长长的舌头舔她的眼睛，她的脸颊。这是奇迹，除此之外，无从解释。有人来了。总算有人来了。艾莉希亚不知道自己这么渴望有其他人能在这个没有慰藉的世界里安抚她。

这时，很不可思议的，有个人影从暗处走出来。一个女人的嗓音响起，既陌生又熟悉的嗓音。

"艾莉希亚，你好。"

那女人蹲下来，掀开她那件羊毛长大衣的帽兜，抖落一头乌黑亮丽的长发。

"没事了，"她轻声说，"有我在。"

艾美？但这个不是她所认识的艾美。

这个艾美是个女人。

一个坚强漂亮的女人，有一头浓密的黑发，眼睛宛如一扇有金色光芒从里往外照的窗户。同样的容貌，却和以前不同，变得更深邃了，让人觉得成熟，有了自我。这张脸，艾莉希亚想，充满智慧。她的美不只是来自外表，不只是五官形体细节的组合，而是整体所散发出来的。

"我不……了解。"

"嘘。"她握着艾莉希亚的手，那抚触坚定而温柔，像个母亲，抚慰孩子的母亲，"你的朋友，是它带我们来找你的。好漂亮的一匹马，它叫什么名字？"

她心绪沉重，困惑。"士兵。"

艾美捧起艾莉希亚的下巴，轻轻支起。"你受伤了。"

这怎么可能？这一切怎么可能？在棚屋外面，艾莉希亚看见另一个人影，拉着两匹马的人，一头被风吹乱的白发，灰白的胡子遮住了脸。但他的那个姿态，那种军人的气质，让艾莉希亚知道他是谁——站在雪地里的是卢修斯·格瑞尔。

“他们对你做了什么？”艾美低声说，“告诉我。”

这句话就够了。她意志崩溃，一缕缕悲伤从内心溃堤而出。她什么都说不出口，只颤抖着说：“什么都做了。”

最后，她发出一声哭喊——她仰天对着冬日里的星辰哀号，呐喊着最纯粹的痛苦与悲恸——在艾美怀里，艾莉希亚开始落泪。

吉尔德，时间到了。

吉尔德，起来。

但是吉尔德没听到这些话。荷拉斯·吉尔德首长睡得很沉，正在做梦——是个恐怖且反复出现的梦，梦见他在赡养中心，用枕头闷死父亲。和真实情况相反的是，梦里经历了一番搏斗。他父亲挣扎着拳打脚踢，双手拼命在空中乱抓，想挣脱，随后枕头底下传来被闷住的哀求声。一直到他不再反抗，吉尔德拿开枕头之后，才发现自己的错误。他杀死的不是他父亲，而是莎娜。噢，天哪，不！这时，莎娜眼睛突然睁开，开始大笑。她笑得好用力，眼角都流出泪来。别再笑了！他怒喊，别再笑我了！吉尔德，她说，你这个人真是太好玩了。你应该看看你脸上的表情。你和你那个烂手镯。你妈妈是个不检点的女人！不检点！……

准备好，吉尔德，去迎接他们。时间已经到了。

他猛然醒来。

我们的时刻，吉尔德。下一个新世界的诞生。

这信息像电流一样击中他的大脑。在这张堆满大批枕头被毯的大床上，他猛然坐起，微微有点不好意思地发现自己竟然和衣而眠。而且为什么，他突然寻思，他到底为什么会需要一张四柱床？这么大一张，让他觉得像洋娃娃的床？但他甩开这个问题。他们要来了！他们到了！他把脚放到地上，套进真皮系带便鞋里。他在筋疲力尽地昏睡过去之前，显然还有力气脱掉鞋子。匆匆把衬衫下摆塞进裤子里，快步走出房门，穿过走廊。

“苏雷许！”

他沉重的脚步声在空荡荡的走廊里回荡。

“苏雷许，起来！”

苏雷许的房门打开了，这位新幕僚长那张古铜色皮肤、睡眼惺忪的脸露了出来。他穿着蓬松的白色浴袍和拖鞋，像熊走出洞穴那样不停地眨眼睛。

“天哪，荷拉斯，你不必这样大声吼吧。”他掩嘴打了个哈欠，“几点了？”

“谁管现在是几点？他们来了。”

苏雷许一凛。“现在，你的意思是？”

起来迎接他们吧，吉尔德，带他们回家。

“别愣在那里，快换衣服。”

“好，好，我马上来。”

“快点，可恶！”

吉尔德回到他自己的套房，走进卧房。他该刮胡子吗？至少洗洗脸？为什么他会有这些念头，活像隔天要参加毕业舞会的男生似的？他用蘸湿的手顺顺头发，刷刷牙，想办法让自己平静下来。这里就是用这种东西取代牙膏的吗？这味道古怪而且有点沙沙黏黏的东西？真是够了，这九十七年来，为什么他们就不能想办法做出一种像样的牙膏呢？

他从衣柜里拿出另一套西装。领带要挑蓝色、红色，还是黄绿条纹？他不知道。他突然很紧张，连领带结都打不好。还有饥饿，他的肠胃里好像有块冰冷空虚的石头。拜访一下老朋友葛瑞是会让紧张情绪平息的良方，他应该早点想到的。

站在镜子前面，他深吸一口气，镇静下来。放轻松，吉尔德，放轻松，你知道该怎么做的。这只是在办公室度过的另一个日子而已，这不可能比当时去见参谋总长联席会议的成员更糟吧，对不对？

事实是，有可能。但是光在这里空想是没有用的。

等他来到门厅，苏雷许已经和吉尔德的司机一起在那里等了。“卡车已经上路。”吉尔德戴手套的时候，苏雷许说，“你要一整队的人护送吗？”

吉尔德婉拒。他要自己去，最好让事情简单一点。两人握握手。

“祝你好运。”苏雷许说。

车子驶下山时，吉尔德的焦虑开始减缓。他正迎向那个时刻。到了河边，他们转而向北，开向“大计划”的场址。黑色的形体从地面隆起，以夜空衬底，宛如一块黑得更为深沉的墓碑。大门敞开，等待着。

他们没停车，转而向东，开上勤务便道。这里有段时间是用来运载设备到场址去的——采石场运来的大石块，从水泥厂驶来、旋转不休的水泥搅拌车，载着沉重铁材的平板拖车。现在载运的则是完全不同的东西。他们穿过备用大门，又开了几分钟，停在一片只剩玉米秆的冰冻农地上，已经有两辆半挂车等在那里了。

吉尔德叫司机离开。半挂车的驾驶舱没有人，司机已经离开了。他听见里面有压低了的喃喃声，夹杂着一个女人惊恐的哭叫声。

他脑袋里的声音沉寂了。无垠的沉寂包围了他，宛如风暴前的宁静。他们会从西方来。他等着。

这时。

第一个出现了，接着又一个，再一个，十一个磷光闪耀的光点等距排成一列，出现在地平线上。随着距离越来越近，他们之间的间距也逐渐缩小，仿佛是一排渐渐接近的飞机上的灯光。

吉尔德想：**到我这里来，到我这里来。**

细部的样貌开始出现了。不，与其说是出现，不如说是放大。其中一个的体形比其他人小——想必是卡特，他想，那个不可知又不正常的安东尼·卡特——但其他人让他瞠目结舌。那壮盛的阵容、优雅的动作，和他们自身绝对的神秘，似乎压缩了周遭的距离、扭曲了空间、改变了时间的推移。他们朝他拥来，宛如一条发光的河流，让他沐浴在他们惊悚无比的磷光里。

到我这里来吧，到我这里来，到我这里来。他想。

他们抵达的这一刻有着绝对圆满的感觉。这是一场洗礼。泅潜在蔚蓝水中许久之后，在进入的那一瞬间，整个世界都消失了。他们站在他面前，巨大而恐怖。他酣饮他们记忆里那些宏伟、恐怖的意象，宛如沉浸在一段最纯粹的疯狂里。一个哭泣的女孩躺在脏兮兮的床垫上。一个店员双手高举，双眉之间的横纹里有个枪口的压痕。醉到不省人事的感觉，透过挡风玻璃瞥见一个骑脚踏车的男孩，砰的一声，接着剧烈震动，那个小小的身体被压在车轮底下。甜美欢愉中，那女人的眼睛睁到不可思议的大，因为套在她脖子上的绳索拉紧了。惊恐，堕落，一曲黑暗邪魔的合唱。

我是莫里森—查维兹—巴菲斯—杜瑞尔—温斯顿—索萨—艾珂—蓝布莱特—马丁内兹—雷恩哈特—卡特。

吉尔德打开第一辆卡车的货舱门。囚犯想逃，当然。吉尔德下令解开镣铐，他要他们不受任何束缚。大部分人都只跑了几步，有少数几个跑得远些，或许燃起过被拯救的希望。他们无谓的奔逃是这狂喜的一部分，在鲜血四溅，惨叫声陡然平息的场景里，这个时刻开始了。在随之而来的寂静里，吉尔德走到第二辆卡车后面，打开车门迎接。

“欢迎，朋友们，你们终于到家了。我们会满足你们所有的需要。”

第五卷　刺客

我去，这事就成了。钟声在召唤我。

——莎士比亚，《麦克白》

23

阿谷死了，这只意味着一件事，下一个就轮到莎拉了。

珍妮也不见了。体育馆爆炸事件发生两天之后，一个新的侍女取代了她的工作。这女孩也是和他们一起的吗？不是，否则莎拉一定察觉得出来。托盘底下的纸条，或交换一个放心的眼神，总会有什么蛛丝马迹的。但这个女孩苍白、紧张，莎拉不知道，也永远无从得知她的名字——她总是静悄悄地来去。

丽拉躺在床上。从白天到晚上，她翻来覆去，只有在洗澡的时候起床，但不肯让莎拉帮她。她嗓子哑了，要开口说话似乎得耗尽全身的力气。“我自己来。”她说。

莎拉独自一人，孤立无援。整个系统崩溃了。

她整天陪着凯儿，但是现在两人在一起的感觉不一样了。这孩子也察觉到了，这是孩子们特有的本领。他们的感知能力到底是从哪里来的？一切都染上了漫无目的的色彩。她们玩平常玩的游戏，但不在乎谁赢谁输。莎拉念平常念的故事，但凯儿漫不经心地听。一点帮助都没有，她们的时间就要终结了。日子太过漫长，但又太过短暂。夜里，她们一起睡在沙发上，抱成一团。小女孩身体的温柔暖意是一种折磨。莎拉清醒地躺在那里好几个钟头，静静聆听她的呼吸声，畅饮她的香味。你梦见什么了？她寻思。你梦见了道别，就像我一样？我们会再见面吗？有这样的地方吗？紧紧抱着凯儿，她想起妮娜说的：**我们会把她弄出来，否则她一点机会都没有**。我的孩子，莎拉想，我会做我必须做的一切来救你，只要他们叫我去，我就去。这是我唯一能做的。

第三天早上，莎拉带凯儿到外面去。寒意刺骨，但她觉得挺好的。她推凯儿荡秋千，然后一起玩跷跷板。自从吉尔德痛揍丽拉的那天晚上之后，凯儿再也没提起丽拉，联结她们两人之间的那条纽带已经断了。之后温度变得太低，她们回到屋里。走到门口时，凯儿停下了脚步。

“有人给我这个。”她拿给莎拉看。在她手里的是一颗粉红色的塑料蛋。

“谁给你的？”

“我不知道。她就在那边。”

莎拉顺着女孩的手，望向院子的另一边。那里没有人。凯儿耸耸肩。“她几秒钟之前还在的。”

刚才有几分钟的时间，不到五分钟，莎拉让凯儿自己一个人玩。

“她叫我交给你。”凯儿说，把塑料蛋拿到她面前。

那女人一定是妮娜。莎拉把塑料蛋塞进长袍的口袋里，她的身体麻痹了。珍妮消失时，她心中微微浮现出一丝期待，希望这重担不会再缠着她——她真是蠢啊。

“不要告诉别人。可以吗？”

“她也这么说。”凯儿表情一亮，小声问，“这是秘密讯息吗？”

她没马上打开塑料蛋，她不敢打开。等回到阴暗的套房里，她们发现丽拉正拿着长火柴，点亮枝形烛台。她脸上全无血色，头发干枯凌乱，把她们叫到沙发那边，拿起一本书。

“可以念给我听吗？”

《小妇人》，莎拉翻开封面，从泛黄的书页上吹掉灰尘。

“我好多年没听过这本了。”丽拉叹气说。

莎拉一念就是好几个钟头。她一方面觉得这故事很有意思，但一方面也不太理解。文字很难，而且她不时恍神。凯儿的注意力渐渐不集中，最后终于睡着了。看来丽拉极有可能要莎拉念完整本书。

“我得去一下洗手间。”最后莎拉说，“马上就回来。”

丽拉还来不及回答，她就快步走进厕所，关上门。她拉起长袍，坐在马桶上，从口袋里掏出那颗蛋。她心脏狂跳，迟疑了一会儿，然后打开来，摊平那张纸条：

包裹在院子边上的工具间里，查看门左边地板下。目标是明天11：30在会议室举行的高阶官员会议。搭中央电梯到四楼，然后走右边第一条走廊，左手边的最后一道门就是会议室。告诉警卫说是吉尔德叫你去的。塞吉欧万岁。

她刚把纸条塞回蛋里，门上就传来急迫的敲打声。“黛妮！我需要你！”

“等一下！”

门把手咔啦咔啦响。她锁上了吗？

“我有钥匙，黛妮！拜托，开门！”

莎拉匆匆从马桶上站起来，那颗蛋滚到地板上。可恶！钥匙在锁孔里转动。她刚把蛋塞进化妆镜底层的抽屉，就看见丽拉站在敞开的门口。

“好了。”莎拉说，在脸上挤出微笑，“你需要什么，丽拉？”

丽拉惨白的脸上一片困惑。“我不知道，我以为你去了什么地方。你吓坏我了。”

“哦，我只是来上洗手间。”

“我没听见冲马桶的声音。”

“哦，对不起。”莎拉转身拉冲水链，“我真是太失礼了。”

有那么一会儿，丽拉一句话都没说，她似乎完全脱离现实了。

“你能不能替我做一件事？帮我一个忙。”

莎拉点点头。

“我想要一些……巧克力。”

“巧克力？巧克力是什么？我要去哪里拿？”

丽拉不可置信地瞪着她。“当然是去厨房拿呀。”

“没错，我想这是很显而易见的。”也许厨房里有人知道丽拉说的是什么，莎拉觉得空手而返绝对不是个好主意，“我马上就去。”

丽拉的神色放松下来。“什么都可以，甚至一杯可可也行。”她的眼神涣散，轻叹一声，“冬天的下午，我向来很爱喝一杯可可的。”

莎拉走出公寓。丽拉看见了多少？为什么没想到要把纸条冲下马桶？她有没有关上抽屉？她在心里回想刚才那一刻——是的，她关上了。丽拉没有理由去翻那个抽屉，但是为了安全，莎拉必须赶在服侍的女孩回来之前取出塑料蛋。

厨房位于这幢大建筑的另一头，她必须穿过随时有爪牙来来往往的大厅。肾上腺素仍然旺盛分泌的她，眼睛盯着地板，穿过走廊。

进入门厅时，她发现有骚动，两个警卫架着一个侍女，她的哭声因为大厅的回音效果而扩大了。

“不要！拜托，求求你们！不要带我到地下室！”

那女人是凯伦·莫林努。

“莎拉！救我！”

莎拉停下脚步。凯伦怎么看得见她的脸？这时她才发现自己犯了致命的错误，忘了一件她永远不该忘记的事：放下面纱。

“莎拉，救我！”

“别动。”

下达命令的是第三个人。等他走近了，莎拉马上认出他来。啤酒肚，鼻尖上架着雾蒙蒙的眼镜，翅膀似的眉毛。这人是佛林医生。

“你，”他仔细打量她的脸，“你叫什么名字？”

她口干舌燥。“黛妮，长官。”

“她叫你莎拉。”

“我相信她是搞错了。”她的目光不由自主地瞥向出口，“我是黛妮。”

“莎拉，你为什么这么做？”凯伦像一条在渔网里挣扎的鱼，“告诉他们我不是叛军！”

佛林的眼神变得严厉，他嘴角浮现出一个微笑。“哦，我记得你，很漂亮的那一个。我从来不会忘记别人的长相，像你这样的长相。”

莎拉冲向门口，她跨出三大步，夺门而出。她跑下台阶，跑到阳光与寒风里，背后响起吼叫声。“拦住她！拦住那个女人！”她能跑到哪里去？爪牙从四面八方冲向她，像逐渐收拢的套索那样包围了她。莎拉的手探进口袋找那个折起的药包，这就是结局了。她停下来——再跑也没有用了——她只有一两秒钟的时间。药包打开，露出那张浸了致命毒药的吸墨纸。她用拇指和食指捏起，举到嘴巴前面。**再见了，我的孩子，我多么爱你啊，再见了。**

但事与愿违。吸墨纸已到嘴边，却有人从背后袭来，把她撞得飞起来，地面消失，然后又出现，先是缓缓地，然后逐渐加快，最后在一瞬间，她的头撞上地面，眼前一黑。

24

他们三个匍匐在涵洞隆起的边坡上，格瑞尔用望远镜察看四周。夕阳在云朵上燃起火光。

“你确定就是这个地方？”艾美说。

艾莉希亚点点头。他们已经守在这里将近三个小时了，他们的注意力集中在从一座低矮山坡底部凸起的阔口排水管道上，周围的雪地上印满纵横交错的轮胎痕迹。

过了几分钟，艾莉希亚已经开始怀疑自己的时候，格瑞尔举起手：“我们走吧。”

排水管道里出现了一个身穿暗色外套的人影。是男是女，艾莉希亚看不出来。那人用围巾裹住脸的下半部，羊毛帽低低压在眼睛上方。那个人影停了一下，一手遮在额头上向南望。

“这个男人看起来像在等人。”格瑞尔说。

“你怎么知道那是男的？”艾莉希亚问。

“我不知道。”格瑞尔把望远镜交给艾美，她拨开一绺头发，把眼睛贴在镜片上。实在是很不可思议，艾莉希亚想，不管从哪个方面来看，哪怕是最细微的一个姿势，艾美既是原本的那个女孩，却又是个完全崭新的人。就像格瑞尔说的，艾美进到“雪佛兰水手号”的船舱之前和之后，是截然不同的两个人，就连艾美自己都无法解释。对艾莉希亚来说，最诡异的是，这件事似乎一点也不诡异。

“我也看不出来，但是不管他等的是谁，都来晚了。”艾美放下望远镜。在尺码过大的羊毛大衣底下，她还是穿着那件宽松的修女袍，套着厚厚的针织紧身裤，脚上是一双皮革龟裂的系带皮靴。“如果我们打算去找塞吉欧，没有比现在更好的机会了。”

艾莉希亚点点头。“同意。少校，你说呢？”

“不反对。”

能够掩蔽他们前进的，只有排水管道东侧的灌木丛，以及排水管道上方山坡那些光秃秃的树。格瑞尔守望，艾美和艾莉希亚两人分别在排水管道左右两边蹲伏前进。艾美在右边，贴近地面，艾莉希亚则打算从上方跳下。一旦她们被发现，格瑞尔就会吹口哨，分散那人的注意力，让她们两个可以采取行动。

一切都按计划进行。艾莉希亚匍匐前进，来到管子顶端，那人戴着帽子的头顶在她的正下方。从这个角度，她看不见艾美，但是格瑞尔可以。她等待他的信号。这时——

他到哪里去了？

艾莉希亚跪起来，正转头张望的时候，他整个人的重量朝她袭来，不是“他”的重量，是“她”的。她们两人飞起来，滚落管口，艾莉希亚背朝下倒在雪地上，那女人压在她身上。

“你到底是什么人？”那女人用膝盖压住艾莉希亚的手臂，一把刀抵在她的喉咙上，刀刃割伤了她的皮肤。艾莉希亚绝不怀疑这人会动手杀她。

“别紧张，我是你们的朋友。”

“回答我的问题。”

“艾美，能帮我一下吗？”

艾美从后面过来，无声无息地接近。那女人还来不及有反应，艾美就已经抓住她的衣领，把她甩开。那女人弹跳站起，拿着刀冲来，但艾美把刀拍掉，跳到她背后，一手扣住她的喉咙，一手抓住她的手腕。艾莉希亚心里唯一的念头是——太惊人了。

“别动。”艾美说，“我们只是想谈谈，真的。”

那女人咬紧牙关说：“去死吧。”

“你以为我没办法扭断你的脖子吗？”

“欢迎之至。把我说的话告诉吉尔德，还有，去你的。”

艾美瞥了艾莉希亚一眼。艾莉希亚已经收起那女人手里的刀，忙着拍掉裤子上的雪。格瑞尔朝她们跑来。“你听过这个名字吗？”艾美问。

艾莉希亚摇摇头。

“吉尔德是谁？”她问那个女人。

“你是什么意思？你问吉尔德是谁？”

“你叫什么名字？”艾美问，“你或许也该告诉我们。”

那女人迟疑了一下，然后说：“妮娜，可以了吧？我叫妮娜。”

“我会放你走，妮娜。”艾美说，“答应我，你要好好听完我们必须说的话。我只有这个要求。”

“滚开。”

艾美加重抓力，让那女人明白她是认真的。“说吧，你保证。”

又一番挣扎，最后那女人心不甘情不愿地说：“好吧，好吧，我保证。”

艾美放开她。那女人往前一步踉跄，转过身来。年轻的脸，大约才二十出头，但那双眼睛完全是另一回事——凌厉，近乎凶残。

“你们是什么人？”

“你的功夫不错，”艾莉希亚对艾美说，她用食指转着那把刀，交给艾美，“从哪里学来的？”

“你以为从哪里？就是看着你学的。”她的目光转向格瑞尔。他那把长胡子沾满了雪，很像狗的鼻子。“卢修斯，我可以请你再去把风吗？车子开过来的时候通知我们。”

“就只有这样？通知你们就好？”

“最好可以拖延他们一下，让我们可以把话谈完。”

格瑞尔跑上山脊。艾美再次对那女人说话，用那把刀做了个细微但别有意义的动作。“坐下。”

妮娜满眼怒火，不肯屈服。“我干吗要坐下？”

“因为这样你会比较舒服。这需要一点时间。”艾美把刀插进皮带里，“如果你好好配合，我就不动刀枪了。我们根本不是你以为的那些人。坐下吧。”

妮娜很不情愿地坐到雪地上：“我什么都不会告诉你们的。”

“我非常非常怀疑。”艾美说，“等我告诉你这里即将发生什么事，我相信你会把我想知道的一切告诉我。”

“我要和黛妮一起玩！”

“伊娃，亲爱的——”

小女孩气得涨红了脸，她从地板上抓起一个皮杯砸向丽拉，差一点点砸中。

“你去睡觉！”丽拉吼她，“你马上去睡觉！”

女孩一动也不动，满脸憎恶。“你不能逼我去睡！”

“我是你妈妈！我叫你做什么，你就得去做！”

“我要黛妮！”

她手里抓着一把干豆子。丽拉还来不及有反应，她就抡起手，以充满怒气的力道把豆子往丽拉脸上丢去。更多的豆子掉落在她面前的地板上，宛如叮咚叮咚的雨。小女孩迅即站起，开始满屋子乱跑——扯下书架上的书，扫落桌上的东西，拿起抱枕乱丢。

“住手，马上住手！”

女孩举起一个大瓷瓶。

“伊娃，不——”

女孩把花瓶高举过头，像关上车子行李厢那样，重重一甩。花瓶不是裂开，而是炸开，碎成百万计的四散飞射的碎片。

“我恨你！”

就这样发生了，终结一切的事情。丽拉知道，就如她大脑最深处也已察觉到的那样，这一切以前也发生过。但是她没办法再往下想，某种东西坚硬的边缘敲着她的头。小女孩把书丢过来。

“走开！”她尖声高喊，“我恨你——我恨你——我恨你——”

丽拉看着她嘴里吐出这几个可怕的字眼时，却觉得这些话语仿佛来自其他地方——是从她脑袋里发出来的。她往前冲，抱住小女孩的腰，把她整个人抓起来。小女孩又踢又叫，在丽拉怀里不停扭动。丽拉只想要——想要干吗？让小女孩安静下来？控制住情况？让撕裂她脑袋的尖叫声停止？丽拉只要一施力，小女孩马上以同样的力气抗衡，撕心裂肺地尖叫，整个场景膨胀到怪异至极的地步，简直疯狂，直到丽拉站不住，两人的重心往后移，重重地摔到地上，撞上梳妆台。

“伊娃！”

小女孩从她怀里跑开，靠在沙发上，两只眼睛愤怒圆睁。她为什么没哭？她受伤了吗？丽拉做了什么？丽拉向她爬去。

“伊娃，对不起，我不是故意的……”

“我希望你死掉！”

“别这样说，拜托，我求你别这样说。”

听到这句话的小女孩终于落下眼泪，不是痛苦的泪，不是羞辱，甚至也不是恐惧。**我会永远看不起你，你不是我妈妈，永远不是，你和我一样清楚。**

“拜托，伊娃，我爱你。你不知道我有多爱你吗？”

“别说了！我要黛妮！”她纤小的肺部发出惊人的大嗓音，“我恨你！我恨你！我恨你！”

丽拉用手掩住耳朵，但是那孩子的哭喊声什么都挡不住。

“别说了！拜托！”

“我希望你死掉！我希望你死掉！我希望你死掉！”

丽拉冲进浴室，摔上门。但还是没有用，那尖叫声似乎从四面八方传来，淹没一切。她跪倒在地，掩面哭泣。伊娃到底是怎么了？我的伊娃，我的伊娃。我到底做了什么，让你这么恨我？她的身体痛苦颤抖，思绪不停转动、蹒跚、碎裂。她是丽拉·凯亚碎裂而成的碎片，几百万片粉碎的碎片，散落在地板上。

因为那女孩不是伊娃。不管丽拉多希望把她变成伊娃，但根本没有伊娃这个人。伊娃永远不在了，那只是陈年往事里的幽灵。这个事实宛如酸液淋遍她全身，烧蚀了所有的谎言。回去，丽拉想，回去吧。但是她永远不能回去，再也不能了。

哦，天哪，她竟做了这么可怕的事！这可怕、龌龊、无可宽恕的行为！她哭着，颤抖着。她拼命哭，就像她爸爸漆着他的小船时形容的——哭出一条河来了。她是个令人深恶痛绝的人，她是这地球上邪恶的污迹。她明白了所有的真相，每一件事都是一个碎片，时间停止，然后又在她心中重新组合起来，再次转动，述说自身羞愧的历史。

我希望你死掉！我希望你死掉！我希望你死掉！我希望你死掉！

这时另一件事情发生了。丽拉发现自己坐在浴缸边缘，她已经进入不由自主的状态：她什么选择都不做，是其他的一切选择了她。她打开水龙头，把手放进水柱里，看着水流过自己的手指。所以就是这样了，她想，黑暗的解答。仿佛她始终都知道，仿佛这一百年来，在她心灵最深处，反复地做着这最后的举动，一次又一次。当然是要借着这浴缸喽。她沉浸在这热水的暖意里好几个钟头，在这舒坦的沉浸中，在这抹去世界痕迹的恬静美好之中，好几个十年就这样过去了，然而她耳边始终有喃喃低语：我来了，丽拉，让我成为你最后的救赎吧。蒸汽盘旋而上，整个房间充斥着朦胧的水汽，她沉浸在完美的宁静里。她点亮蜡烛，一根接一根。她是医生，她知道自己在做什么。Soy médico（我是医生）。她脱掉衣服，在镜子里打量着自己赤裸的身体。这肢体的美——以前是很美——让她心中充满回忆：年少时的回忆。她还是个小女孩时，洗完澡出来。你是我的小公主，爸爸戏弄她，用刚洗好的毛巾搓她的头发，把她整个人裹在毛巾的温软里，你是天底下最漂亮的。回忆随水流淌。她是个小女孩，然后是少女，穿着她那件肩上别着大朵胸花的蓝色塔夫绸洋装，一个画面随着下一个画面的出现而淡出，最后她成为女人了，充满成熟活力，穿着妈妈的结婚礼服站在镜子前面。精致的蕾丝刺绣，一层层波浪似的白色丝缎闪闪发亮。这个画面似乎完全捕捉了她那充满光明前景的人生。**今天是我嫁给布莱德的日子**。她的手摸着肚子。新娘礼服不见了，换成一件模糊不清的睡衣。清晨的阳光透过窗子流泻进来。她转成侧站，捧着肚子圆满的弧线。**伊娃，你就是伊娃，这就是你的名字。我要叫你伊娃**。蒸汽不断上升，浴缸几乎满了。

布莱德，伊娃，我来了。我离开太久了，我要来陪你们了。

两边手腕底部各有三条蓝色的血管。她需要尖利的东西。剪刀呢？黛妮以及之前的那些人用来帮她修剪头发的剪刀哪里去了？她翻找化妆镜的抽屉，一层接一层地找，到了最底下的一层，找到了，剪刀闪着晶亮的光芒。

可是这是什么？

这是一颗蛋，一颗塑料蛋，很像她小时候在草丛里找寻的那种蛋。她好爱这个场景——在草地上四处奔跑，小小的篮子在手里晃啊晃的，脚上沾满露水，逐渐增加的收获以及她心中想象的那只在夜里留下这些奖品的大白兔。丽拉把蛋捧在掌心，她感觉到蛋里有微微的咔咔声。可能是……？有可能吗……？但还可能是什么别的。

只有一个答案。丽拉·凯亚死去的时候，舌尖上会有巧克力的甜味。

25

叛变。叛变。

叛军怎么能这么接近呢？有没有人能告诉他啊？先是那个红头发的，接着是阿谷，现在竟然连丽拉的侍女也是？那只不时打哆嗦的小老鼠？每次进门都低头看地板，不知叫什么的那个女人？叛军在圆殿中到底渗透了多深？

让吉尔德最愤怒的是，那个红发女竟然逃走了。她杀了十一个人还能得以脱逃，这怎么可能啊？他们始终不知道她的名字。**你爱叫我什么就叫我什么吧，**她说，**只要别在大清早叫我就行了。**开什么玩笑，已经被连续毒打了好几天的人竟然还能开玩笑？至于淫魔，事后想来，吉尔德不得不承认自己犯了错误。放任像他这样的人为所欲为，注定大祸临头。

吉尔德亲自主持对那名侍女的审讯。不管那名红发女的坚强力量是从哪里来的，眼前这个显然是比较好应付的对象。浸到浴缸里三次，她就招了：炸弹在工具间里。那个侍女珍妮，虽然已经好几天没人见到过她了。她不知道他们藏身的地点，因为他们事前把她迷昏了。这说得通，吉尔德自己也会这么做。有个叫妮娜的女人，可是档案里的唯一一个妮娜，四年前就已经死了。还有个叫尤斯塔斯的男人，他们则完全没有记录。她供出来的事情都很有意思，但没什么真正的用处。

你想来一点更厉害的吗？警卫问，你知道，我们可以再来几个回合。吉尔德低头看这个女人，她还被绑在板子上，头发被冰冷的水浸得湿淋淋的，浑身颤抖着喘气。莎拉·费雪，编号94801，住二一六号寝室，是三号生质燃料厂的工人。佛林记得她是他们从罗斯威尔掳获的，所以，又一个讨人厌的得州人。既然十一个病鬼抵达了，他得要认真处理得州的情况了。这女人看起来实在不像那一型的人，他得不断提醒自己，她原本打算杀了他啊。不过话说回来，其实叛军也没有什么类型可言，他已经从这几个月的暴力事件里体会到了。叛军是任何一个人，但任何人也都不是。

算了，他对警卫说，把她铐起来，葛瑞一定会很喜欢这个女人提供的服务——他向来喜欢年轻的。

他从地下室走楼梯回到办公室，戴上眼镜，拉开窗帘。太阳刚刚落下地平线，为云朵染上七彩缤纷的鲜丽色泽。风景好美，应该是吧。吉尔德觉得自己应该会喜欢这样的景观，一个世纪以前。但是人一辈子能欣赏多少次落日是有定数的，太多之后就会腻了。这就是永生不死的麻烦，类似这样的问题。

他怀念威克斯，那人并不是最好的同伴——他太难取悦了——但至少是个可以谈话的对象。吉尔德向来信任他，经过这么多年，他们几乎无所不谈。吉尔德甚至对他提过莎娜的事，只不过是用讥讽的口吻来掩饰此事的真实性。**妓女，你相信吗？我真是个蠢蛋**！天哪，他们还为这个事情开怀大笑呢。每当碰到像这样没来由、隐隐焦躁不安的时刻，吉尔德就会从门口探出头，假装有什么事情似的叫他的朋友到办公室来——“福瑞德，进来！”——但其实只是想找他说说话，说说这类的事。

他的朋友，他以为他们是朋友。曾经。

黑暗降临。吉尔德的目光沿着山丘往下，凝注在“大计划”的场址。现在应该为这个地方取个新名字了。取名字一向是侯普的工作，不必怀疑，他对文字实在很有一套。在以前的人生里，他是个在芝加哥拥有一家广告公司的广告人。他充分利用自己的经验，精心编造口号与标语来鼓舞士气，连国歌歌词都是他写的。**家园，我们的家园，我们愿为你奉献生命。我们付出劳力，不求报偿，家园，我们的家园，一个国家在此矗立。安全，希望，防卫，从海洋到闪亮的海洋。**实在是陈词滥调，吉尔德对“报偿”这个词都还不太熟悉呢。这个词听起来有点掉书袋，但是看起来还不赖，而且就国歌的体裁来说，听起来也还不算难听。

好吧，那这地方该叫什么好呢？“堡垒”听起来有军威，“宫殿”听起来比较顺耳，但是这地方一点都没有宫殿的富丽堂皇，看起来就只像是个大大的水泥盒子。宗教的呢？圣坛？谁不想到圣坛去呢？

只是有多少平地人会去，或去得多频繁？还有待观察。吉尔德目前还没从零号那里得到具体的指示，感觉事情最后就会水到渠成。十二魔——或者应该说是十一魔——或许和寻常无奇的那些病鬼有所不同，但他们就是病鬼，基本上就是进食机器。不管最高层下达什么指令，一个世纪以来任凭冲动什么都吃的习惯是很难戒掉的。但是大体而言，他们的饮食包括捐献的人血和饲养的家畜。正确的比例必须精准维持，人口也必须持续增加。一代接一代，人类和病鬼共创未来——仔细想想，这应该是个还不错的口号，彻头彻尾的侯普风格。有个术语叫什么来着？品牌再造？这就是吉尔德需要的，新的观点，新的词语，新的愿景，病鬼存在事实的品牌再造。

他搞的这个圣坛说不定真是个好点子。建造某个实体的东西比较像是正式的宗教，所有这些莫名其妙、仪式性的象征标志或许正是人类心灵所需要的润滑剂。国家崇拜是大棒子，而非胡萝卜，只能产生对权威无甚热情的服从，但希望才是所有的社会组织力量中最强大的一种。给人民希望，几乎就可以让他们做你要他们做的任何事情。但这种希望不是普通日常生活中的那种希望——希望拥有粮食和衣服，没有病痛，上好的郊区学校，或轻松取得低息贷款之类的。人民需要的希望是超乎具体可见的世界，在这个充满肉体磨难、乏善可陈的日常琐事无休止上演的世界中，他们需要的是和现实完全不同的希望。

有了，他知道该取什名字了。多么简单，多么高贵的名字。不是圣坛，是圣殿，永生不朽的圣殿。而他，荷拉斯·吉尔德，就是这座圣殿的祭司。

所以，今天总算不是一无所获。说来有趣，事情就这样突然顺利地解决了，他带着微笑想——这是几个星期以来的第一次。去他的侯普和他的歌词口号，还有，去他的威克斯，那个忘恩负义的家伙。一切都在吉尔德的掌握之中。

先是注射，接着就是一阵晕眩，躺在轮床上的莎拉看着天花板在头顶上移动。

“哎……哟。”

她被送进某个地方。房间里很暗，有几只手把她抬到一张台子上，用束带缚紧她的双手、双脚和额头。身体下方的金属台面冷冰冰的。不知道什么时候，她身上的袍子被脱掉，换上了一件棉布袍。在这些事情进行的过程中，她的心都像动物那般迟缓运转，虽然知道他们在做什么，但却一点感受都没有，要关注任何事情实在很困难。佛林医生在场，像个老爷爷一样透过小小的眼镜看着她，那双眉毛格外令她心惊。他拿着一把银色的钳子，钳齿间夹着一叠浸泡过褐色液体的药棉。她想他既然是位医生，必定是要对她施行某种医疗行为。

“你可能会觉得有点冰。”

的确是。佛林医生用棉花擦拭她的双臂双腿；同时，另一个人把塑料管放到她鼻子底下。

“导管。”

这不太好受，一点都不好受。她喉咙里发出一阵呻吟。其他的工作也展开了，身体好多地方被戳刺侵入，异物滑进皮肤底下的异样感觉来自她的前臂和大腿内侧。有吱吱声，有气体的嗞嗞声，鼻子底下还有一种独特的臭味，意外带点甜，乙醚，这是在生质燃料厂制造的，虽然莎拉从未看过这是怎么做出来的。她只记得那些用红色字标识了“易燃”的大槽，以及用手推车推上货车时的哐当声响。

“请呼吸。”

真是个古怪的要求！她怎么能不呼吸？

“很好。”

她整个人像是飘在最柔软的云上。

26

自从与叛军接触以来，已经过了两天。起初，妮娜不肯相信他们，任何人都会有这样的反应。他们的说法太过奇幻，来龙去脉又太过复杂。最后想办法证明他们说法的是艾莉希亚，她从背包里拿出无线电方位侦测器，带着妮娜爬上山脊，拿侦测器对着圆殿，格瑞尔则监视底下的谷地。隔着这么远的距离，艾莉希亚很担心会收不到讯号。要是他们没办法让这女人信服怎么办？但是讯号又强又清晰，侦测器指针持续稳定跳动。艾莉希亚松了一口气，但随即又不解——讯号竟然变得更强了。艾美沉默了一会儿，然后说："我们得快点才行。你听见的这个声音，表示十二魔还在世的成员已经来到此地了。"她从皮带里抽出刀，交还给妮娜，然后要艾莉希亚和格瑞尔解除武装。我们投降，艾美说，其他的就看你了。

卡车抵达，载来两个武装男子。艾莉希亚一行人举起双手面对那两个人。他们的手腕被缚起，头罩着黑色布套，坐在蹦蹦跳跳的卡车平台上冷得要死。一段时间之后，听见车库门打开的声音。他们被押下卡车，受命在这里等着。几分钟之后，有脚步声接近。

"解开他们。"是个男人的嗓音。

头套取下之后，他们看见六男一女站在面前，全都举着武器——只有一个例外。

"尤斯塔斯？"

"格瑞尔少校。"尤斯塔斯那张扭曲的脸转向艾莉希亚，"还有唐纳迪欧。"他摇摇头，"我干吗意外呢？"他转身面向其他人，打个手势，要他们放下枪，"没事了，各位。"

"你认识他们？"妮娜问。

尤斯塔斯再次看着他们，注意到艾美。“你，我想我没见过你。”

“其实呢，”艾美说，“并不见得。”

他们抵达的时间正是尤斯塔斯手下准备采取行动的前夕。经过多年的辛苦渗透，终于到了收获成果的时刻了。第一步是对领导阶层进行斩首行动，接着是对多个重要目标同时展开攻击：人力资源部工作站、工业基础设施、发电站、拘留中心以及位于市中心边缘那些大多数红眼人居住的公寓大楼。武器和爆裂物会事前藏匿在全城各地。他们的势力不大，但攻击展开之后，他们相信，他们的人数会不断增加。七千名平地人宛如沉睡的巨人，届时必定苏醒，揭竿而起。斗争一旦发生了，叛军会像雪崩一样溃败，无法制止。整座城会是他们的。

但是事情出差错了，他们在圆殿的内线被发现了。他们知道她是被活捉的，但是不知道她的下落——最有可能是在地下室。

“有件事我必须告诉你们。”尤斯塔斯说明这个内线是谁。

莎拉人在这里？这简直难以相信，不，这完全超出可以相信的范围。还有她的女儿。莎拉的女儿，也是霍里斯的女儿。从深层的意义来说，这孩子是他们大家共同的孩子。行动目标变得更大了，但也让情况变得更加复杂，他们得救出她们母女俩。

艾美把自己告诉妮娜的事又说了一遍。病鬼目前就在城里，他们的存在以及其中所蕴含的意思都毋庸置疑。他们会在此地重建兵团。尤斯塔斯很怀疑地思索着这件事，但随即便想通了一件事。

“吉尔德想要保护他们，”艾美说，“城里有没有特别加强防御工事的地方？应该是个很大的地方。”

尤斯塔斯派人去拿来“大计划”的蓝图。为了拿到这些数据，有三个人牺牲了。尤斯塔斯说，然后在桌上摊开这几张图。

“我们始终不知道这地方的用途。有很多种说法，但是没有一个能真正说得通。这地方是个堡垒，红眼人花了好几年时间盖的。”

艾美仔细看着蓝图，飞快计算着：“我们可以在这里找到他们。”

“我不懂你怎么能这么肯定。”

“算算看有几个舱房。”

尤斯塔斯低着头看蓝图。他用食指顺着一条条走道来到终点，然后抬起头来。

就这样，他们的目标合二为一。名为“大计划”的这幢建筑是他们的焦点，建筑设计对他们有利。就像新墨西哥的那个山洞一样，“大计划”内部的紧密空间让放置在构造正中央的单一炸弹可以产生放大了的爆炸威力。但是他们到得了里面吗？这很令人怀疑。即便他们进得去，也可能像踏入虎穴。他们的损失可能会很大，而且必须从其他单位抽调许多人力过来。

“那么我们就不进到里面去，”艾美说，“我们让他们来找我们。”

“你有什么计划？”

艾美想了想。“告诉我，吉尔德是什么样的人？”

尤斯塔斯耸耸肩。在整个过程里，他都没对他们的出现表现出不悦。能和远征军再次相聚，真的很好。

“他是个魔头。冷酷和偏执到了极点，一心一意就只想逮着塞吉欧。”

“如果逮住了塞吉欧，他会怎么样？”

“他会高兴得要死吧，大概。可是塞吉欧并不存在，那只是一个名字而已。”

“但如果他真逮到了呢？”

尤斯塔斯一手搓着下巴：“这个嘛，他是个很爱作秀的人，八成会搞个公开行刑，大大展示一番。”

“公开，也就是说全部的人都参加？”

“我想是吧，”尤斯塔斯的神情骤变，“哦，我明白了。”

“他会在哪里举行？”

“体育馆是唯一够大的场地，可以轻易坐进七千人。这就会——”

“会让家园其余的地方没有人防卫，资源变少，重要目标就变得容易攻击。”

尤斯塔斯点点头。“尤其是他特别爱展示权力——”

“没错。”

桌上的其他人交换着疑惑的眼神。“拜托，谁可以替我解释一下？”妮娜说。

艾美在椅子里往前倾：“我们要这么做。”

他们花了二十四小时来做准备。妮娜回到城里，把新的命令传达给各个分支组织的领导人。叛军的藏身处当然必须毁弃。他们装上雷线炸药——一桶桶硝铵肥料和生质燃料连接点火装置。最后将只剩下烧成灰烬的洞穴。运气好的话，吉尔德会以为里面的人都死了，集体自杀，是叛军最后的荣誉之火。

他们准备好离去的车辆。艾莉希亚负责开车载艾美到排水管道，然后和尤斯塔斯其余的手下会合，继续前往备用地点。这时，他们所等待的是天气——他们需要下雪天掩去轮胎的痕迹。或许明天，或许一个星期，或许永远不会下雪。第三天天黑前一个小时，天空开始飘下他们所期待的雪花。雪停了，然后又开始下，渐渐地越下越大，仿佛天气清了清嗓子，然后说：**动身吧。**

他们开车上路，九辆卡车，载着五十七个人。艾莉希亚离开车队朝北开，卡车的车头灯照见雪花一大团一大团地飞舞。在她身边的艾美穿着侍女的长袍，静默不语。艾莉希亚已经警告过她会面临什么状况，没有理由再进一步讨论，特别是此刻。但艾莉希亚还是忍不住说：“你知道他们会怎么对付你。”

艾美点点头。一阵短暂的沉默，然后说：“一切都自有目的，自有安排。你相信吗？”

“我不懂。”

艾美从方向盘上拉起艾莉希亚的一只手，握在手里，让两人手指交缠。“我们是姐妹，你知道的，血亲姐妹。我知道发生在你身上的一切，小艾。”

艾美的话一字一句落在她内心深处。她当然知道，艾美怎么可能不知道？

“你可以控制得了吗？”

艾莉希亚艰难地吞了吞口水。过去两天以来，欲望变得更强烈了。那黑色的手掌探入她心底，控制了她，让她的心思模模糊糊的。她很快就会失去抗拒的意志。

"变得……越来越难。"

"等时间到了——"

"我不会让它得逞的。"

四周雪花纷飞。艾莉希亚知道她如果不快点开走，就会陷在雪地里。还有最后一件事必须交代，她鼓起所有的勇气才开了口。

"好好照顾彼得，不能让他知道我发生的事，答应我。"

"小艾——"

"随便你要怎么告诉他都可以，编个故事也行，我不在乎。但是我需要你答应。"

深沉的静默笼罩着两人。艾莉希亚独自守着这个秘密太久了，现在终于有人和她分担了。她检视自己的心绪，有失落，有解脱，也有越过边界，踏进黑暗疆域的感觉。她正在放弃他。

"从某个层面来说，我一直都知道会有这样的事情发生，甚至在我见到你之前。还会有其他人的。"

艾美没回答，她的沉默已经让艾莉希亚知道她所必须知道的一切了。

"你该走了。"艾莉希亚说。

艾美还是默不作声。她脸上浮现出不确定的表情，然后开口说话。

"有件事我没告诉你，小艾。"

灰暗的日子接着灰暗的日子。被天气所控制的北美大陆上的广袤内陆帝国，会下雪吗？太阳会再出来吗？风会朝他们的背或是已经冻僵的脸吹来吗？他们一直走，一直走，驮着沉重的背包往前走。没有任何标志，没有任何地标。道路和城镇都不见了，像沉船那样陷落在积雪草原的浪涛里。提夫第坦承，他不知道现在的确切位置，艾奥瓦中部，戴斯莫因斯东北方，但是确切的地点则不得而知……他没有道歉，这是意料中事。你们为什么不趁夏天的时候采取行动？他说。

粮食就快吃完了。他们把每日的口粮减半，但是零的一半还是零。瑟缩在废弃农舍里的时候，萝儿用她的刀刃把薄薄的肉片分给大家。彼得把他的配给含在舌下，让变硬的肥油靠着嘴里的温度慢慢溶解，好撑得久一点。

他们继续前进。

然后，在第二十八天接近黄昏时，眼前出现了不同的景观——一个高大的告示牌从没有颜色的天空里逐渐成形，在风中摇晃。他们走上前去，一幢幢建筑出现了。这是什么镇？无所谓，对栖身之所的迫切需要压倒了其余的一切考虑。外围的商业圈有一幢幢超级市场和连锁店，平坦的屋顶已经被雪的重量压垮，他们穿过这里，继续深入这座旧城镇。这里和其他地方一样都是断壁残垣，但在小镇中央，他们找到两排砖房，看起来还完好无损。

“别以为我们在里面可以找到吃的。”迈克说。

他们站在一家店铺外面，临街的橱窗竟然没碎掉，玻璃上有褪色的字迹：“芬西咖啡”。

霍里斯说：“看来他们已经歇业很久了。”

他们破门而入。里面空间不大，有几排龟裂的塑料雅座，另一边是排有椅凳的吧台，除了积上一层厚厚的灰尘之外，大体上还保持原貌。他们偶尔会碰见这样的地方，宛如保留旧日时光的博物馆，流逝的岁月不知为何未留下痕迹，但感觉上却比废墟还怪异。

迈克拿起堆在柜台上的菜单，翻开来。“我吃过肉，肉糕是什么东西啊？可是一大块做成糕的肉？”

“天哪，迈克，”萝儿说，她浑身发抖，嘴唇发紫，“别雪上加霜了。”

霍里斯和彼得查看店铺后面，后门和窗户都已钉上夹板封死，锤子和钉子还丢在地上。

“如果没有食物，我们撑不了多久了。”霍里斯沉重地说。

“你不必提醒我。”

他们回到店面，其他人都裹着毯子缩在地板上。黑夜降临了，屋里好冷，但至少他们可以躲避寒风。

“我到处看看，”彼得说，“或许可以搞清楚我们人在哪里。”

他步履艰难地过街，沿着街道往下走，探头看着一间间店面。他试着推过几扇门，但都锁着。嗯，他们可以等早上再过来，打开几间，看看里面有什么。

到了第二条街街底，他看都没看地转动了一间屋子的门把手——这只是他的习惯性动作——门竟然开了，这反倒吓了他一大跳。他走进屋里，举起手枪，之后从连帽大衣的胸前口袋里掏出火柴，点亮。从敞开的门灌进寒风，他忙用手护住火焰。

哦，搞什么鬼？

彼得一看就知道这是个补给库。空荡荡的房间里，一个个麻袋靠墙堆着。他屈膝跪地，用刀挑开最近的一个麻袋：干豆子。另一袋是马铃薯，还有一袋苹果。他再划亮另一根火柴，照亮地板，尘土上满是足迹。这是谁留下的东西？又代表什么？

他们的情况不太妙，但至少不会挨饿了。最好先填饱肚子再来想接下来怎么办吧。他咬了一口苹果，一点都不香甜，硬得像冰块。他狼吞虎咽地吃掉一个，又多塞了几个到口袋里，然后环顾房间，想找个可以装食物的东西好带回去给其他人。他在墙角找到一个装满铜线的桶，他把铜线倒在地上，桶里装满苹果和马铃薯，走回街上。

他立即察觉有点不对劲——夜色似乎变得更明亮。是因为月亮？可是今夜没有月亮。警觉让他的汗毛直竖，这时，他听见声音了。他转头避开风，听得更仔细一些。远远传来轰隆声，那声音越来越近，越来越清晰。

引擎声。

他丢下桶，跑过街道朝咖啡馆飞奔而去。一排车子朝他驶近，他听见有人叫喊，接着是砰砰的声音。

有人正对着他开枪。

他冲进咖啡馆的大门时，好几把枪同时开火，炸烂了橱窗。趴下！他喊着，趴下！其他人早就趴下了。他翻过柜台，落在双手抱头的萝儿身上。车头灯的亮光照亮整间屋子，一发又一发的子弹不断射进来，所有的东西都四散粉碎。

“迈克！你在哪里？”

迈克的声音从一个雅座下面传出来。“他们是什么人？他们想干吗？”

这问题简直多余。不管他们是什么人，他们想干的就是杀掉他们。

“提夫第？霍里斯？”

又是迈克。“他们和我在一起！提夫第受伤了，但是还好！”

“萝儿在我旁边。”

枪声暂时停息，接着再次开火。

“有人看得见吗？”

“外面有三辆车正对着我们，”霍里斯扯开喉咙，“街上还有更多辆！”

“也许我们应该投降！”迈克喊着。

“我想他们不是可以接受投降的那种人！”

这屋子饱受火力攻击，而彼得身上只有一把手枪，他把来复枪留在门边了。他们没办法冲到后面的房间去，况且后门和窗户也已经封死了。这间咖啡屋是个死亡陷阱。

“你打算怎么做？”霍里斯喊道。

“提夫第可以自己走吗？”

“我没问题！”

彼得平贴在地板上，转头面对萝儿：“你身上有什么？”

她给他看她的刀。“只有这个。”

他对着柜台的另一边说：“我们数到三就冲出去。谁丢把枪过来给我？”

迈克那边丢了一把枪过来，落在他们身上。萝儿一把抓住，抠下滑套。枪声再次停歇，外面的人貌似在好整以暇地等待。

“开枪杀出去，算不上是什么好计划。”萝儿说。

“你要是有更好的计划，我洗耳恭听。”

彼得正要跪起来，萝儿一手压住他。“听。”她在他耳朵旁边说。

他听见人踏过雪地的脚步声，接着是踩上碎玻璃的咔啦声。他竖起一根手指压在唇上。外面有多少人？两个？一个人质，他突然想到，这是他们唯一的机会。没有时间和其他人商量了，他得要自己采取行动了。他转头面向萝儿，手指着柜台的另一端，远离门口的方位。他用嘴形说，弄点声音出来！

萝儿趴着滑过地板，彼得举起枪，身体缩起来蹲着。萝儿定位时，转头看他，坚定地点点头。

“救我！”她呻吟道。

彼得跳上吧台。就在距离最近的那个人转头之际，彼得举枪对着那个背光的人影开火，同时扫向第二个人，逼得他们倒在地上。彼得丢开手枪，狂乱挥臂抬腿，拼命往前爬。那人比彼得重上三十磅，但是彼得有出其不意的优势。一把半自动手枪绑在那人的大腿上，彼得用前臂扣住敌人的脖子，往后一拉，把那人紧紧勒在怀里，然后从枪套里抽出那把枪，枪口抵住他那把银白大胡子底下的下巴。

“叫他们停火！”

从地上的这个位置，彼得突然看见躲在桌子底下的迈克。他的眼睛睁得好大。“彼得——”

“我是认真的。”彼得告诉那人，把枪口抵得更紧一些，“大声喊，让每个人都听见！”

那人在他怀里松懈下来。彼得感觉得到他身体的颤动，但并不是因为痛。那人开始大笑。

“停手！”另一个声音说——是个女人，“全部停手！”

另一个人根本不是男的。她背靠着一张雅座，坐在地板上，右臂横过胸前，揽住受伤的肩膀。

“见鬼了，彼得，”艾莉希亚放下沾满血的手，这会儿也笑了起来？“卢修斯，你相信吗？该死的他竟然敢开枪打我！”

27

在梯子底端，艾美把地图挨近火炬。那张纸马上着了火，在蓝色的火焰里迅即消失。她在脚边流淌的涓涓细流里弄熄火炬，然后爬上梯子，掀开人孔盖。

她人在草药铺后面的巷子里。她把盖子盖好，越过房子的墙角往外看，在城市的正中央，宏伟的圆殿高高耸立，精雕细琢的表面闪着亮光，牵着狗的人沿着围墙来回走动。她放下面纱，轻快地走出巷弄。她大步走向岗哨亭，亭里的两人对着手哈气，翻看她的通行证。

“看起来不太对劲，”他拿给另一个人看，“你觉得有没有问题？”

那名爪牙飞快地瞥了通行证一眼，然后看着艾美。“掀开面纱。”

她照他的吩咐做。“有什么问题吗？”

他打量了她的脸一会儿，然后交还通行证。“算了，没问题啦。”

艾美经过他们身边，往台阶走去，没有其他人再质问她。进到屋里，她经过办公桌前的警卫，那人连看都没看她一眼。她穿过门厅，走向电梯，搭到六楼。

从电梯出来，是环绕着这幢建筑挑高大厅的圆形阳台，共有四条走廊，像车轮的轮轴那样往外放射。艾美沿着阳台来到第三条走廊，顺着走廊一直走到底。最后一扇门的门口有警卫把守。这人的灰白头发理得短短的，坐在一张铁椅上，无精打采地垂着脸翻看一本已有百年历史、纸页变脆的杂志，封面是个身穿橘色比基尼的女子，双手往上拨弄头发。

“首长要见我。”艾美拉起面纱对他说。

他从杂志上抬起头，看着艾美。这样就够了。艾美让他背靠着墙，坐到地板上，然后从他的皮带解下钥匙。他的下巴往前抵住胸口。她嘴巴贴近他耳朵。

“我要进去了。我要你数到六十——做得到吗？”

他眼睛闭上，轻轻点点头，喃喃同意。

“很好。数到六十，然后站起来，自己跳下阳台。”

她打开门锁，走了进去。房里有种粉饰太平的祥和气氛，两张高背扶手椅对着一张大办公桌，光滑的桌面微微闪着亮光。地板铺着厚厚的地毯，吸掉所有的声响，只听得见艾美的呼吸声。有一整面墙全都是书，另一面墙上挂着一大幅画，用小型聚光灯打亮。画面上有四个人，三个坐在一条长长的台子前面，另一个头戴白帽，是从阴暗的街上透过窗户看见的情景。艾美驻足看着画框底下的小铜牌：“爱德华，霍普[1]，夜游者，一九四二。”

她的右手边是一道镶有水晶玻璃的双扉门。艾美转动门把手，轻轻走进去。

吉尔德身穿内衣，躺在被子上，一沓硬纸板卷宗散落在他周围的被毯里，鼻子发出轻柔的呼吸声。她该站在哪里呢？她走近床尾。

“吉尔德首长。”

他猛然惊醒，一手探进枕头底下。他靠着床头板坐起来，往后滑动，拉开与她的距离，双手握着手枪瞄准她，打开保险。他抖得好厉害，艾美担心他或许会意外击中自己。

“你是怎么进来的？”

她察觉到他的不确定。身穿侍女袍，但却是他没见过的生面孔。“警卫很与人为善。你何不把枪放下？”

“该死，你到底是谁？”

艾美听见大厅传来的叫嚷声，有人捶打外面的门。

“我是塞吉欧。”她说，“我是来投降的。”

---

① 爱德华·霍普（Edward Hopper，1882—1967），美国画家，以描绘美国都会生活的寂寥著称，完成于1942年的《夜游者》（*Nighthawks*）描绘的是几名孤独的顾客坐在深夜的餐馆里，为其名作之一，藏于芝加哥艺术学院。

第六卷　这年最黑的夜

我的性命在狮子之间，
我躺卧在性如烈火的世人当中。
他们的牙齿是矛，是箭，
他们的舌头是尖利快刀。

——《圣经》诗篇，第五十七章第四节

落网！
首长办公室公告

名为“塞吉欧”的卑劣凶手已遭拘禁！
叛军已被击溃！
我们挚爱的家园已重现和平！

行刑将在体育馆公开举行！

所有工人于明日21：30向各寝室人力资源部人员报到

家园居民齐心合力！
同声庆贺正义得彰的光荣日子！
让所有的叛徒看见他们未来的命运！

疫后九十七年，十二月二十一日

28

事情的发展一如艾美的预期。她行刑的时间与地点都已确定，只有手段——最后的行刑方式，攸关他们行动的计划——尚未揭晓吉尔德会枪毙她？吊死她？但如果他打算用这么简单的方式行刑，又何必劳师动众，命令家园的七千名居民齐来观看呢？艾美已经丢出钓饵，吉尔德会上钩吗？

接下来的四天，彼得的心情在各种情绪间摆荡，不是担心就是诧异，同时有一种强烈的似曾相识感。一切都熟悉得惊人，仿佛自从他们在科罗拉多山顶面对巴柏寇克之后，时间已经静止。他们全都在这里，再次聚首，宛如强大的地心引力把他们的命运拉到一起。彼得、艾莉希亚、迈克、霍里斯、格瑞尔，他们经由不同的路径，基于不同的原因，一起来到此地。然而又是艾美，带领他们的人又是艾美。

格瑞尔谈起她转变的来龙去脉：休斯敦，卡特，“雪佛兰水手号”，艾美深入船舱然后回来。艾美和卡特之间互动的经过，格瑞尔并不完全清楚，他只知道是卡特指示他们到这里来的。除此之外，艾美不是不愿说，就是无法说。

在孤儿院的那个晚上，他俩站在门口，举起指尖相触时她已经知道自己会发生什么事了吗？他知道吗？彼得感觉到艾美的碰触有种无法言明的压力。**我要离开了。下回我们再见时，你所认识的那个女孩已不复存在了。**的确如此，原本是艾美的那个女孩已经不见了，取而代之的是一个女人。

为了掩饰忧心，他们不必要地反复做了各种准备。清理武器、查看建筑蓝图和地图、核对检查清单，各自做好上战场所必须具备的心理准备。在最后几天，霍里斯和迈克两人自成一个小圈，他们的目标窄化到只有莎拉和凯儿。艾莉希亚的态度就像她处理任何事情一样烦躁——假装这事一点都不重要。彼得手枪射出的子弹没击中她的骨头，只穿透皮肉，算是运气很好，一两天就可以复原。但是在这段时间里，只要看见她那条吊着绷带的手臂，彼得就会想到自己差一点就杀了她。没大吼大叫发号施令的时候，她就躲回无人能了解的沉默里，不言自明地让彼得知道她已经进入战斗状态。

格瑞尔约略提及她在牢里出了一些事，被毒打得很惨，但是如果想多问一些，想安慰她，都会被她严词拒绝。“我很好，”艾莉希亚盛气凌人的语气只印证了她一点都不好，“别担心我。我可以照顾自己。”事实上，她似乎是刻意地回避他，常常好久不见人影。若非他了解她，可能会以为她在生他的气。彼得问她去哪里时，她就只说去侦察周边环境。他没有理由怀疑她的说辞，然而总觉得她的解释不过是借口，掩盖了她没说出口的事。

提夫第也有微妙却重大的变化。他和格瑞尔的久别重逢意义重大，远远超乎彼得的预期。他们一起在远征军服役，关系自然非常亲密，但是彼得没料到他们的友谊如此深厚，他俩之间是温馨真挚的情谊。彼得原本很不解，但原因其实很明显。格瑞尔和提夫第以前到过这里，和库洛雪克一起，在许多年以前。田野的事故、迪伊，还有那两个小女孩。在世上所有人里面，只有格瑞尔最了解提夫第·拉蒙特的心声。

就这样，时间一点一滴流逝，日子一天一天地过去了。有两个问题始终盘旋不去——这计划行得通吗？就算行得通，他们能不能及时救出艾美？

到了第三天晚上，彼得连一秒钟都等不下去了。他离开大家睡觉的警察局地下室，爬上楼梯，走到户外。这幢房子正面有一大块突出的屋檐，所以屋前空出一块没有积雪的地面。艾莉希亚背靠墙坐着，膝盖缩在胸前。绷带已经解掉了，她一手拿着底部呈锯齿状的闪亮长刺刀，另一手拿了块磨刀石。她以平静、均等的节奏把刀刃在石头上磨动，先磨一边，再换一边，每磨完一遍，就拿起来看看成果。她起初似乎没注意到彼得，非常专注；后来，她察觉到他的存在，抬眼看他。她似乎该说些什么，但却什么也没说，脸上一点表情都没有，只有一种隐隐出神的感觉。

“我可以和你做伴吗？”他问。

“你想坐就坐下吧。”

他坐在她旁边的地上。现在他感觉到了，无法遏止的怒气宛如电流般从她身上流出来，弥漫在她周遭的空气中。

“这刀不错。”

她又开始耐心十足地磨刀。“尤斯塔斯给我的。”

“你觉得这刀够锋利了吗？”

“我只是找点事情来做罢了。”

他想继续找话说，但却不知道该说什么。你到底是怎么了，小艾？

“我应该生你的气才对，”他说，“你早该告诉我，你接到的命令是什么。”

“然后你会怎么做？跟我走？”

“反正我都开小差了，再多几天也没事。”

她对着刀尖吹气。“那不是给你的命令，彼得。别误会我的意思，我很高兴见到你，我甚至不觉得意外。说来奇怪，我觉得你理应在这里。你是个优秀的军官，我们需要你，但是我们都有自己的任务。”

他有点吓到了，优秀的军官？对她来说，他就只是优秀的军官？“这很不像你会说的话。”

“像不像都无所谓，事实就是如此。或许到了该有人说出来的时候了。”

他不知道该怎么回答。这不是他所认识的艾莉希亚。无论她在牢里经受了什么事，都让她变得更加退缩，仿佛根本没有她这个人存在似的。

“我很担心你。”

“嗯，别担心。”

“我是说真的，小艾，你有点不对劲。你可以告诉我的。”

“没什么好说的，彼得。”她直视他的眼睛，“或许我只是……醒来，面对现实。你也应该这样的。这并不容易。”

他心里一阵刺痛，看着艾莉希亚，想从她脸上找寻一丝一毫的温暖，但什么都没有。先移开视线的是彼得。

“你想她会碰上什么事？”他问。

他不必说得更明确，艾莉希亚知道他说的是谁。

“我试着不去想。”

“你为什么让她去？”

“我没让她去做任何事，彼得。这不是我能决定的。”

寒彻心扉的沉默。

“我真的该喝点酒。”彼得说。

她悄悄一笑。“这倒新鲜，我以前从来没听你说过这样的话。”

“什么事都有第一次啊。”然后他说，“你还记得我们在二十九棕榈碉堡找到威士忌的那晚吗？”

关于藏在办公桌抽屉里的那瓶酒，是为了庆祝修好车子，以及他们即将离开碉堡上路，他们轮流喝着那瓶酒，为东征科罗拉多的伟大探险之旅干杯。

艾莉希亚说：“天哪，我们那天晚上都喝醉了。迈克醉得最惨，连酒瓶都握不牢。”

“不对，我记得是凯勒柏。他打开一根荧光棒，把里面黏黏的东西涂得满脸都是，记得吗？他说‘看我，快看我，我是病鬼’！那孩子简直乐疯了。”

他霎时知道自己说错话了。时隔五年，那孩子的死仍然是个未愈合的伤口。这么长一段时间以来，彼得从没听过艾莉希亚提起他的名字。

“对不起，我不是故意……”

地平线闪过一道亮光。闪电？在冬季？片刻之后，他们听见轰隆声，声音不大，但绝对真实。

尤斯塔斯出现在楼梯底下。“我也听见了。哪个方向？”

是从南方传来的，但很难判断距离，他们猜大约有八公里。

“嗯，”尤斯塔斯兀自点头，“我猜我们明天早上就会有更进一步的消息。”

天亮不久，妮娜派的信差到了。炸毁藏身处所的工作已完成，他们的计策很成功。有传言指出，吉尔德亲自指派来督导逮捕行动的苏雷许部长也已经被炸身亡。大家都希望这是成功的先兆。

但是带给他们最大期待的，是第二条消息。有辆半联结车从前一晚开始就停在了“大计划”的场址前面，有一整队安全人力负责把守，至少有二十个人。

最后一部分的拼图拼上了，病鬼正在移动，吉尔德要亮出底牌了。

每个人都知道行动的可能后果。这计划看似可行，但是成功的概率却不高。吉尔德命令所有人到体育馆集合，城市其他区域的防卫人力势必减少，如果一切按计划进行，叛军会一举完成对这个政权的斩首行动。时机非常重要，有这么多不同的起义行动分别同时展开，而且一旦揭竿而起，彼此之间就无法通风报信，任何一个变量都可能让行动陷入混乱。

最大的变量就是莎拉。假设她在圆殿的地下室里，安排营救行动在策略上便极为棘手，而且没有人知道她女儿的下落。凯儿可能在圆殿，也可能在完全不同的地方。一旦他们开始进攻圆殿，展开火力攻击，要区分敌我几乎是不可能的任务。他们决定由霍里斯和迈克带领一支先遣小组进入地下室，他们只有五分钟的时间。之后，这幢建筑和里面所有的人都会成为攻击的目标。

尤斯塔斯会亲自率军攻击体育馆。炸药包里的硝化甘油是“大计划”工程进行期间，从场址偷出来之后加以改造的，威力虽然变得更强大，但稳定性却也变得更低。当初藏在圆殿交给莎拉、而今可能已经失踪的那个炸药包，也是同一类的炸药。虽然威力很大，但是要保证发挥效果，就必须把炸药送到十一魔身上，正如尤斯塔斯所说的“要让炸弹长脚”。彼得起初不明白是什么意思，后来才明白——那脚就是尤斯塔斯的脚。

各个小组会沿着排水管道的各个分支渠道进入城区的四个地点。尤斯塔斯的小组包括彼得、艾莉希亚、提夫第、萝儿和格瑞尔，他们会趁乱混进体育馆里。其他的叛军已经在妮娜的指挥下在看台上各就各位，以掌握情势。武器也已经藏在洗手间以及看台较高位置的楼梯底下。尤斯塔斯的现身就是攻击展开的信号。

随着第一丝夜色降临，他们启程了。没有必要掩盖足迹，不管结果如何，他们都不会再回来了。夜色清澄，广阔的天空群星闪耀，漠然俯望着大地。彼得想，或许也不是那么漠然。他衷心希望那上面有人会关心，就像格瑞尔说的。实在很难相信，距离他们上次在监狱里交谈仅仅过了几个星期。他们来到排水管道，开始步行。

彼得发现自己不只想着艾美，也想起了蕾西修女。蕾西修女和艾美完全不同，她以绝对无畏的态度面对巴柏寇克，坦然接受一切后果。彼得希望自己能证明她的牺牲是有价值的。

到了最接近体育馆的排水管道出口底部，他们分道扬镳。其余的小组继续前进到家园的各个地点，躲在地下，直到听见体育馆的爆炸声。那就是他们展开攻击的信号。只有霍里斯和迈克会提早行动，他们无法预知行动的时间，只能靠直觉进行。

“祝好运。”彼得说。他们三人握手，然后很不合时宜地拥抱。萝儿踮起脚亲吻迈克被大胡子遮住的脸颊。

“记住我说的话，”她对迈克说，“她在等你。你会找到她的，我知道。”

霍里斯和迈克继续沿着管道往下走，身影逐渐远去，然后消失。其余的小组成员也彼此握手，互相祝福，一一跟随他们离去。只剩下彼得和其他人等着。温度低得让人浑身麻痹，他们的脚全湿了，恶臭的污水浸湿了他们的鞋子。尤斯塔斯穿着橄榄绿的外套，底下藏着那致命的包裹，没有人开口，这个人越来越深沉。有一回私下交谈时，尤斯塔斯曾对彼得说，除此之外，别无他法，他很乐意做这件事。许多人因为他的命令而丧生，现在也该轮到自己上场了。

下午五点刚过，站在梯子顶端的提夫第说：“开始了。我们必须行动了。”

他们要每隔一分钟出去一个人。出口正好在一辆货车底下，这是妮娜小组的成员开来停在体育馆南侧的。迟早会有人注意到，但到目前为止，还没引起注意。他们一个个从人孔盖出来之后，会加入排队进体育馆的人龙里。这是很棘手的时刻，但也只是一连串棘手时刻的序曲。

尤斯塔斯率先出去。格瑞尔站在梯子顶端观察。“好了，”他说，“我猜他成功了。”

接着是萝儿和格瑞尔。进到里面之后，他们会在几个特定的地点碰面。艾莉希亚是倒数第二个，提夫第殿后。彼得在梯子底端就位，艾莉希亚站在他后面。像其他人一样，她穿着平地人的破旧上衣与裤子作为掩饰。

“对不起，射伤了你的手臂。”他已经说过一百遍了。

艾莉希亚露出她那种心照不宣的微笑，这是好几天以来她的第一个微笑。“去死啦，我们也差不多该对彼此动刀动枪了，反正我们其余的事都干过了。我只是很庆幸你的准头不怎么样。”

“这场面还真温馨哪。”提夫第面无表情地说，“可是我们真的该走了。”

彼得迟疑了一下，他不想让这几句话成为他们最后的话别。

“我对你说过，你有自己的机会，对不对？”艾莉希亚很快地给他一个拥抱，“你听见他说的了——快走吧。等尘埃落定之后，我会再见到你的。”

然而，她讲这句话的时候还是没看他，而且还移开了那双泪水迷蒙的眼睛。

荷拉斯·吉尔德眼前的问题是：到底该穿什么？

对他来说，西装和领带的时代已经结束了，他这一部分的人生已经告一段落了。西装是政府官员的装束，而不是永生圣殿最高祭司的服饰。

这实在很伤脑筋。他就连小时候也很少上教堂，妈妈偶尔带他去一次，但爸爸从来不去。在他的记忆中，祭司标准的装束应该是某种形式的长袍，就是那一类的衣服。

“苏雷许！”

苏雷许一瘸一拐地走进卧房。真是太惨了。他的脸浮肿发红，眉毛和睫毛都烧掉了；全身上下都是伤口和瘀青，皮开肉绽、体无完肤。过些日子应该会好一点，但是在这段时间里，整个人看起来就像复活节火腿和拳击大输家的混合体。

“给我一件侍女的袍子。”

“要干吗？”

吉尔德赶他出去。“去弄一件来就对了。大尺码的。”

他要的东西来了。苏雷许徘徊不去，显然希望吉尔德能解释一下这个古怪的要求，或者只是想亲眼看着吉尔德扭动身体套上这件衣服。

“你没有别的事要做吗？”

“我以为你要我待在这里。”

“天哪，别蠢了，快去看看车子安排好了没。”

苏雷许一跛一跛地走开了。吉尔德站在全身穿衣镜前，拿起那件袍子在身上比了比。老天哪，穿上这个东西，他一定会像个小丑。但是时间一分一秒过去，人力资源部人员随时都会把平地人赶进体育馆。稍稍延误并不见得不好——可以鼓动大家期待的情绪——但是如果耽搁太久，控制群众就会是个大问题，最好勇敢面对。

他把长袍从头顶套下，镜子里的人影并不是小丑，完全不是，反而更像个阿米希人①婚礼上的新娘，这件袍子完全没有线条可言。他从衣柜的架子上拿下两条领带，绑在一起，束在腰上。好多了，但还是少了什么。从童年与宗教仅有的几次接触经验，他记得教士身上都有某种披肩。吉尔德走到窗边，窗帘已拉开，用尾端有穗条的厚重金绳绑在窗框上。他解开金绳，披在肩上，穗条在腰间晃动。还不赖，就一个对宗教一无所知，也对时尚一无所知的人来说，这样算不错了。要是未来的历史学家们知道永生圣殿的最高祭司、文明重建者、人鬼合作新世纪的黎明牧者荷拉斯·吉尔德竟然是用两条窗帘束带让自己展现神圣的形象，必定会惊骇不已。

他打开门，看见苏雷许在那里等他。这家伙没了睫毛的眼睛睁得圆圆的。

① 原文为Amish，一群拒绝科技和电力，过着俭朴生活的基督徒。

“什么都别说。”

“我没打算说什么。”

“那就好，别说。”

他们搭电梯到门厅。整幢建筑寂静得惊人。吉尔德已经把大部分的私人随从派到体育馆去了，这里的爪牙和红眼人变少了，但控制体育馆的情势才是最重要的。车子等在门口，在寒风中排放废气，有吉尔德的座驾、有着大空间的半联结车、两辆扈随的卡车，再加上一辆维安的厢型车。他轻快地走向厢型车，两个爪牙站在车子后面。祭司的圣袍有个问题：在寒冬里无法保暖。他应该要带大衣的。

“打开。”

实在很难相信，坐在他面前的这个人是一切麻烦的来源。她长得应该算是漂亮，如果吉尔德往这个方向想的话。并不是说她长得秀气——她一点都不秀气。在肿胀变色的外表底下，她绝对是个坚强的人，有深邃的目光，刚强的五官，矫健结实却女人味十足的骨架。

但是在吉尔德的想象里，塞吉欧一直是个男的，而且不是普通的男人。他心中想象的那个人，是眼睛像针孔，胡子乱糟糟的香蕉共和国革命分子。但眼前这个简直像圣女贞德。

“你有什么话要说吗？”吉尔德才不在乎她要说什么，这样问纯粹只是为了取乐。

她手腕脚踝都上了镣铐，肿胀破裂的嘴唇让她的声音显得粗重，仿佛得了重感冒似的。“我想说，我很抱歉。”

吉尔德哈哈大笑。塞吉欧觉得很抱歉。

“为什么事情抱歉？”

“为即将发生在你身上的事。”

噢，到最后还顽强不屈。吉尔德知道这在所难免，但还是觉得很生气，他恨不得再多揍她几回。

“最后的机会。”那女人说。

“你的观点很有意思啊。”吉尔德回答说，他后退离开敞开的车门，“关起来。”

有好长一段时间，丽拉坐在床沿上看着那个孩子。窗子射进来一束束光线，落在孩子沉睡的脸与散落在枕头上的金色鬈发上。好几天以来，伊娃一直不肯让人安慰她，不是好几个钟头不肯说话，就是突然发脾气，乱丢玩具。但是睡着的时候，她就会卸下心防，再次变成小孩，安心宁静的小孩。

你叫什么名字？丽拉想，你梦见谁了？

她伸手想摸小女孩的头发，但突然住手。这孩子不会惊醒的，但这不是原因，原因是丽拉的手不配。这些年来，曾有好多个伊娃，但伊娃又始终只有一个。

对不起，小女孩，你不该忍受这个的，她们全都不该。我是天底下最自私的女人。我之所以这么做，都是为了爱。我希望你能原谅我。

小女孩翻身，把身上的被子拉紧一些，脸对着丽拉。她的下巴放松，微微发出一声呻吟。她会醒来吗？但是没有。她的手掌滑到下巴的弧线底下，一个梦接着一个梦，这一瞬间稍纵即逝。

最好是这样，丽拉想。我最好就这样悄悄遁入夜色，失去踪影。她缓缓从床沿起身，在门口，转头看了最后一眼，之后沉浸在回忆里：想起她和布莱德一起站在婴儿房门口，在他们以爱构筑的那幢房子里，看着他们的小女儿，那个包在毯子里的新生儿，这个世界的奇迹，躺在她的摇篮里。丽拉多么希望自己已经死了，在许多许多年以前。如果天堂是个有梦的地方，那么她愿意放弃永生，踏进那个梦境。

再见了，她想，再见了，某人的小女儿。

体育馆外面一大堆移动的人，场面混乱但又有秩序。彼得溜进人堆里，甚至没有人多看他一眼。他不过是另一张无名无姓的脸孔，又一个理平头、穿脏臭破布衫的人。

“继续走，继续走！”

他们排成四排，走上坡道，穿过铁门，进到体育馆。彼得左边是几道水泥楼梯，往上通向标有字母的大门。正前方，有一道更长的阶梯通向上方的平台。观众被分成两队——两排坐在比较低的座位上，两排爬上楼梯。场中央非常明亮，光线从各个门口射进来。彼得想找萝儿和尤斯塔斯的身影，但他们在前面，离他太远了。说不定他们早就分开了。门上的字母越来越靠后，P，Q，R，然后是S。

彼得单膝跪下，假装绑鞋带。排在他后面的人撞上他，吃惊地“哎呀”一声。不管你做了什么，都不要停下来。

“对不起，你先走。”

人龙弯曲，仿佛绕过他往前流动。拖着脚步前行的腿，他瞥见离自己最近的警卫。那人从十米之外朝他的方向瞄，很可能是想搞清楚为什么队伍会有点乱。转头吧，彼得想。

就在那名爪牙目光转移的瞬间，彼得冲进了楼梯底下的低矮空间。背后没有喊叫声。若非没有人注意到他，就是群众根本不在意，谨守服从的习惯。这里离位于看台底下的男厕入口有大约三米远。厕所没有门，只有一堵水泥墙用来掩蔽视线。彼得看看楼梯左右，拖着脚步前进的平地人形成了一片屏障。快！

厕所空间大得惊人，右边有一长排小便池和马桶。他快步走到底端，推开最后一间的门，看见一个黑色短发、神色凶狠的女人坐在马桶边上，用一把重柄左轮枪瞄准他的脸。

“塞吉欧万岁！”

她放下枪。“彼得？”

他点点头。

“我是妮娜。”她说，“走吧。”

她带他进到厕所后面的一个小房间，里头有办公桌和椅子，几个水桶和拖把，还有一排金属置物柜。妮娜从一个置物柜里拿出两把枪，彼得从没看过像这样的枪，介于来复枪和大型手枪之间，有格外长的弹匣，枪管底侧还突出另一个握把。

“知道该怎么用吗？”她说。

彼得把扳机往后扳，让她知道他会操作。

“这枪要握在腰间连续射击，每秒可以射出十二发子弹，如果你压着扳机，弹匣很快就射空了。”

她交给他另外三个弹匣，然后打开墙上一个像抽屉的面板。

“那是什么？”彼得问。

“垃圾倾倒槽。”

彼得站到椅子上，钻进去，脚朝下地往下滑。这条槽道倾斜似滑梯，让他往下坠的力道不至于太大，但是缓冲力显然还不够，他的双脚往外滑，整个人重重落地。

“什么人？”

眼前出现两个人，都穿西装。红眼人！彼得无助地仰躺在地，什么办法都没有。他胸口抱枪，但开枪会被人听见。在他一面爬开，一面挣扎着站起来的时候，那两个人都从枪套里掏出枪来。

这时，提夫第来了。他从左边那个人的背后冒出，枪托往上一挥，敲中那人的头。另一个人转过身来，提夫第抬脚一踢，踢得那人屈膝跪下。提夫第跨坐在他背上，拉着他的头发把头往后扯，然后用另一手扣住他的脖子一扭，咔嚓一声，归于寂静。

“没事吧？”提夫第抬头看彼得。那个死人的头还扣在提夫第的手腕上，以非常不自然的角度松软下垂。彼得看着另一个红眼人。暗色的血液从他的头部流到地上。

“没事。”彼得勉强挤出回答。

他们背后传来飒飒风声，妮娜也从垃圾倾倒槽滑了出来。她猫儿似的落下，动作流畅地举起手枪扫视周围一圈。

“看来我来迟了。”她把枪对着天花板，“你是提夫第。”

有那么一会儿，提夫第什么都没说，他专注地凝视着她。

“你可以放开他了，你知道的，”她说，“这样并不会让他死得更彻底。”

提夫第移开凝望的视线，放下那个死人，站起来。他似乎有点心烦意乱，彼得很好奇是什么原因让他如此。

“我们最好把这两具尸体藏起来。”他说，“尤斯塔斯进来了吗？”

“要是他没能进来，我们会听到消息的。”

他们所在的位置是个载货区。左边有个大到可以驶进大卡车的隧道，应该是通向外面的；右边是个比较小的走道。墙上画了一个箭头，写着“访客置物区”。

他们把尸体藏在一堆箱子的后面，然后穿过走道。他们现在是在场地的下方，靠南侧。走道尽头是一道向上的楼梯，灯光勉强可以让他们看得见。彼得听见头顶有观众喧嚷的声音。

“我们在这里等到开场。”妮娜说。

在厢型车后座，艾美什么都看不见。一扇小窗隔开后座和前面的驾驶位，但是驾驶员把窗子关上了。她的身体很像被脱缰的马拖着跑过，但她的心非常澄澈，专注于当下。厢型车开下山，直往前开，轮胎卷起泥泞和雪，喷溅在轮毂上。

“喂，后面的。”

窗子打开来，驾驶员透过后视镜看着艾美，脸上挂了一抹充满邪气的微笑。

“感觉如何啊？”

坐在前座的另一个人笑了起来。艾美一句话都没说。

“你们这些该死的家伙，”驾驶员说，他眯起眼睛看后视镜，“你知道你们杀了我多少朋友吗？”

“你称呼他们为‘朋友’吗？”

“当然是朋友。”他露出阴险的笑容，“你等着看好了，他们会把你撕成碎片。”

厢型车驶过地上的大坑洞，颠了一下，撞得镣铐哐当响。“你叫什么名字？”艾美问。

驾驶员皱起眉头，他没料到一个即将赴刑场的女人会问他这个问题。

“快点，告诉她嘛。”另一个人说，他挪移身体的重心，面对窗口，“他叫大条。”

“大条？”艾美说。

“是啊，大家都这样叫他，因为他那儿很短。”

“哈哈，”驾驶员说，“好好笑哟。”

对话似乎结束了，但驾驶员的眼睛又瞟向后视镜。

“你对吉尔德说的话，”他说，艾美感觉到他语气里的不确定，“即将要发生的事，我是说，你只是唬他的，对吧？”

艾美收回座椅下的一只脚，思绪深深地射进他眼里。这时，驾驶员突然踩下刹车，害得另一个人的脸撞上挡风玻璃。跟在他们后面的那辆车撞上了他们的保险杠，那人再次重重地跌靠在椅背上，随即听见了玻璃碎裂和金属被压变形的声音。

“该死的你是怎么搞的？”前座的那人捂着脸说，血从他的指尖淌下，“你害我被撞断鼻子了，你这个王八蛋！”

车队停下来。艾美听见有人敲车窗。

“怎么回事？你为什么停车？”

驾驶员有点迟钝地回答：“我不知道。我不知是睡着了还是怎的。”

“天哪，看看这个。”前座的那名警卫说，他举起血淋淋的手给车窗外的那人看，“看看这个白痴干了什么好事。”

“你需要别人来开车吗？”

艾美透过后视镜看着那名驾驶员，他的头仿佛没连在脖子上似的晃了晃，“我没事，我只是……不知道，好怪，没事了。”

窗外的那人沉吟了一下。“好吧，小心点，可以吗？我们就快到了。专心一点。”

他走开。厢型车再次缓缓往前驶去。

“你是个浑蛋到极点的龟儿子，知道吗？”

驾驶员没搭腔。他瞟了艾美一眼，两人的目光在后视镜里交会。霎时，她看见那人眼中的恐惧。他立即移开视线。

晚上九点四十分，霍里斯和迈克蹲在草药铺后面的巷子里。他们透过望远镜，看见艾美被押上厢型车，车队开向体育馆。十二名男女叛军所组成的袭击小组会携带枪械与管状炸弹攻占圆殿，但此刻他们还躲在暴雨排水管道里，距头顶上的地面五米远。

“我们要等多久？”迈克问。

这个问题简直多余，霍里斯耸耸肩。虽然整个城市呈现空城的气氛，但是从他们所在的后巷望去，圆殿入口至少还有二十人的卫队驻守。

他们没言明的是，他们无从得知莎拉和凯儿是不是在圆殿里，而且就算她们人在里面，就算他们通过警卫那一关，也不知道该怎么找到她们——这一连串事前想来都不难克服的假设性问题，在真正面对的此刻，就显现出难度来了。

“别担心萝儿，”霍里斯说，“那女孩会照顾自己的，相信我。”

“我说过我担心吗？”但是迈克当然担心，他担心每一个人。

“我喜欢她，”霍里斯说，他还在用望远镜观察周围的情势，“她配得上你，比小艾好。”

迈克吃了一惊。“你为什么这样说？”

霍里斯放下望远镜，直视他的眼睛。“拜托，电路，你向来就很不会说谎，你记得小时候你们两个在一起的样子吗？就算是在当时，也明显得不得了。”

“真的？”

“对我来说，是的，全都很明显，你啊，她啊。”他耸耸宽阔的肩膀，又拿起望远镜，“大部分是你啦。我永远搞不清楚小艾的想法。”

迈克想要否认，但是却办不到。自从有记忆以来，小艾就在他心里占有一席之地。他竭尽所能地压抑自己的感情，因为他们不会有好结果的，但他始终无法完全摆脱这样的感觉。事实上，他也从没真正努力尝试过。“你想让彼得知道吗？”

“你该担心的是萝儿，那女孩精得很。至于彼得，你得问他才知道。我想他明白，可是有时候你明明知道某件事，却以为自己不知道。”霍里斯突然紧张起来，“注意。”

有辆车驶近，车头灯照进了巷子。他们紧紧贴在门上。迈克屏住呼吸，五秒钟，然后十秒钟过去，卡车开走了。

“你对谁开过枪吗？”霍里斯悄声问。

“只杀过病鬼。”

“相信我，一旦开始行动，事情会比你想象的简单。”

尽管天寒地冻，迈克却开始冒汗，心脏抵着肋骨怦怦跳。

“无论发生什么事，去找她就对了，可以吗？”迈克说，“找到她们两个。”

霍里斯点点头。

“我是说真的，我会掩护你。冲过门进去就对了。”

“我们一起冲。”

“这样行不通。你必须自己进去，霍里斯。了解吗？千万别停下来！”

霍里斯看着他。

“就这样说定了。”迈克说。

和其他人一样，萝儿和格瑞尔成功混进了平地人人群里。趁着平地人排成的人龙各自被带向不同的座位时，他们拼命挤向上方，先是混在被带向第二排的队伍里，接着是第三排，最后终于来到看台的顶端。他们在通往控制室的楼梯底下会合。

“干得好。”格瑞尔低声说。

他们取出武器：两把老旧的左轮手枪，是要留到最后关头才用的；两把刀，十五厘米长，刀柄有雕花铁环。最后进场的观众被催促入座。格瑞尔对平地人的服从性啧啧称奇，每个人都麻木地乖乖听从指挥。他们是奴隶，只是自己不知道而已——又或者他们知道，只是长久以来已经接受事实了。全部？或许不是全部。那些不完全认命的人，就是行动成败的决定性因素。

“你想和我一起祷告吗？”他问。

萝儿怀疑地看着他。“我很久没祷告了，我不确定是否自己还记得该怎么做。”

他们屈膝跪地，面对面。“拉着我的手。”格瑞尔说，“闭上眼睛。”

“就这样？”

“试着放空，想象一个空房间，不是房间，是什么都没有。”

她握着他的手，脸上微微有些尴尬。她紧张到掌心冒汗。

“我以为你要说什么呢，就像修女那样，圣神祝福，上帝保佑之类的。”

他拉着她的手。“这次不说。”

格瑞尔看着她闭上眼睛，自己也闭上。全心专注的时刻：他感觉到一股暖意扩散开来。接着，他的心思汇入超越思想、无法衡量的能量里。**我的上帝啊，**他祷告，**请与我们同在，请与艾美同在。**

但是有点不对劲，格瑞尔觉得痛、好痛。但疼痛感随即消失，取而代之的是黑暗。黑暗占据了他的意识，宛如黑影掠过田野，死亡，惊恐的蚀影，黑暗的面纱。

我是莫里森—查维兹—巴菲斯—杜瑞尔—温斯顿—索萨—艾珂—蓝布莱特—马丁内兹—雷恩哈特……

他甩开黑影。魔咒打破了，他又重返世间。他看见什么了？十二魔，没错，但是其他的呢？他感觉到的是谁的痛苦？萝儿还跪着，张开双臂。她也感觉到了，格瑞尔从她脸上惊骇的表情可以知道。

"华格斯特是谁？"她问。

丽拉仿佛脚不着地地穿过走廊到大厅去。她的行动有种不屈不挠的感觉，一旦做出某种决定，就非完成不可。她要找的是位于建筑另一端长廊尽头的楼梯。一转过墙角，她就开始跑，好像有人在后面追她似的冲向那道门。胖胖的警卫从椅子上跳起来，拦下她。

"你想要去哪里？"

"拜托，"她气喘吁吁地说，"我好饿。所有人都不在。"

"你不能到这里来。"

丽拉掀开面纱。"你知道我是谁吗？"

那警卫一惊。"对不起，夫人。"他结结巴巴地说，"当然知道。"

他从吊在皮带的绳子上拉出一把钥匙，插进锁孔。

"谢谢你，"丽拉说，尽力显出如释重负的表情，"你真是大好人。"

她走下楼梯。在底端，又碰见一个警卫，站在通往血液处理设施的铁门门口。她已经很多年没下来了，但她清清楚楚地记得那利益至上的恐怖画面：躺在台子上的身体、大型冷冻柜、让物体永远微微发亮的那种有着甜甜味道的气体。警卫一手搁在枪托上，盯着她看。丽拉这辈子都没开过枪，希望不会太难。

她以自信的步伐走向他，在最后一瞬间扬起脸，深深望进他的眼里。

"你累了。"

躲在体育馆北侧的选手休息棚里，艾莉希亚取出半自动步枪里的弹匣，毫无目的地检查一番，吹掉想象中的灰尘，然后再装回去，用手掌底部用力推回定位。她已经把弹匣取下装上十次了。这把枪是点四五的柯尔特自动手枪，有方格花纹木柄，每个弹匣十二发子弹。十二发，艾莉希亚想，寻找其中的讽刺意味。这宇宙运行的方式有时候实在太奇怪了，但也不无乐趣。

周围响起喃喃低语。艾莉希亚跪下来，偷偷望向场地里。开始了吗？有个奇怪的东西被拖进场来——Y 字形的铁制品，六米高，附有一座宽阔的台子，顶端的横杆垂下铁链。那辆卡车停在场地正中央，两个爪牙现身，跑向车后的拖车。他们把木板滑进车轮底下，用绞轮拉起车鼻，解开拖车，然后把卡车开走。

她做好了最后的准备。刀原本用粗绳绑在她的大腿上，她解下刀，插进皮带里。

艾美，她想，**艾美，我的血亲姐妹。我只有一个要求。**

让我动手杀了马丁内兹。

车队停在体育馆的主坡道外面时，吉尔德还为方才的汽车追撞而惴惴不安。他们运气很好，没撞得太严重。

但就算车队平安抵达让他觉得有些如释重负，眼前这座在寒夜中灯火通明的体育馆也让他立时从这个错觉里醒悟过来。他下了车，踏进鼎沸的人声里。不是欢呼——这些人太胆小，不敢欢呼——就只是七千人聚在同一个地方，发出同一个噪声——属于他们自己的声响。七千对肺脏开开阖阖，七千双脚迟缓移动，七千个后背在水泥椅上挪移，想坐得舒服一些。当然也混杂着其他的声音，咳嗽声，婴儿哭声，但吉尔德听见的，大部分是一种从地底发出的轰隆声，宛如地震过后的声音。

“把她带过去。”他说。

警卫把艾美拖下厢型车。他们拖走她的时候，吉尔德觉得自己没必要多看她一眼。他指示苏雷许将半挂车开到位。卡车往前开下坡道到球门区。

吉尔德对于如何呈现整个场景有过一番深思熟虑：那必须是一场盛会。他拼命思索该怎么做才好，最后终于想出足以震慑人心的类似场景——在重大体育赛事举行时，精心策划的隆重出场。苏雷许扮演的是舞台总监的角色，协调各种视觉与听觉效果，让今晚的演出能达到壮观的程度。他们一起检视列表上的各个项目，音响、灯光、演出之类。

他们在下午排练过，发现了几个问题，但都是可以处理的，而且苏雷许保证一切都会顺利无碍。

他们走上坡道，一跛一跛的苏雷许竭尽所能跟上脚步。人力资源部人员排成两排，站在熄火的半挂车两侧。官员都已经在靠近场地的包厢里就座了。群众的噪声宛如浪潮向吉尔德袭来，让他沉浸在能量之中。场地中央的积雪已经扫干净了，剩下一片泥泞的土地，台子和架子也已经竖立在场中央了。很棒的设计，这点子是苏雷许想出来的。叛军差点把他炸死，换作谁都会抓狂。

身为医生的他，似乎也是最了解怎么杀人最有趣的人——把她吊得高高的，可以让所有人有机会看见她的真面目，也可以让她感觉到更多的痛苦，而且痛苦也会持续得更久。

吉尔德复习笔记时，苏雷许忙着把麦克风别到他身上，把电线拉到他背后，接到扩音器上。扩音器已经夹在吉尔德那条用领带改造成的腰带上。

“压这里，”苏雷许要他看那个弹压的开关，“声音就出来了。”

苏雷许退下。吉尔德拉下耳机，调整麦克风，开始倒计时。

“音响。”

（好了。）

“灯光。”

（好了。）

“施火队。”

（好了。）

一一点名。这些声音在吉尔德耳朵里隐隐回响，他甩甩裹在袍子里的手臂，宛如等待上场的拳击手。他过去一直不明白这个动作的意义，认为似乎只是空虚的表演技巧，现在他了解其中的内涵了。

“你准备好了就开始。”苏雷许说。

于是，终于到了这一刻。观众会受到多大的震撼啊。吉尔德戴好眼镜，深吸一口气。

“好了，各位。”他说，“打起精神来，比赛开始了。”

他踏进灯光里。

29

“黛妮，醒醒啊。”

这声音好熟悉，是她认识的人。从高高的上方飘来，叫着这个有点印象，却又奇怪的名字。

“黛妮，你一定要睁开眼睛，我要你努力试试。”

莎拉感觉到自己的心浮现了，身体慢慢成形。她突然觉得冷，喉咙又紧又干，尝起来有点甜味。她应该要睁开眼睛的——那个声音叫她这么做——但是眼皮却像有千斤重。

“我要给你一个东西。”

这是丽拉的声音吗？莎拉觉得手臂刺痛。没事。然后——

噢！

她猛然坐起，整个身体骤然前倾，心脏抵着胸骨狂跳。空气灌进肺部，刮擦着她干涸的喉壁，让她一阵干咳。

丽拉把一个杯子塞到她嘴边，用手掌扶着莎拉的头。“快喝。”

莎拉喝到的是水，冷水。周围的景象开始聚拢。她的心还是像鸟儿那般狂跳，四肢有一点一点的刺痛感，她记得这种痛，也确确实实感觉到了。她的脑袋和身体若即若离。

“你没事的。”丽拉说，“别担心，我是医生。”

丽拉是医生？

“我们得快一点。我知道很不容易，但是你站得起来吗？”

莎拉觉得自己办不到，但是丽拉扶她起来。她从轮床上把脚放到地上，丽拉扶着她的手肘。莎拉的病服底下有白色的绷带缠在大腿上，前臂还有更多绷带。她完全不知道发生了什么事。

“他们对我做了什么？”

“他们抽了骨髓，从臀部开始。这就是你觉得痛的原因。”

莎拉的脚踏在地板上。这时她才意识到丽拉的出现有违常理——丽拉来拯救她。

“你为什么有枪，丽拉？”

莎拉认识的那个虚弱、恍惚的女人已经不见了。她一脸急迫。“快。”

踏进走廊时，莎拉看见了第一具身穿实验袍的男子尸体俯卧在地板上，从四肢摊开的凌乱姿势来看，应该是在瞬间死亡的。附近也倒了两个人，一个胸口中枪，一个被射中喉咙，但这一个并没有死。他靠墙坐着，双手捂住脖子，胸口还在浅浅抽动，是佛林医生。透过喉咙的那个洞，他发出喀喀的呼吸声，嘴唇翕动，但无法讲出话来。他用哀求的眼神看着莎拉。

丽拉扯着她的手臂。“我们得快一点。”

她不必再说第二遍。更多尸体——鲜血四溅，突然受到惊吓的姿势，看不见的眼睛流露出诧异的表情——散落在各处，简直是大开杀戒之后的场景。丽拉可能做得到吗？来到走廊尽头，沉重的铁门敞开着，里面躺了一个爪牙，头部中枪。

“把她弄出去。”丽拉命令她，“这是我对你的最后一个要求。做你该做的吧。”

莎拉知道她指的是凯儿。“丽拉，你在做什么？”

“老早之前就该这么做了。”丽拉脸上浮现出平静的神情，眼里散发出温暖的光芒，“很快就会结束了，黛妮。”

莎拉有点迟疑。“我不叫黛妮。”

“我想也是。你叫什么名字？”

“我叫莎拉。”

丽拉缓缓点头，仿佛认同这是个适合她的名字。

她拉起莎拉的手。“你会是她的好妈妈，莎拉，”她捏紧她的手说，“我知道的。快跑吧。”

吉尔德踏上场中央，观众立时静默无声，七千张脸孔全转头看他。他静静地站了一会儿，环顾全场，酣饮这一片静寂。他会像教士一样，以谦卑的姿态入场。走向台子时，时间似乎拉长了，谁知道走过这五十米的距离竟要花这么长的时间？每走一步，周围的静寂似乎就更深一分。

他来到台子上，望着观众，先是场地的这边，接着是另一边。他的手滑到腰际，压下开关。

"全体起立，唱国歌！"

一点动静都没有。他压了正确的按钮了吗？他看着苏雷许，那人站在场界外面，双手不知道在忙着卷什么。

"我说，请起立！"

观众慢吞吞地站起来。"家园，我们的家园，"吉尔德开始唱，"我们奉献生命……"

我们付出劳力，不求报偿，家园，我们的家园，一个国家在此矗立。安全，希望，防卫，从海洋到闪亮的海洋……

吉尔德的心一沉，发现除了他之外，几乎没有人开口唱。他隐约听到这里那里有几个零星的声音，是人力资源部人员，当然，还有官员们。这让整件事情的意象更明晰——群众在罢唱抗议。

家园，我们的家园，和平又美丽的家园。天堂之光照耀你的丰饶美景。我们的心，我们的灵魂！我们看见你的爱。让我们心手相连，团结的国土，强壮自由！

这首歌感觉上像唱到某一句就戛然而止，并没有唱完。这不是个好兆头。有几颗汗珠开始从他的腋窝冒出来，沿着躯干一路畅行无阻地往下滑。也许他应该找几个会唱歌的人安插在群众里，带动气氛。然而，吉尔德还是计划好了几件事，来让大家完全融入今晚的转型大庆典。他清清嗓子，再次看了一眼苏雷许，那人赞同地点点头，然后开口讲话。

"今天，在新世纪的前夕，我站在各位面前——"

"凶手！"

观众席里响起嗡嗡的讲话声。喊叫声是从他背后传来的，在看台的高处。吉尔德转身，盲目地搜寻那一大堆脸孔。

"刽子手！"

这是个女人的声音。吉尔德看见她站在栏杆旁边，高举拳头，狂乱挥舞。

"你这个屠夫！"

"谁去逮捕那个女人！"吉尔德对着麦克风大吼，太大声了。

观众席爆出喝彩声。许多东西被丢出来，丢到场中央来。众人丢的是他们仅有的东西——自己的鞋。

"魔头！杀手！虐待狂！"

吉尔德僵住了，这个场面完全在他的意料之外。他给苏雷许打了个暗号，压下开关。在骤然迸放的彩色光线与烟雾里，小货卡载着绑在车斗里的那名女子来到场中央，庞大的半联结车跟在后面。与此同时，施火队在场地周围跑动，点燃一桶桶浸过乙醚的木柴，让场地周围有一圈火光跃动。小货卡停在台子前面，半联结车却转了一个大弯，开始倒车。警卫打开小货卡的尾门，拉下那个女人，把她推倒在台子底下的一片泥泞里。

"起来。"

群众开始鼓噪——嘘声、口哨声，鞋子像飞弹般射下。

"我说，站起来。"

吉尔德用力踢她，踢中了她的肋骨。看她没哭，他又踢了一下，然后把她拉起来，脸凑近她，挨得好近，两人的鼻尖碰在一起。

"你不知道自己面对的是什么情况？"

"其实，我知道。你可以说我们是老朋友了。"

他不懂这句奇怪的话是什么意思，但他并不在乎。他招手要警卫把她带走。那女人一点抵抗都没有，任由他们把自己拖到那个架子底下，逼自己跪下。她在强光底下看起来更单薄，几乎像个洋娃娃。但是吉尔德还是看得见她眼里的顽强不屈，绝对拒绝屈服。他希望病鬼们慢慢来，或许先好好地咬她。警卫解开她的镣铐，然后用垂挂在架子上的铁链绑住她的手腕。

他们开始把她吊到架子上。

她每次上升，群众的叫嚣就更响一分。抗议？期待？眼睁睁看着一个人被撕成碎片的情绪震撼？他们恨他，吉尔德知道，但他们现在也是这个行动的一部分了，他们的黑暗能量已成为今晚转型力量的一部分了。

那女人高高吊在空中，双臂伸开，绑在两侧，身体摇晃着。

“最后遗言？”

她想了想。“再见。”

吉尔德哈哈大笑。“真是好样的！”

“我指的是相反的意思。”

吉尔德听够了，他转身走到半挂车后面。两个身穿厚重防护垫的爪牙站在门边。苏雷许在场边凝望着他。吉尔德迎向他的视线，点点头。

嗨，丽拉，他想，你这个满脑子幻象的过气人物，看看这个吧。

突然之间，一片静寂。体育场陷入黑暗之际，一切动作都冻结了。

蓝光乍现。

行动的时间到了。格瑞尔和萝儿从藏身处跳出来，冲上楼梯，通向控制室的门口只有一个爪牙在把守。格瑞尔冲上前去。

“搞什么鬼？”警卫注意到他们的刀，“哇啊。”他喊。

格瑞尔抓住他的双耳——过大的耳朵从头两边冒出来，活像两个把手——然后用额头撞那人的头颅。他倒下，活像一棵倒地的大树。

他们闯进门里，里面也只有一个人，一个红眼人。那人戴着附有麦克风的大耳机，坐在有一大堆闪光和开关的面板前，俯瞰沐浴在蓝光里的场地。耳机让他没注意到他们进来。按照格瑞尔和萝儿的默契，这次轮到她上场了。

红眼人抬起脸。“嘿，你们不该进来的。”

“没错。”萝儿轻快地闪到他背后，左手贴上他的额头，然后举刀划过他的喉咙。

半挂车的门敞开。

他们堂皇登场，宛如国王。他们的动作缓慢庄严，从容不迫。他们一点都不急，表现出自成一格的沉着泰然。没有人会错认他们的身份，他们高耸如塔，他们雄伟的高度与宽度占据了极大的空间。他们以一代又一代人的鲜血为食，让自己膨大如巨人。就连卡特，体形相对较小的卡特，在他的兄弟群中似乎也变得宏伟。

看见这惊人的景象，群众全都屏住了呼吸，随之而来的必定是尖叫声，吉尔德一点都不怀疑，但是在这十一魔现身的此刻，充满期待的寂静主宰了全场。这几尊庞然大物踏步向前，非常壮观。他们的后背挺直，强而有力的爪子关节分明，宛如某种专门制造痛苦的巨大器械。有着巨人外观的他们是活生生的传奇，是地球上最大的赢家。

警卫纷纷跑向场边，以求保命，但吉尔德一点都不在意，他的心中盈满荣光。

我的兄弟们，吉尔德想，我把这个礼物，这个前兆呈献给你们。这个可口的小点心，这个前菜。我的兄弟们，来吧，我们一起来统治地球。

妮娜的进攻小组冲上楼梯，来到场边的一个选手休息棚，位置正好在高阶官员座位区底下。一旦尤斯塔斯采取行动，他们就会冲到场上，转身面对敌人，发射出短筒自动步枪里的子弹。

但是现在，行动即将开始的最后时刻，他们蹲在藏身处，像其他观众一样，体验到那种强烈的情绪，既有惊恐，又有惊叹，还有他们无法形容也无法以人生中的其他经验来比拟的感觉。同时出现在眼前的三个具体影像，让彼得很难消化：现存于世的十一魔近在眼前，离自己仅仅几米之遥；艾美被吊在锁链上，是诱使他们前行的诱饵；而艾美也不再是艾美，是个已然长大成人的女子。尽管格瑞尔和艾莉希亚都要他先做好心理准备，但是任谁说的话都无法让他对眼前的这个事实做好准备。

尤斯塔斯人呢？

彼得看见他了。他站在球门的栏杆旁——看上去就只是某个被迫亲眼见证的平地人。十一魔站在吉尔德面前，像一排待命的士兵。真该死，彼得想，你们站得太开了，靠拢一点吧，你们这些王八蛋。

吉尔德举起手臂。

丽拉独自一人。圆殿静悄悄的，宛如一只屏住呼吸的巨兽。这个地方，她想，这个痛苦的殿堂，这世界怎能容许这样的地方存在呢？

这把枪没有子弹了。她把枪摆在地上，冲回走廊。每一扇门后面都有一个躺在台子上的人，生命一点一滴流尽的人。她没有时间救他们，丽拉觉得很遗憾，但至少她可以让他们不再受折磨。

她走过一个又一个房间，用从警卫那里拿来的那串钥匙打开一道又一道的门，对被绑在里面的人说几句祝福的话，然后打开乙醚槽的阀门。空气中弥漫着甜腻的气味。她的行动开始变得迟缓，她得要快一点才行。任由背后的门敞开，她沿着走廊往下走。两边墙上每隔一段距离就有警告标识：乙醚施放，勿引火。

她来到最后一道门，试了一把又一把的钥匙，手指笨重而不灵敏——她已经吸进乙醚了。钥匙插进锁孔，门开了。

一看见他，她的心就碎了。他们把他锁在地上，全身剥得精光，让他永远悬在死亡的断崖上。

那些恶魔！她怎么能让这痛苦至极的场景上演呢？她怎么能等了一百年才来解除他的痛苦呢？

“劳伦斯，他们是怎么虐待你的？”

她屈膝跪在他身边。他的眼睛瞪得大大的，但是目光却穿过她，望向另一个世界。她摸着他满是皱纹的脸颊和干皱的下巴，垂下头，额头抵着他的额头，轻轻摸着他的脸。“劳伦斯，”她低声唤他，一遍又一遍，“我的劳伦斯。”

他的嘴唇终于挤出话来：“救……我。”

“我当然会救你，亲爱的。”丽拉泪如雨下。走廊里已经满是乙醚气体。丽拉从睡袍的口袋里掏出一盒火柴：“我们会拯救彼此。”

看台高处，格瑞尔和萝儿也在等待十一魔开始行动。

“该死！”格瑞尔看着望远镜说，“他们为什么还没有动静？”

吉尔德的手还高举着。是怎么回事？他放下手，然后再次举起，焦躁不安地挥着。还是没有反应。

“混账东西！”

萝儿的手放在开关上，声音显得有点慌乱。“我该怎么做？我该怎么做？”

“我不知道！”

这时格瑞尔看见场上有动静了，一个人影从球门区跑出来——尤斯塔斯。

“动手！打开灯！”

然而，已经来不及了。

莎拉拼命跑。她冲过大厅——外面为什么有枪声？——然后穿过走廊，到丽拉的套房，冲进门里。

“凯儿！”

那孩子睡在她的床上。就在莎拉把她抱起来时，她睁开眼睛：“妈咪？”

“我在这里，宝贝。我在这里。”

她现在可以肯定了，外面有人开火（虽然她并不知道，这时她的弟弟迈克正冲上楼梯，大腿上挨了一颗子弹。但他发现疼痛一点都不重要，只纯粹靠着肾上腺素往前冲。霍里斯没骗他，一旦行动展开，对人开枪一点都不难，他又干掉了两名警卫之后，双腿发软瘫下，枪从手里滑掉——反正这把枪也已经没子弹了——开始眼冒金星）。莎拉抱着女儿拼命冲过走廊。我的孩子，我的孩子。她们或许会活，或许会死，但无论是哪一种情况，她们都要在一起，她们再也不要分开。

她快步跑到大厅，正好撞上一个人从大门进来。他的衬衫上全是血，手里拿着枪，留满大胡子的脸坚决刚毅。莎拉陡然停住脚步。

霍里斯？

高踞在场地上方的位置，所有的动静尽收艾美眼底。几千名群众高声鼓噪，吉尔德莫名其妙地高举双手，妮娜的小组从球员休息棚冲出来，对着那几排穿西装的男子开火，有人惨叫找寻掩护，有人什么都没做，一脸不解地任由身体喷溅出死亡的红影。

艾莉希亚出现在场上，手拿武器，准备要进攻。尤斯塔斯从球门区冲出来，胸前绑着炸药，在他背后的爪牙单膝跪地，举起来复枪，瞄准他。鲜血溅起，尤斯塔斯旋转踉跄，炸药弹开。这一切事件在她身边展开，宛如星球在轨道上旋转，似一个不断回转的宇宙。然而，他们的存在只轻轻掠过她身边，宛如微风轻拂过她的感官。她站在中央，她和她的至亲，而就在这里，在这个舞台上，一切都将盖棺定论。

我的兄弟，你好。好久不见。

我们是莫里森—查维兹—巴菲斯—杜瑞尔—温斯顿—索萨—艾珂—蓝布莱特—马丁内兹—雷恩哈特……

我是艾美，你们的姐妹。

她就在这时感觉到了他的存在，在邪恶之中，一道闪亮的光芒。艾美的眼睛寻觅卡特。他和其他人离得稍远一些，以他特有的姿势蹲着。

那不是卡特。

爸爸。

是的，艾美，我在这里。

她的心中充满了爱，泪水涌上眼眶。

哦，爸爸，对不起。转头别看，转头别看。

场中央亮起灯光，艾美闭上眼睛。这就像打开一道门，她是这么想象的。不是出于意志，而是出于投降的行为，放弃此生，放弃这个世界。她的脑海里闪过一幅又一幅影像，速度比思想还快。她妈妈跪下来搂着她，那拥抱里有光明的力量，然后是她离去时的背影。华格斯特，他的大手贴着她的脊骨，站在她身边，陪她在音乐与灯光里坐旋转木马。星光闪烁的冬季夜空，是他们躺在雪地上扮雪天使的那个夜晚；凯勒柏，她替他盖好被子时，他睁着那双慧黠的眼睛，问她“有人爱你吗？”；彼得，站在孤儿院门口，两人双手相触，以碰触表达着言语无法传达的情感。这些记忆一一在她脑海中掠过，全部消失之后，艾美凝聚心思，对着她所珍爱的那些人道别。

她打开那道门。

在场边上，彼得和其他人对着前排的那些高阶官员射光了枪里的子弹，正在重新装填弹匣。他们还不知道尤斯塔斯已经被射倒了，只知道灯光按照计划亮起，是行动开始的信号。他们预期爆炸会随时在背后发生。

结果没有。

彼得转身面对舞台。沐浴在强光里的病鬼采取了各种自我保护的姿势。有些把脸埋在臂弯里，踉跄后退；有些倒在地上，蜷起身体，活像睡在摇篮里的小宝宝。这景象极为骇人，彼得将终生难忘，然而和舞台上发生的事情相比，这又算不上什么了。

艾美不知道怎么了，她猛烈撞击锁链，力道之猛，整个人仿佛就要被撞成碎片似的。一次又一次，每一次的力量都比上一次更强。最后，在一阵断骨碎身的撞击之后，她整个人瘫软下来。在这一瞬间，彼得满怀希望地以为一切都结束了。

没有结束。

发出宛如动物的一声深沉号叫后，艾美把头往后仰去。现在彼得知道自己看见的是什么了。应该要花上几个钟头才能完成的过程，压缩在短短几秒之内发生了。艾美五官融化成像胎儿那样模糊，牙齿突出，变成两排尖尖的利牙，脊椎拉长，手指和脚趾弯曲成爪子。皮肤硬化，变成厚厚、透明的硬甲。她周围的空间开始发亮，仿佛她变身的加速力点燃了空气似的。猛力一扯，艾美把锁链拉过胸前，干净利落地从木架上扯落。她轻巧落地，以流畅优雅的蹲姿吸收了坠落的冲击力。场上不止十一个，而是十二个。

那十二个。

她起身。她怒吼。

就在这时，丽拉·凯亚和劳伦斯·葛瑞，尽管没有人真正知道他们的命运，但他们在圆殿的地下室，手拉着手，一起数到三，火柴棒划过，所有的灯光瞬间熄灭。

30

地下室的爆炸携着大约一千四百五十公斤高压挥发性乙醚瞬间引爆的威力，释放出相当于小型喷射客机撞击的力量。因为无处可去，爆炸产生的威力只能往上冲，寻找所有管道容纳急遽产生的氧化膨胀——楼梯、走廊、管道间——直到最后再次压缩，冲破地板喷发出来。一旦进入整幢建筑的大空间里，其余的一切就只能听任宰割。窗户炸裂，家具飞天，墙壁不复存在。爆炸产生的威力往上冲，而且一面上冲一面卷起极具毁灭力的回旋气流，宛如一道从下往上喷发的飓风，卷起所有的东西，从炽热的中心飞射出来。直到最后，这股力量找到建筑的骨架：自从拓荒时期就已支撑屋顶耸立在艾奥瓦大草原上的钢铁横梁和精雕细琢的石灰岩块，接着把它们全炸成碎片。

圆殿开始崩塌。

五公里之外，体育馆的观众眼睁睁看着圆殿毁灭，以及随之而来的一连串事件：先是一道火光，接着轰隆一声，再来是深沉大地的震荡晃动，以及城市电力系统损坏所带来的黑暗。所有人都僵住了，但是转瞬间，情势开始转变了。他们之间产生了一股新的力量。谁能说是谁吓坏了谁？埋伏在群众里的叛军已经开始攻击警卫了，但是他们不再是孤军作战，群众揭竿而起，他们如江河溃堤般的怒火异常狂暴，众人扑向绑架自己的人，宛如单一动物的集合体：一窝蜜蜂、一群奔跑的家畜，作为一个群体。他们不愿再当奴隶，所以他们活过来了。

在场中央，吉尔德……融解了。

他先是从手背上感觉到，皮肤突然紧缩，仿佛被保鲜膜紧紧包裹一样。他把手举到面前，在茫然不解之中——这时还没感觉到痛——

他看着手上的肉突起来，开始裂开一条条并不见血的长缝。这感觉扩散开来，蔓延到全身。他的指尖摸着脸，感觉像摸着骷髅。他的头发开始掉落，牙齿也是。他的背往里弯，逐渐变成驼背的老头子。他跪倒在泥泞里。他感觉到自己的骨头在崩解，化成灰。

“葛瑞，你干了什么好事？”

阴影降临。

吉尔德抬起脸。病鬼遮蔽了他逐渐变黑的视线，他们庞大的身影是他眼里最后的影像。他想：**我的兄弟啊，我是怎么回事？救我，我的兄弟。我快死了。**但他在他们眼中看不到一丝亲情。

叛徒。

叛徒。

叛徒，叛徒，叛徒……

其他的事情也在发生——枪击，喊叫，人影在黑暗中奔跑。但是吉尔德对这些事情的感觉却突然被另一个更大的觉悟所取代——冷酷而终极的觉悟，他知道有什么事即将降临在自己身上了。

莎娜，他想，**莎娜，我想要的只是有人陪我，我想要的只是别孤单地死去。**

然后，他们扑向他。

这一连串关键事件的发展在参与者的生命里仅仅占了三十七秒，是许多行动同时出击，朝场中央袭来的结果。漆黑里只看得见火光——场边桶子里的柴火依旧炽烈——和病鬼身上的磷光闪耀，宛如地狱场景。病鬼已经解决了吉尔德，他的肢体干瘪碎裂，不像尸首，反倒像灰烬。病鬼松散地排成一列，审慎地打量着艾美。或许他们还不了解她所代表的意义，也或许他们怕她。替枪重新装好子弹的彼得对着他们庞大的躯体开枪，但没有什么实效。子弹从他们硬如盔甲的皮肤上弹开，只留下亮光一闪。他们连看都没看他一眼。在场地的另一边，艾莉希亚举着手枪往前冲，而妮娜和提夫第则同时从后场攻击侧翼。事前的计划已经变得不切实际了，他们只能靠本能行动。

艾美直挺挺地站在台子上，举起双臂。她两手的手腕都垂挂着长长的锁链。她把铁链往空中一挥，开始缠绕在自己的手腕上，用力挥舞出一圈又一圈既急且长的弧线。旋式诱饵，彼得明白了，艾美用铁链制造出旋式诱饵，分散病鬼的注意力。铁链在她的头顶上越转越高，那是催眠似的动作。那些病鬼呆住，入迷了。艾美像鸟儿般轻轻一跃，头歪向一边，凝注目光，计算攻击的角度。彼得知道接下来会发生什么事。

艾美·哈珀·贝拉芳德，全副武装。艾美，不知来历的女孩，凌空跃起。

她一面往前飞冲，一面挥动铁链，宛如拍动从她身体两侧长出来的翅膀。同时，她把头抵在胸前，这样她的双脚飞撞上离自己最近的一个病鬼时，整个身体就会像是有着六米铁翅的破城锤。她的体形和他们比起来微不足道，但是她拥有动能的优势。她就这样击中了第一个病鬼，把他撞得往后翻。等她落地时，铁链已经找到目标，缠上其他两个病鬼的脖子。艾美用力一扯，把左边那个拉近身边，把头埋进他下巴底下，像拉着一条嘴里塞布的狗一样，拼命摇晃。

他哀号咆哮。

随着血柱喷出，骨头咔啦一声，他死了。

她的手腕一挥，松开铁链，尸体像陀螺那样旋转着往外飞。她的注意力转到另一个病鬼身上，但是情势改变，奇袭的效果已经消失，旋式诱饵的催眠效果也没了。那个病鬼朝她冲来，两具身体以无法控制的力道相撞，撞得双方都从台子上翻滚下来。艾美把铁链拽过来，但似乎有点不知所措，双手双膝着地，蹲在地上。这时仿佛有一大片涟漪传遍所有病鬼身上似的，他们共同的意识重新聚合，凝注焦点。下一个一瞬间，他们就会像一群动物那样扑到她身上去。

他们很可能这样做，如果不是其中那个小病鬼出手的话。

彼得向来把病鬼当成一个群体，但他现在却不得不思考其他的可能性。其中一个病鬼显然和其他病鬼不同，他的躯体和身形差不多跟普通人一样大，在其他病鬼扑向艾美之前的那一瞬间，他先发制人地攻击了他们。他腾空一跃，落在她和其他病鬼之间，转身面对他们，伸起手爪，整个身体摆出挑战的姿势。他吸饱气，让胸膛膨胀起来，嘴唇往后拉，露出满口牙齿。

接下来发出的那个声音和发出这声音的身形比起来，简直响亮得不成比例。那是最纯粹的愤怒咆哮，那是足以震倒整座森林、压垮整片山脉、让行星脱离轨道的怒吼。彼得真的被吓得倒退，耳膜都痛了起来。这个小病鬼只帮艾美争取到一秒钟，但这就够了。就在她站起来的时候，其他病鬼冲过来了。

混乱。

霎时，根本不可能搞清楚发生了什么事，也不知道该朝哪里开枪，战场上的影像快得让普通人的眼睛无法跟得上。彼得发现自己枪里的子弹都射光了，反正这时枪也派不上用场了。他瞥见艾莉希亚从另一头冲上场来，一面冲还一面开枪。

提夫第和妮娜人呢？

他望向后场的方向。妮娜正冲向台子，炸弹抱在胸前，提夫第跟在她后面。她空下来的那只手高举过头，一面挥舞，一面扯开喉咙大喊：“你们这些王八蛋！看我这里！喂！”

有一个病鬼注意到了——他发现她的意图了吗？他知道她话里的意思吗？他不像冲，倒像是被扔过来似的朝她而来，四肢张开，活像蛛丝上的蜘蛛。提夫第先看到了，他一面举起武器，一面想把妮娜推开，但已然太迟了。病鬼的整个身体压来，他那懒洋洋的神态根本只是错觉。他压在他们两个人身上，提夫第首当其冲。彼得以为炸弹会爆炸，可是没有。病鬼抓住妮娜的手臂，把她丢开，让她飞旋跌落在泥土上，接着他转向提夫第。就在提夫第举起武器时，病鬼张嘴吞噬了他。

一声尖叫，一声枪响。

这不需要做什么决定，根本没有什么利弊得失。彼得丢下枪，看见炸弹落在土里，他铆足全力往前跑。

看见全部事发经过的只有萝儿和格瑞尔两人。然而，在当时，只有格瑞尔这个有信仰的人，这个对事情全貌有更深刻了解的人，才能明白其中的意义。

从控制室往外看，场中央的战斗有种平面化的感觉，因为有距离而更可以辨识清楚。尤斯塔斯躺在场地的一端，不知是昏迷还是死了。在他和台子之间，是提夫第·拉蒙特的尸体。妮娜被丢到暗处，看不见踪影。艾莉希亚在另一端，是唯一还在开火的人。台子位于场中央，艾美已经远离混战，跳到了架子的顶端。她的袍子被撕成碎片，沾上了一块块湿漉漉的黑色血迹，一只已经变成爪子的"手"抓着身体侧边，仿佛捂住伤口。即便隔着这么远的距离，格瑞尔都可以察觉到她呼吸的费力。她的变身已经完成了，但还有一丝人类的遗迹残存——她的头发，蓬乱的黑发，散落在她脸庞两侧。

再过一会儿，她的攻击者就要全力进击了，但是她的姿态并没有显露出丝毫的退却。她有种坚不可摧、近乎庄严的感觉。

这时他看见彼得正跑向后场，他要去哪里？半挂车？

不是。

格瑞尔冲出控制室，跑下楼梯。他会挤开群众，用他的身体，他的拳头，甚至他的刀，如果有必要的话。**艾美，艾美，我来了。**

艾莉希亚绝对不放弃，她已经把自己的生命奉献给这个神圣的事实。打从在山洞里开始，她就感觉到了：独一无二的渴望驱策着她一路向前，仿佛被拉着穿过隧道似的。逼近病鬼，举枪开火——她知道子弹不会造成任何实质的伤害，她只是想吸引他们的注意——她心里只有一个念头，一个场景，一个欲望。

露意丝，我会替你报仇。你没有被遗忘。露意丝，你也是我的血亲姐妹。

"出来吧，你这个王八蛋！"

艾莉希亚的子弹跳开，火光闪现。她扯下空弹匣，再装上新的，继续开火。她咬紧牙关前进，默默念着她的恶毒诅咒。他会认得她，感觉到她，绝对会的。这是命中注定的，她将是宰掉他的人，将是把他的脸从这个世界上抹掉的人。他是胡立欧·马丁内兹，也是十二个中的第十个。他是淫魔，他是有史以来所有用这种方式虐待女人的男人综合体，她会把刀子深深插入他阴狠的心脏，感觉到他一点一滴地死掉。

一个病鬼转身面对她。一点都不奇怪，艾莉希亚想，不管在哪里，她都认得出他来。他的体态和其他病鬼一样，但还是有点不同，有种高傲不羁的气息，只有她才察觉得出来。他用那双了无生气的倦怠的眼睛打量她，看起来简直像要露出微笑了。艾莉希亚从没在病鬼脸上看过像这样的表情，这回算是见识到了。

我认识你，他傲慢漠然的脸仿佛在说，**我不认识你吗？别告诉我，我来猜。我一定在什么地方见过你。**

你这个该死的病鬼说对了，你认识我，她想，一边从腰带上抽出刀来。

他们同时冲向对方——艾莉希亚把刀高举过头，马丁内兹伸出有利爪的大手，活像装有利箭的船头。无法停止的冲力撞上无可撼动的物体，他们的轨道交会，猛力相撞，身体交缠。马丁内兹庞大的身躯撞上她，从她身体下方穿过，甩得她从他头顶上翻了过去。在无法控制地飞冲出去之际，艾莉希亚知道，但却还没感觉到他的利爪戳进她的肉里，在她的手臂和脸上造成了撕裂伤。她摔到土里，滚了一圈，两圈，三圈，每滚一圈，她的动能就消减一些，最后她弹跳起来。她喘不过气来，步履蹒跚，头被撞得嗡嗡响。但不知怎的，她还是把刀子紧抓在手里，丢了刀就等于接受失败，简直无法想象。

马丁内兹距离她六米，像只青蛙那样蹲着，双手像船桨那样在土里扒着。他的微笑已经变了，变得更逗趣，一副乐在其中的模样，他似乎就要哈哈大笑了。你这张该死的笑脸，艾莉希亚想，再次举刀。

一个人影朝他们逼近。

炸弹，炸弹，炸弹哪里去了？

这时彼得看见了，就在离提夫第尸体几米的地方。他跑过泥地，把炸弹捧在胸前。活塞还完好如初，线也还连得好好的。那会是什么感觉？什么感觉都没有，他想，一点感觉都不会有。

他背后有个东西袭来，硬得像一堵墙。炸弹掉了。有那么一会儿，一切都离他远去：呼吸、思想、重力都不存在了。土地在他脚下展开，他心里一片漆黑；然后，彼得发现自己趴在泥泞里。

那个病鬼在他上方，他们的脸只离了十几厘米。这个画面让他的感官仿佛搭错了线，就像听见夜幕降临或看见雷光一闪似的。病鬼歪着头，彼得动手做了他唯一想得出来的事，一心以为这将是他此生的最后一个动作——他学病鬼那样歪着头，但心思却极度集中，死命盯着病鬼的眼睛。

我是华格斯特。

这时彼得看见了，他拿着那颗炸弹。

救我。

艾莉希亚，我的姐妹。艾莉希亚，他是你的。

马丁内兹始终不知道这是怎么回事。在他直起身体之前的那一瞬间，艾美在他背后落地。她手腕一挥，两条铁链像套索那样紧紧缠住他的身体，把他的双手困在身体两侧。微笑化成惊讶的表情。

“动手！”艾美说。

她用力一拉，把马丁内兹整个儿笔直地拉起来，露出胸口那一大片肉。马丁内兹踉跄往后退时，艾莉希亚跳到他身上，跨在他腰上，把他的身体压倒在地。她的刀高举过头，紧紧握在掌中。然而她还是没让刀落下。

“说！”她的怒吼声震得自己的耳朵都快聋了，“说出她的名字！”

他的眼睛慢慢聚焦：**露意丝**？

这三个字正是她所要的。艾莉希亚挥刀而下，狠狠插入，以古老的方法杀了他。

场中央这场混战的最后几秒对看台上的观众来说，是一连串模糊而无法理解的动作，但对卢修斯·格瑞尔来说，并非如此。格瑞尔比谁都了解接下来的发展。艾美用来制住马丁内兹的锁链把她自己和尸体绑在了一起，艾莉希亚拼命想把他翻过来，好让艾美脱身。她们暴露在攻击之中，而其他病鬼还没被击败。也许是马丁内兹的死破坏了他们的共同思考；也许是目睹他们的一员死在普通人手中而惊骇得无法动弹；也许他们只是想延长胜利的时刻，从最后一击中得到最大的满足；也或许是其他原因。

是其他的原因。

格瑞尔冲过场中央时，另一个人影从他右边冲出来。他眼睛一瞥，知道了他心里早就非常清楚的事实——那是彼得。他大声叫嚷，双臂挥舞，但是有点不太一样。病鬼也感觉到了，他们马上注意起来，鼻翼翕动，嗅着味道。

“看这边，你们这些王八蛋！”

彼得上身赤裸，身上满是鲜血——温暖、新鲜，活人的血液在他的手臂和胸膛上如小河流淌，那是他握在手中的那把刀割出的伤口。他的意图很明显，要把病鬼的注意力从艾美和艾莉希亚那边引到自己身上。他是饵，那么陷阱呢？

格瑞尔听见了：

我是华格斯特。

我是华格斯特。

我是华格斯特。

格瑞尔开始跑。

艾莉希亚也看见了。

艾美还是被马丁内兹的身体压住，缠在她手上的铁链把他们绑在一起，每次动手一拉，就让他们缠得更紧。艾莉希亚沮丧哀号，却看见彼得冲向病鬼，看见那些病鬼的身体转动，头歪向一边，眼睛闪着兽性的亮光，那是杀戮的快感。

彼得，不要，她想，**不能是你，经过这么多事情之后，不能是你。**

她永远不会知道艾美是怎么挣脱的。前一秒钟她还在那里，后一秒钟她就不见了。空荡荡的镣铐还留在艾美抛下它的地方，铁链还绝望地缠着马丁内兹的尸体。后来的那些日子里，在他们探索这个事实的意义时，大家各有不同的看法。这是个谜，就像艾美本身便是个谜一样。而就像所有的谜一样，不同的人也会有不同的诠释。

但这些都是后来的事。在那仅余的一瞬间，艾莉希亚知道的只是艾美不见了，她飞走了。一道光影，宛如流星。接着，她落地，压在彼得身上。

“艾美——”

但她只说了这两个字。

因为华格斯特爱她。

因为艾美回家了。

因为他救了她，而她也救了他。

而彼得·乔克森，远征军中尉彼得·乔克森听到，看到，也感觉到了，终于完完全全地感觉到了。就在目光交会的那一瞬间，华格斯特的一生注入他的生命。那可以理解的哀伤，那苦涩的失落和痛苦的悔恨，他对那个早已被人遗忘的女孩的爱，他行过百年黑夜的漫漫长途。彼得看见过去的面容、人影和景象：有个宝宝躺在摇篮里，一个女人弯腰把宝宝抱在怀里，两人沐浴在近乎圣洁的光线里。他看见艾美以前的模样，异常鲜明的影像，一个小女孩，独自在世界上，然后是旋转木马的灯光，冬季夜空的星星，以及印在雪地上的天使形象。这些影像仿佛原本就是他的一部分，宛如最近才刚想起来的反复出现的梦境，看见这一切，他满心欢喜，可以在人生的最后一刻见证那段时光的存在。

到我身边来，他想，**到我身边来。**

他拼命跑。他把自己交到上帝手里。他没看见，但感觉到格瑞尔朝他跑来，还有华格斯特从后面冲过来，把炸弹抱在胸前，朝着那群病鬼冲过去。在最后的一瞬间，彼得听见。

艾美，快跑。

还有：**爸爸——**

还有：**我爱你。**

华格斯特冲进病鬼群中之后，用一只爪子压下活塞；艾美扑到彼得身上，把他拉开，替他承受了爆炸的威力。那十二个之中仅余的病鬼愤怒地奔向华格斯特——真理的华格斯特，所有人的父亲，有爱之人华格斯特——他站立的地方敞开了一个大洞，黑夜变成最明亮的白昼，天堂在暴雷声中撕裂开来。

31

在接下来的几分钟里，仿佛有两个城市同时存在——看台陷入混乱，底下的场地则是大战过后的一片沉寂。开场和结束并肩站立，却又互不相干。两个世界不久之后就会融为一体，因为群众在揭竿而起的愤怒消失之后，会猛然体会到享有自由的惊人事实，人们开始四散，到他们想去的任何地方，包括场中央。他们会一个接一个下来，略为迟疑地移动，让身体享受自由的滋味。

但是在眼前这一刻，场上的交战人员暂时没人理会，让他们可以对生者与死者采取最后的行动。

彼得醒来看见的是艾莉希亚。她浑身漆黑，满是瘀伤，伤口流血，大部分的头发都被烧掉了，头上还冒着几缕轻烟。“彼得，”她说，她低头看他，泪水淌下脸颊，“彼得。”

他想开口，舌头在嘴里沉重地转动：“艾美，她有没有……”

艾莉希亚轻轻垂泪，摇摇头。

格瑞尔撑过来了。爆炸的威力把他炸飞好远，不管怎么看他都应该会没命，但是他们看见他仰躺在地，瞪着没有星星的天空。他的衣服撕裂烧焦了，其他的部分似乎完好无缺。爆炸的威力仿佛在他身边转弯掠过，有一只看不见的手保护了他。

有好长一段时间，格瑞尔没开口也没移动。然后，仿佛探查似的，他伸出一只手到胸口，小心地拍一拍，接着再往上，摸摸脸颊、额头和下巴。

“太神奇了。”他说。

尤斯塔斯也活下来了。起初他们以为他死了，因为他满脸是血。那一枪打歪了，出血的是他的左耳，他的左耳被射掉了，只剩下一个血洞，很像一棵植物被从土里挖走。对于爆炸本身，他什么都不记得，除了一些零星的感觉片段之外，他没有完整的印象——轰然爆炸的声响，一阵焦煳的空气飘过，然后有某种湿湿的东西洒下来，是烟雾与灰尘的味道。他就这样在这一夜幸免于难，代价不过是在他早就留有许多战争伤疤的脸上再添一个缺陷，以及从此以后不绝于耳的耳鸣，让他讲话总是扯开嗓门儿，弄得其他人以为他在生气，虽然他并没有。

后来，在回到柯厄维尔晋升上校、担任总统的军事联络官时，他开始觉得这有缺陷的容貌并不会给他带来不便，反而有效增添了权威感。他很纳闷自己以前怎么没这么想。

只有妮娜毫发无伤地离开了场中央。杀死提夫第的那个病鬼把她甩开，让她远离了爆炸区。爆炸发生的时候，她正跑向前场，爆炸的威力冲得她往后退，但是在接下来的那个瞬间，她是唯一一个目睹十二魔死亡的人，看见他们的身体被强光撕裂散落，其余的一切都很模糊。至于艾美，她什么也没看见。

什么都没有。

但他们也损失了一员。

他们找到手里还握着枪的提夫第。他躺在泥泞里，遍体鳞伤，骨断肢截。他眼睛周围全是血，右臂不见了，但这还不是最重的伤。他们围在他身边时，呼吸已断断续续的他用力想说话，最后他的嘴里吐出几个字："她在哪儿？"

似乎只有格瑞尔懂他的意思，他转身对妮娜说："他要找你。"

她或许懂他这个请求的意思，也或许不懂，没有人说得准，她跪在他身边的地上。提夫第浑身颤抖，使劲抬起手，用指尖摸着她的脸，很温柔的姿势。

"妮蒂亚，"他低声说，"我的妮蒂亚。"

"我是妮娜。"

"不，你是妮蒂亚，我的妮蒂亚。"他努力露出微笑，"你看起来……很像她。"

“像谁？”

生命正快速从他眼中消逝。“我告诉她……”他喘不过气来，被嘴里涌出来的血呛住了，“我告诉她……我会保护你。”他眼中的光芒消失，走了。

没有人开口。他们的一员已经离去，踏进黑暗里。

“我不明白，”艾莉希亚说，她看看大家，“为什么他叫她那个名字？”

给了答案的人是格瑞尔。“因为她就叫这个名字。”看着尸体的妮娜抬起头。

“你不知道，对吧？”他说，“你根本无从得知。”

她摇摇头。

“提夫第是你父亲。”

后来，一切将会明朗起来。届时会有一辆小货卡开到场中央，下来三个人，不，是四个。迈克、霍里斯、莎拉，还有她怀里的小女儿。

但是，在眼前这一刻，他们就只是静静地站在他们的朋友身边，看着他的本质暴露无遗。这位伟大的黑帮老大、远征军上尉提夫第·拉蒙特，他们会把他葬在他倒下的地方，也就是这片战场。因为你永远离不开战场，格瑞尔解释，提夫第向来都是这么说的。你或许以为自己做得到，但其实不然。一旦你走上战场，战场就永远成为你的一部分。

没有人可以离开战场。

第七卷　吻

在旗开得胜的那一天，无人疲累。

——阿拉伯谚语

疫后九十八年一月

32

他们还能期待什么呢？一个冻得骨头发麻的日子接着又一个冻得骨头发麻的日子。粮食，燃料，水，电力，让拥有数千名居民的城市保持运转的复杂工程——胜利的喜悦很快就被更多日常生活问题所取代。

叛军暂时掌控市政，但尤斯塔斯不得不承认，自己实在没有特别的本事可以应付。大量的琐碎事务让他无法招架，而由各个寝室指定代表仓促组成的临时政府，并没有减轻他多少负担；组织膨胀混乱，每次总是这半个房间的人和另外半个房间的人吵成一团，逼得尤斯塔斯只好举手投降，想办法自己做出所有的决定。

居民还留有相当程度的温驯习性，但这不会持续太久。在尤斯塔斯可以控制治安之前，市场里常有抢劫事件，而报复事件也时有所闻，许多爪牙设法隐姓埋名藏匿在群众之中，但大家都认得他们的脸。因为没有司法体系来审判投降的人，或在暴动之前被叛军逮捕的人，所以根本不知道该拿他们怎么办。拘留中心已经塞满了。尤斯塔斯提出重新改造“大计划”——因为那里肯定够安全，同时还有隔绝的优点——但这需要时间，而且也解决不了人口南移时，如何处置囚犯的问题。

所有人都冻僵了。哦，好吧，彼得想，冷就冷吧。

他和尤斯塔斯变成好朋友。部分原因是他们是远征军的同胞弟兄，但也不只如此。随着时日推移，他们越来越发现彼此脾性相投。他们决定让彼得率领一支先遣小组，先南返柯厄维尔，为即将拥至的大批难民做好准备。彼得本来反对，因为他率先离去好像不太应该。但由他带队又是很合逻辑的选择，到最后是艾莉希亚拍板定论。凯勒柏在等你，她提醒他，快回去看你的小朋友吧。

全体居民的迁徙必须等到春天才能展开。假设柯厄维尔可以派遣足够的车辆与人力，尤斯塔斯计划一次迁徙五千人，至于每一批的成员则以抽签决定。这趟旅程会非常辛苦——除了很老和很小的成员之外，所有人都必须步行——但如果一切顺利，家园在两年内就能清空。

“不是每个人都想离开的，你知道的。”尤斯塔斯说。

他们两人一起坐在尤斯塔斯的办公室，也就是草药铺后面的房间，喝着香草茶暖身子。市场大部分的建筑都被临时政府征用，充作各种不同用途，最新的计划是用这些房子来进行人口普查。但红眼人的所有档案都已在圆殿爆炸中损毁，根本不知道他们谁是谁，甚至不知道这里总共有多少人。一般认定的数字是七千，但除非数一数，否则他们永远不知道正确答案。

“他们为什么不想走？”

尤斯塔斯耸耸肩。他的头部左侧还缠着绷带，让他的脸看起来歪向一边，还好有那只雾蒙蒙的眼睛平衡一下。前一天，莎拉已经拆掉了彼得身上仅余的缝线，他的手臂和胸膛现在有一条条粉红色的长疤，宛如错综的公路地图。私下无人时，彼得常不由自主地摸着伤疤，不只诧异他竟然在自己身上割出这些伤口，而且也为自己在当时竟然一点感觉都没有而惊讶不已。

“这是他们唯一熟悉的地方，他们一辈子都住在这里。但是这并不是全部的理由。矫正错误是很好的，等我们开始把居民往南迁移，我不知道有多少人还会有这样的感觉，但的确有些人会有。”

“他们要怎么过下去？”

“我想就和其他人一样吧。选举，想办法开创人生。”他啜了一口茶，“会很艰难，但起码是他们自己想要的生活。”

妮娜从外面进来，用力跺掉靴子上的雪。“天哪，外面真是冷死了。”她说。

尤斯塔斯把自己的杯子递给她。“拿去，暖暖身子吧。”

她双手捧杯喝了一口，然后俯身飞快地在他唇上一吻。“谢谢你，老公。你实在该刮胡子了。”

尤斯塔斯笑起来。“我这张脸还需要刮胡子啊？谁在乎？”

他们两个是一对儿的消息，彼得后来才知道，这已是叛军里几乎人尽皆知的公开秘密。尤斯塔斯最先做的事情之一，就是发布行政命令，允许平地人结婚。对很多人来说，这是一个技术问题，过去也有许多人在一起多年甚至好几十年，但是婚姻始终没有取得官方认可。现在等待结婚的伴侣已经有好几百对之多，尤斯塔斯派了两个治安法官在街尾的一间店面里夜以继日地证婚。他和妮娜是第一批结婚的夫妻，霍里斯和莎拉也是。

“好消息，”妮娜说，“我刚从医院过来。”

“然后呢？”

“今天早上又有两个宝宝出生，都很健康。妈妈也都很好。”

“是啊，就是这样，”尤斯塔斯对着彼得露齿笑，“知道我的意思吧？就算是在最黑暗的夜晚，我的朋友，生命仍然会找到出路。”

彼得弯腰顶着风朝山下走。身为行政官员，他获准可以用车，但他宁可步行。在医院里，他走向迈克的病房。电力只恢复了一部分，但医院是第一批重新亮灯的建筑之一。他发现迈克醒着，坐了起来。他的右腿从脚踝到臀部都打上了石膏，成四十五度角吊在床上。

他这条腿有好一段时间情况危急，连莎拉都以为保不住了。但迈克是个斗士，而今，三个星期之后，他已经正式进入复原期。

萝儿坐在床边，正和手上的那两根编织棒针做斗争。尤斯塔斯让她到生质燃料厂当领班，但只要有空，她就会回医院来，守在迈克床边。

“打得怎么样啦？”彼得问她。

“真是太惨了。我本来是要打毛衣的，可是看起来却像是袜子。”

“你应该专心做你擅长的事。”迈克建议。

“等你摆脱这个硬壳，我的朋友啊，我就让你见识一下我擅长做什么。保证让你终生难忘。”她看了彼得一眼，很不好意思地笑了笑，知道他听懂她的笑话了。“哦，对不起，彼得。我有点恍神了，一时忘了你在这里。”

他大笑说："没关系啦。"

她拿起一根棒针挥了挥。"我是想先提醒一下，免得我们这位大男生会错意。我一向觉得你长得很好看，而且，你又是个战斗英雄。我对你说的话很感兴趣呢，中尉。"

"我会好好记住的。"

"这我很怀疑。"她把毛线球丢到膝上，"哎，我再过三十分钟就得上班了，所以我要走了，让你们两个好好议论我吧。"她站起来，把织品装进袋里，拍拍迈克的手臂，思索了一下，亲吻他的头顶。"趁我走之前快说，还需要什么吗？"

"我很好啦。"

"你才不好呢，迈克，你一点都不好。你做的事把我半条命都吓掉了。"

"我都说过对不起了。"

"那就继续说吧，老兄。有一天我会相信的。"她再次吻他。"两位先生，再见。"

萝儿离去之后，彼得坐在她的位子上。"很抱歉。"迈克说。

"我不知道你干吗一直对她道歉，迈克。就我所知，你是天底下最幸运的家伙。"他歪头指着床，"脚到底怎么样了？"

"痛得要死。你终于来看我了。"

"对不起。尤斯塔斯让我忙得不得了。"

"你找到多少人了？"

彼得知道迈克问的是第一殖民地的其他人。"我们听说是五十六个。我们还在想办法追查每一个人的下落。到目前为止，我们找到了吉米的女儿，爱丽思和爱芙莉，康丝坦斯·周、萝丝·寇帝斯、潘妮·达瑞尔。大家都散落在不同的地方，小孩需要多一点时间来查。"

"好消息，我想。"迈克住嘴，没再往下说，他知道有好多人已经死了。

"你的英勇事迹，霍里斯已经告诉我了。"彼得说。

迈克耸耸肩。他看起来有点不好意思，但也很自豪。"在当时的情况下，好像就应该那么做。"

“你什么时候想来远征军找份工作，就告诉我吧，假如他们还肯让我回去的话。下一回我们谈话的时候，我可能已经在蹲大牢了。”

“彼得，老实说，他们很可能因为这件事升你当将军呢，再不然就是要你出来选总统。”

“你不像我这么了解军方。”然而，在这短短的一瞬间，他不禁想：要真是这样会如何呢？“我们再过几天就要启程了，你知道的。”

“我猜也是。别忘了穿暖一点，替我向柯厄维尔问好。”

“我们会安排你下一趟走，我保证。”

“我不知道，老兄，这里的设施很不错，这地方还蛮适合我的。谁和你一道走？”

“莎拉、霍里斯和凯儿当然和我一起走。格瑞尔留下来协助撤退事宜。尤斯塔斯正在组织一个小队。”

“小艾呢？”

“要是能找得到她，我就会问她。我根本就见不到她，她整天骑着她那匹马到处跑，她叫那匹马‘士兵’。她到底在干吗，我一点都摸不着头绪。”

“你没碰到她真可惜。她早上来过。”

“小艾来过？”

“说她想来打声招呼。”迈克看着他，“怎么了？很奇怪吗？”

彼得皱起眉头：“不奇怪。她看起来怎样？”

“你以为会怎样？就像小艾一样啊。”

“所以她看起来和以前没什么两样。”

“就我看来，没什么不一样。她没待很久，她说要去帮莎拉弄捐血的事。”

身为过渡期的公共卫生主任，莎拉印证了她长久以来的怀疑，这座用来充当医院的建筑不过是一座徒有其名的医院，里面几乎没有医疗设备，也完全没有血库。有很多人在战斗中受伤，有宝宝出生，再加上其他的需求，她从食物处理厂借来一台冰柜，开始进行捐血计划。

“小艾当护士，”彼得说，摇摇头，觉得很讽刺，“我还真想看看。”

红眼人的下场到底如何，始终没有人真正了解。那些没在体育馆被杀的，就这样消失于无形。以莎拉对丽拉的说法作为佐证，只能得出一个结论，那就是圆殿的摧毁与所谓“血源”的死亡，导致了连锁反应，和他们在科罗拉多山上所见到的巴柏寇克后裔的遭遇一样。

亲眼看见的人说那是急遽老化的过程，仿佛借来的百年生命在短短几秒间偿还似的——肉身皱缩、头发大把掉落、脸枯萎成颅骨。他们所找到的尸体，仍然穿西装打领带，但除了一堆褐色的骨头之外，什么都不剩，看似已经死了好几十年。

随着启程的时日逼近，莎拉几乎一天工作二十四个小时。消息在平地传开，说医院现在真的提供医疗服务了，所以有越来越多的人来看病。病症从普通伤风到营养不良到年老体衰都有，不少人似乎只是好奇看医生是什么滋味。对于能治疗的，莎拉尽力治疗；对无能为力的，她婉言安慰。到头来，这两类也没有太大的差别。

她只有睡觉的时候才离开医院，偶尔也回去吃饭，否则就由霍里斯送饭来给她，每次凯儿也都会跟着来。现在他们被安置在市中心边缘的公寓——很不错的地方，很宽敞，装有染色玻璃，让屋里永远都像夜晚。这感觉很怪异，因为知道前任的屋主是红眼人。但这里很舒适，有铺着柔软床单的大床、热水和完好的瓦斯炉，可以让霍里斯煮汤和炖菜。莎拉不想知道他是用了哪些食材，但菜肴的确非常美味。他们会在烛光下一起用餐，然后倒在床上，温柔做爱，静悄悄地，免得吵醒凯儿。

今晚莎拉决定要休息一下。她累得要死，饿得要命，而且非常想念家人。她的家人——经历过这一切之后，“家人”这两个字的意义格外深远，似乎是人类语言史上最神奇的词。在看见霍里斯冲进圆殿的一刹那，她的心就已了解了眼睛尚未相信的事实。他当然会来找她，霍里斯寻遍天堂人间，到这里来了。难道还有其他的可能性吗？

她走上山坡，经过倾毁的圆殿废墟——木材闷烧多日，变成焦炭——穿过旧城区。一无所惧地自由行动，还是让她觉得有点不真实。莎拉想过要在草药铺停一下，和尤斯塔斯以及恰巧在那里的人打个招呼，但她的腿却不肯停，快步通过。期待让她步履轻快，她爬上阶梯，回到公寓。

“妈咪！”

霍里斯和凯儿正坐在地板上玩豆子和杯子的游戏。莎拉还来不及解开脖子上的围巾，凯儿就跳起来扑进她怀里，温柔一撞。莎拉搂着她的腰抱起来，深深看着她的眼睛。她从没要凯儿这么叫她，免得让她产生混淆，但结果根本没差别，小女孩自然而然就叫她妈咪了。因为从来没有父亲，凯儿花了比较长的时间才适应霍里斯在她生活里的角色，然后有一天，大约是解放一个星期之后，她开始叫他“爸爸”。

“嘿，见到你了，”莎拉快乐地说，“你今天好吗？和爸爸做了什么好玩的事吗？”

小女孩伸手摸莎拉的脸，用拳头握住她的鼻子，假装要把鼻子扭下来，塞进嘴巴里，然后用舌头舔舔口唇。“我吃了你的鼻子。”她压低声音说。

“嘿，还我。”

凯儿笑得好灿烂，一头金发在脸旁跃动，顽皮地扭头拒绝：“不行，那是我的。”

于是，哈痒，大笑，一家三口乐在其中。“吃掉”更多部位，最后莎拉的鼻子终于又“回”到她的脸上。等两人的奋战结束，霍里斯也靠过来。他捧着凯儿的头，飞快亲吻莎拉，他的胡子——温暖、熟悉，满是他的气味——宛如羊毛拂过她的脸颊。

“饿了吗？”

她微笑。“我吃得下一头牛。”

霍里斯帮她盛好一碗食物，他和凯儿已经吃过晚餐了。她埋头猛吃时，他挨着她在小餐桌旁坐下。这肉不知道是什么肉，他坦承，但是胡萝卜和马铃薯很不错。莎拉不怎么在乎，这晚餐吃起来比过去几周都还要美味。他们谈起病患，谈起彼得、迈克和其他人，谈起柯厄维尔和那里的一切，以及再过几天就要启程的南迁之旅。霍里斯本来建议他们待到春天再走，让旅途稍微轻松一点，但莎拉不愿意。这里发生过太多事了，她告诉他，我不知道家在哪里，但姑且把得州当成我们的家吧。

他们洗好碗碟，摆回架子上，送凯儿上床。莎拉帮她套上睡衣的时候，她已经快睡着了。他们帮她盖好被子，然后回到客厅。

“你真的非回医院不可？”霍里斯问。

莎拉从衣架上取下大衣，把手臂伸进袖子里。“我只去几个小时。别等我。”虽然他一定会等，换成是莎拉自己，也会替霍里斯等门。“过来。”

她吻他，流连不去。“我是说真的，去睡吧。”

但就在她手握门把手时，他叫住她。

“你怎么知道，莎拉？”

她不完全了解，但差不多猜得到他的意思。“我怎么知道什么？”

“就是她，她就是凯儿。”

太奇怪了，莎拉从没想过要问自己这个问题。在草药铺的那次会面，妮娜已经证实了凯儿的身份，但她从来没有想过要去印证，莎拉心里从未有过一丝一毫的怀疑。她之所以知道，不是孩子外表长得像她，而是某种更深层的感觉。她看着凯儿，深深地体会到，在世上的这么多个孩子里，只有这一个是她的。

“是母亲的本能吧，这就像……就像你会认得自己一样。”她耸耸肩，“我只能这样解释。”

“我们真的很幸运。”

她以前没告诉他那包毒药片的事，以后也不会说。“我不确定这样能不能说是幸运，”她说，“我只知道，我们一家团圆了。”

等忙完工作，时间已过午夜。心早就飘回家的莎拉掩嘴打哈欠，走进最后一间诊疗室，看见一个年轻女子坐在桌旁。

“珍妮？”

“嗨，黛妮！”

莎拉笑了起来——不只因为这个名字听起来像是一场遥远的梦，也因为这女孩竟出现在她面前。在此之前，莎拉一直以为珍妮已经死了。

“你怎么了？”

珍妮怯怯地耸耸肩：“对不起，我跑掉了。在饲育场的那件事情之后，我整个人慌了。有个厨工把我藏在面粉桶里，用货车载了出来。”

莎拉露出微笑安慰她。“嗯，我很高兴见到你。有什么问题吗？”

女孩迟疑了一下。“我想我也许怀孕了。”

莎拉帮她检查。就算她真的怀孕了，现在也还无法确定，但是怀孕可以优先列入首批撤退名单。她填了表格，交给珍妮。

“拿这张单子去人口普查办公室，就说是我叫你去的。”

“真的？”

“真的。”

那女孩接过那张表格。“柯厄维尔，我真不敢相信，我差不多已经不记得了。”

莎拉已经在她的夹板上填好撤退令的复本。她的笔停在半空中。“你说什么？”

“我真不敢相信？”

“不，另一句话，你说你不记得？”

女孩耸耸肩。“我在那里出生，至少我是这么认为的。我被抓走的时候，年纪还很小。”

“珍妮，为什么你没告诉其他人？”

“我说了啊，我告诉那个人口普查员了。”

见鬼了，他们为什么没注意这个讯息？

“嗯，我很高兴你能告诉我，这样或许有人可以照顾你。你姓什么？”

“我不太确定，”珍妮说，“我想是阿普格吧。”

33

启程这天的黎明，天气严寒但晴朗。先遣小组在体育馆集合：男女成员共三十名，六辆卡车以及两辆加油车。尤斯塔斯和妮娜来送行，萝儿和迈克也是。

这里已经围聚了一小群人，有家人和朋友要离开的，也都来送行。莎拉和其他人已经在前一夜到医院和迈克道别。走吧，迈克涨红脸说："快滚出去，你们这样叫人怎么休息啊？"但是凯儿写给他的卡片让他瓦解了：**我爱你，迈克舅舅，早日恢复**。"哦，见鬼了，"他说，"过来。"然后把小女孩紧紧搂在胸前，泪水滑下脸颊。

最后一批装备已装上货车，所有人都上车。彼得和霍里斯驾驶领头的那辆小货卡，凯儿和莎拉搭后面的一辆大型交通车。彼得发动引擎，格瑞尔走到车窗旁边，他同意接替彼得的工作，担任尤斯塔斯的副指挥官，负责撤离的工作。

"我不知道她到哪里去了，彼得，对不起。"

他表现得这么明显吗？小艾再次抛下他，把他一个人丢在祭坛前。"我只是担心，她有点不对劲。"

"她在牢里受了很多折磨，我相信她告诉我们的不到一半。她会复原的，她向来都会。"

对于这个话题，没有什么可以多说的了，其他的话题也是一样。因为自从起义那天以来，他们心头一直萦绕着说不出口的哀恸。

合理的解释是艾美在爆炸里身亡，和其他病鬼一起蒸发了，但是彼得还是无法完全接受这个说法。她就像已经截断却感觉还在的四肢，是他隐而不见的一部分。

他俩握手。

“小心一点，好吗？”格瑞尔说，“你也是，霍里斯。外面是个不同的世界，小心为上。”

彼得点点头：“多加小心，少校。”

格瑞尔罕见地露出微笑：“老实说，我真喜欢人家这样叫我，说不定他们会要我回军中呢。谁知道呢？”

分离的时刻到了。引擎重重地哼了一声，车队便开出了大门。从后视镜里，彼得看着家园的建筑逐渐远去，遁入寒冬的苍茫之中。

“我相信她一定还在某个地方，彼得。”霍里斯说。

彼得很纳闷他指的是谁。

从涵洞的藏身处，艾莉希亚看着车队驶远。好多天以来，她一直让自己预先揣摩这个时刻，希望能做好心理准备。到底是什么感觉？直到现在她还说不上来。终场，就是这样，感觉上就像终场。那一队卡车绕着城墙拐了个大弯，朝南方而去。艾莉希亚望了好长一段时间，看着影像越来越小，引擎声音越来越低微。她一直看，一直看，看到车队完全失去踪影。

还有一件事要做。

艾莉希亚从医院取来了血，她是趁莎拉转身的时候，把那个塑料小袋藏在上衣里带走。她鼓足意志力，才遏止自己不张开嘴巴大喝一口，让脸、嘴与舌头全浸在这液体里。但是只要一想到彼得、艾美、迈克和其他人，她就找到了等待的勇气。

她把血袋埋在雪地里，用石头做记号。现在她把袋子挖出来：一块红色的冰，在她手里沉甸甸的。士兵在涵洞边缘看着她。艾莉希亚应该要叫它走开的，但是它绝对不会同意，它与她相依相属，直到生命尽头。

她用干枯的灌木树枝生了火，把雪放在锅里煮融，等到水冒起泡泡，就把血袋放进沸腾的热水里——就像泡茶一样，她想。慢慢地，袋里的冰块融化了一部分。等血完全融化，艾莉希亚取出袋子，躺在雪地上，把这一袋暖意揽在胸前。这个塑料袋里装的是延迟许久的宿命，打从五年前在山上被病鬼咬了的那天起，她心底深处就已经知道这个宿命的存在。而今，她将迎向它。她将迎向宿命，然后死去。

朝阳已爬上无云的冬季晴空，太阳，艾莉希亚在亮光中眯起眼睛。太阳，她想，我的敌人，我的朋友，我最后的判决。

太阳会让她消失无踪，让她的骨灰乘风消散。快一点吧，艾莉希亚对太阳说，但也不要太快，我想感觉生命从我身上流逝。

她把袋子举到嘴边，拉开环盖，开始张嘴喝。

到黄昏时，车队共走了九十多公里。这座小镇名叫葛林尼尔，他们在小镇边缘一家废弃的商店过夜。这家店以前显然是卖鞋的，一盒又一盒的鞋摆在架子上。所以这是值得再来的地方，总有一天要再回来。他们吃了口粮，铺上铺盖，睡觉。

或者应该说是想办法入睡。天气并不冷——彼得已经习惯了这样的温度，只是太紧张了。体育馆里发生的那一连串事件实在太震撼，让人一时无法消化。事隔近一个月之后，他还常发现自己深陷在当时的情境之中，影像常飞快地在他脑海闪现。

彼得穿上连帽大衣和靴子，走到户外。他们派了一个人在外面守夜，还从店里搬出一把金属折叠椅让他坐。彼得接过他的来复枪，叫他进去睡觉。月亮闪耀天际，空气吸进肺里冷冽如冰。他静静站着，享受夜色的明净澄澈。事发之后多日以来，彼得一直努力想让自己产生某些和事件规模相应的情绪——快乐或胜利，甚至是松一口气都可以——但他感觉到的却只有孤独。

他记起格瑞尔临行时所说的——**外面是个不同的世界**。的确是，彼得知道，但感觉上却并非如此，甚至，这世界感觉上更像原本的面目。这里有冰冻的田野，宛如广袤平静的海洋；这里有广阔无垠、星光闪耀的天空；这里有微黄的月亮，用困倦的目光凝望大地，宛若一个答案，针对无人提出的问题的答案。

这一切都是原本的模样，而且也会持续如此，在他们撒手离去，在他们的名字、记忆和一切都像他们的骨骸一样化为尘土，随风消逝，这片景物仍将长存。

他背后有个声响。莎拉抱着凯儿从门里走出来，小女孩睁着眼睛东张西望。莎拉走到彼得身边，靴子踩在雪地上沙沙响。

“睡不着？”他问。

她一脸恼火：“相信我，我睡得着。是我不好，让她在卡车里睡太久了。”

“嗨，彼得。”小女孩说。

“嗨，小可爱。你不是该上床睡觉了吗？我们明天还有好长的路要走呢，你知道的。”

她抿起嘴唇。“嗯嗯。”

“看见没？”莎拉说。

“要我照顾她一会儿吗？没问题的。”

“待在外面？你的意思是？”

彼得耸耸肩。“呼吸点新鲜空气可以让她舒服一点，而且我也有人陪。”看莎拉没回答，彼得又说：“别担心，我会注意的。你说怎么样啊，凯儿？”

“你确定？”

“我当然确定啦，不然我还能干吗？只要她想睡觉，我就带她进去。”他把来复枪靠墙摆好，伸出双手，“来吧，把她交给我。我可不容你拒绝。”

莎拉默许，把凯儿交到他怀里。小女孩双手环抱住他，抓着他大衣的领子稳住身体。

莎拉稍稍往后，看着他们两个：“我必须说，这一点都不像我以前认识的你。”

他发现自己露出微笑。“五年了，很多事情都变了。”

“嗯，这很适合你。”她突然打个哈欠，“说真的，如果她吵到你——”

“她不会的。你还不走？去睡一下吧。”

莎拉留下他们两人。彼得坐在椅子上，把凯儿抱在腿上，让她转身面对冬季夜空。“你想要谈什么呢？”

“我不。”

“不想试试？”

“不。”

“那我们数星星好了。”

“那好无聊哟。”她挪动了一下，让自己更舒服一点，然后说，“讲故事给我听。”

“讲故事？哪一种故事？”

“讲很久很久以前的故事。”

他不确定要怎么讲，因为他以前从来没讲过。然而听着小女孩的要求，一段回忆突然涌现——他自己还是个小小孩，在庇护所里，和其他孩子围成圈圈，盘腿坐下。教师，她那满月似的苍白脸庞以及她讲的故事，有穿背心和裙子的动物，住在城堡里的国王，跨越海洋寻找宝藏的船只。

那些令人昏昏欲睡的辞藻拂过他心头，带着他进入遥远的世界与时光，仿佛离开了自己的身体。这是另一段人生的记忆，感觉好遥远，仿佛已经是历史陈迹。但是，在这样的冬夜里，腿上坐着莎拉的女儿，这些记忆似乎并未离他而去。他心头掠过一层阴影，一阵懊悔——他没讲过故事给凯勒柏听。

“好吧。”他清清嗓子，拖延一下好整理思绪。结果并不需要整理，童年听过的所有故事突然都回到脑海了，他只需要让它们展翅飞翔就行了。“我想想哟——”

“故事里要有个女孩。”凯儿满怀希望地说。

“那就有哟，我要开始说了。很久很久以前，有个小女孩——”

“她长什么样子？”

“嗯，这个嘛，她长得很漂亮。其实呢，和你有点像。”

“她是公主吗？”

“你到底要不要听我讲啊？不过你既然提了，我就告诉你，她是公主，有史以来最漂亮的公主。但问题是，她不知道自己是公主。这是最有意思的部分。”

凯儿有点蛮横地皱起眉头：“她为什么不知道？”

这时他突然灵机一动，故事的情节浮现心头。

“这是个非常好的问题。事情是这样的，她还很小的时候，还是个小宝宝的时候，她爸妈，也就是国王和王后，带她到皇家森林野餐。那天天气很好，这个小公主，叫……”

“伊丽莎白！”

“伊丽莎白看见一只蝴蝶，一只好漂亮的蝴蝶。她爸妈没注意，她追着蝴蝶跑到树林里，想抓它。可是，那根本不是蝴蝶，那是……一个精灵女王。”

“真的？”

“是真的。精灵并不信任人，他们不和外界来往，他们就喜欢这样。但这位精灵女王不一样，她一直想要一个女儿。因为精灵不能生小孩，所以她很伤心，不能养个漂亮的女儿。她一看见伊丽莎白，就被她的美丽吸引，无法克制自己。她引着公主到森林里，越走越远。过没多久，公主就迷路了，开始哭。精灵女王停在她的鼻尖上，用精巧的翅膀拂掉她的眼泪，说：‘别伤心，我会照顾你的。从现在起，你就是我的女儿。’她带公主到了一个大树洞，那是她和所有精灵居住的地方。她给伊丽莎白东西吃，给她凳子坐，给她床睡，没过多久，伊丽莎白就忘了自己以前的生活，只记得她和精灵在森林里的日子。”

凯儿直点头：“然后呢？”

“这个嘛，没有然后了，暂时没有。有很长一段时间，她们在一起过得很快乐，特别是那位精灵女王。拥有自己的女儿，感觉实在太棒了。但是伊丽莎白渐渐长大，开始觉得不对劲了。你知道是哪里不对劲吗？”

“她不是精灵？”

“答对了。你真厉害，一下子就猜出来了。她不是精灵，她是个小女孩，而且也已经不小了。我为什么长得跟别人不一样？她很纳闷。而且她越长越高，精灵女王也越来越难隐瞒。伊丽莎白会问她：‘为什么我的脚从床尾突出来？’精灵女王就说：‘因为床总是太小，本来就这样。’伊丽莎白问：‘为什么我的桌子这么小？’精灵王后就说：‘对不起，这不是桌子的错，你不能再继续长大了。’但是，她当然不可能不再长大。她长了又长，不久就快要塞不进树洞里了。其他的精灵都开始埋怨，他们怕她会吃掉所有的食物，一点都不剩；他们也怕她会不小心踩扁他们。一定得想想办法，但是精灵女王不肯。到现在为止，都听懂了吗？”

听得入迷的凯儿点点头。

“好，国王和王后，也就是伊丽莎白的爸妈，一直都在找她。他们翻遍森林的每一寸土地，找遍全国的每一个地方，但是没想到公主会和精灵躲在树里面。有一天，他们听见传闻，说有个小女孩和精灵一起住在森林里。那可能是他们的女儿吗，他们很想知道，于是他们就做了唯一想得出来的事：命令皇家樵夫砍掉森林的全部树木，直到找着伊丽莎白为止。”

“全部的树？”

彼得点点头。“每一棵树。这不是个好主意，森林不只是精灵的家，也住着各种动物。但是伊丽莎白的爸妈已经无计可施，一定要竭尽所能把女儿找回来。所以樵夫开始动手，砍掉森林的树，而国王和王后则骑着马，呼喊女儿的名字：‘伊丽莎白！伊丽莎白！你在哪里？’你知道后来怎么了吗？”

“她听见了？”

“没错，她听见了。只是伊丽莎白这个名字，对她来说并没有任何意义。她现在有了一个精灵的名字，而且也忘了以前的事情。但是精灵女王知道她听见的是什么，她也觉得很难过。我怎么会做出这么可怕的事情？她想，我怎么可以偷走伊丽莎白？但她还是没办法飞到树外，告诉伊丽莎白的爸妈说她在这里。她太爱这个女孩了，你知道的，精灵女王舍不得让她走。‘乖乖待在这里，’她说，‘别发出声音。’樵夫离她们越来越近。到处都有树木倒下，所有的精灵都很害怕。‘把她还回去吧，’他们对精灵女王说，‘拜托，趁他们还没毁掉全部的森林之前，把她还回去吧。’”

“噢。”凯儿倒吸一口气。

“我知道，这是个可怕的故事。还要继续吗？”

“彼得叔叔，快讲吧。”

他笑起来。“好吧，好吧。所以，樵夫来到伊丽莎白和精灵女王住的那棵树前面。这是一棵格外巨大的树，又高又阔，树叶长得又密又大，这是一棵精灵树。但是就在樵夫举起斧头的时候，国王改变心意了。这棵树太美了，你知道，砍掉太可惜了。‘我相信森林里的生物重视这棵树，就像我重视女儿一样，’他说，‘从他们手中夺走这棵树是不对的，这一切都只因为我失去了我的至爱。各位，放下斧头，回家去吧，让我和我夫人哀悼我们的女儿，因为我们再也见不到她了。’这实在是很伤心的场景，每个人都哭了。伊丽莎白的爸妈、樵夫，就连听到这些话的精灵女王也哭了，因为她知道伊丽莎白永远不可能真的成为她的女儿，无论她如何期待美梦成真。所以她拉着伊丽莎白的手，带她走到树外，说：‘陛下，请原谅我，是我带走了你们的女儿。我太想要这个女孩，所以无法克制自己，但是我知道她属于你们。我很抱歉，非常非常抱歉。’你知道国王和王后怎么说吗？”

“砍掉你的头？”

彼得强忍住笑。“恰好相反。虽然发生了这么多事，但女儿能回到身边，他们好高兴，而且精灵女王的忏悔也让他们很感动，所以他们决定好好报答她。他们发布命令，让所有的精灵可以平安生活，而且全国的每一个小孩都可以有一位精灵朋友。这也就是为什么，现在只有小孩才看得见精灵。”

凯儿沉默了一晌。“这样就结束了？”

“差不多，对啊。”他微微有些尴尬，“我以前没讲过故事。我讲得怎么样？”

女孩想了想，然后轻快地点头说：“我喜欢，这是个好听的故事。再讲一个。”

“我想我已经没有故事可讲了。你还不累？”

“拜托嘛，彼得叔叔。”

夜色澄亮，星辰熠熠生辉。万物俱寂，没有一丝声响。彼得想起凯勒柏，那思念的力量大到连他自己都吃惊，他很想念那个小男生，很渴望搂他入怀。艾莉希亚说得没错，提夫第也说对了。但是更重要的是艾美说的，他很爱你，你知道的。这个事实充塞胸臆，宛如冬风的气息。彼得要回家，学习当个爸爸。

“那么，好吧……”

他讲了又讲，把他所知道的每一个故事告诉她。等全部讲完之后，凯儿已经开始打哈欠了，身体软软地瘫在他怀里。他拉开大衣的拉链，让她转过身来，把她包在大衣里。

“你会不会冷，小可爱？”

她的声音好小，就快睡着了：“嗯。”

她窝在他怀里。再过一分钟，彼得想，闭上自己的眼睛，再过一分钟，我就抱她进去。他感觉到凯儿温暖的鼻息喷在他的脖子上，她的胸口抵着他的胸膛轻轻起伏，宛如海滨的长浪。但是过了一分钟，再一分钟，又一分钟，彼得哪里也没去，因为他也睡着了。

在草药铺的洗手间里，卢修斯·格瑞尔开始刮胡子。

这一天以及大半个夜晚，他都在处理如雪崩般滚来的任务。在寝室委员会会议上，尤斯塔斯先是再次解释以抽签方式决定撤离次序的方法，然后再度说明这个方法的必要性。

核查人口普查的数据，发现许多重复填写的表格，有些是因为误填，有些则是故意多填几份，想增加中签的概率。拘禁中心外面发生了斗殴事件，三名在废弃仓库躲了好几个星期的爪牙，因为饿得半死，出来打算投诚，却被守在门口戒备的一小群人拦下。因为有位治安法官生病，所以格瑞尔被请去主持九场婚礼（卢修斯所要做的只是念出写在卡片上的四行字，但令他意外的是，大声念出来感觉竟如此沉重）。撤离后勤小组的第一次正式集会，为第一批撤离行动分配各组的任务，诸如此类。

一整天的时间，事情一件接着一件，没完没了，他都不记得自己吃了什么，甚至吃饭没有，几乎整天都没落座。此刻，午夜已过，他凝望镜子里那张蓬头垢面、须发凌乱的脸，一手拿着刀片，一手拿着剪刀。

他开始用剪刀剪。一点一点地，他蓬乱的头发与胡子慢慢减少，白色的发须宛如飞雪般落在脚边。剪完之后，他热了一锅水，浸湿毛巾，拧干，盖在脸上，软化残留的胡楂儿，他把粗糙且带着化学品味道的肥皂抹在脸颊，开始用刀片刮——先是脸颊，接着是脖子，最后是头部，从额头往后，仔细拿捏力道，轻轻地一刀刀刮过头顶。

他第一次像这样剃头，是在立誓加入远征军的前一夜，给自己刮出了快二十道伤口。大家都说，你不必看制服就知道这人是不是新兵，因为只要看他的头就行了。但是经过长时间的练习，格瑞尔学到了窍门，发现自己还没失去这个本领，让他很高兴。

如果有必要，他甚至可以在黑暗里蒙着眼睛剃头，然而能目睹这个过了这么多年之后，仍然带有洗礼般震撼威力的仪式，实在让人很心满意足。一刀一刀，他的头脸渐渐清爽起来。等全部剃完了，格瑞尔后退一步，仔细看着镜子里的自己，一手轻抚着重见天日的粉红色冰凉肌肤，对着镜子满意地点点头。

他抹抹脸，把刀片洗净擦干，然后将装备收起来。他已经好多天没好好睡一觉了，但他并不觉得累。他穿上连帽大衣和靴子，走出后门，穿过巷子。时间已近夜里一点，外面一个人都没有，然而格瑞尔却察觉到周围有种微微扰攘的气氛，是耳朵无法听闻的生命气息。他经过圆殿废墟，走下山坡，穿过平地到体育馆。等走到的时候，月亮已经西沉了。

他没走进体育馆里面，而是站在绝对的寂静里，一切尽览眼底，这灿烂星空下的阴暗大地。他寻思：历史会不会记得这个地方？未来会不会有人，不管是什么人，会不会替这个地方取一个足以和发生在此地的事件相称的名字，来让后代子孙记得这一切？这是值得期待的想法，虽然尚未成熟，但值得好好想一想。

卢修斯·格瑞尔默默立誓。倘若未来有一天，地球的末日之战取得最后的胜利，他将执笔为书，写下这个故事。

他不知道最后一战什么时候会来临。艾美并没告诉他，只说那一天必将来临。

他这时陡然领悟，是什么力量驱使他来到这里，他在寻找一个征兆。征兆会以什么形式显现，他说不上来。或许是现在，或许是以后，也或许永远不会来。这就是他信仰的重担。他敞开心扉等待着，时间消逝，这夜色、这星辰、这生机盎然的世界。这一切拂过他，宛如福恩。

这时。

卢修斯。我的朋友。你好。

在这个充满奇迹的夜晚，坐在鞋店外面的彼得醒来的时候感觉自己根本没醒来——一个梦接着另一个梦，宛如一道门接着另一道门。在其中的一个梦里，他怀里搂着莎拉的女儿，坐在积雪的田野的边缘，其余的一切都相同——墨蓝的天空，冬夜的寒风，夜深人静的时刻——只是，他们并非独处。

但这不是梦。

她以她独特的神态蹲在他面前。她的变身已经完成了，连乌亮的头发都不见了。然而在两人目光相触时，这影像在他心里缓缓摇曳。

他看见的不是病鬼，是个女孩，然后是个女人，接着又合二为一。她是艾美，那个不知来历的女孩。她是灵魂之众艾美，是十二魔的最后一员。她就只是她自己。艾美对他伸出一只手，掌心朝上，彼得也和她做着同样的动作。他心中涌起一股纯粹的渴望，就在他俩指尖相触之时。

这是一种吻。

他们这样维持了多久，彼得并不知道。在他俩之间，凯儿窝在他的大衣里睡得香甜，毫无所觉。时间解开系在岸上的绳索，彼得与艾美一起在时光之河里漂荡。再过不久，孩子就会醒来，莎拉或霍里斯可能会出来，而艾美就将离去，她会在灿烂的星光里乘风而去。彼得会把熟睡的孩子抱回她的床上，自己也躺下，甚至想办法睡着。

到了早上，在灰色的冬日晨光里，他们会舒展筋骨，扛起行囊，继续漫长的南向之旅。这一刻会消失，就像其他的一切，遁入记忆里。

但是还没有。

尾声　黄金时光

离开灵魂，犹如离开自我那般艰难。
因为我的灵魂，
躺卧在你的胸臆，
那里是爱的归宿。

——莎士比亚《十四行诗》，第一〇九首

34

她有张精致纤巧的脸，线条优美，仿佛是精雕细琢出来的；皮肤闪着年轻健康的光泽；健美匀称的身材，手臂有着精瘦的肌肉；一头深浅交错的金发，往后扎成紧紧的马尾。她身上穿的衣服，艾美知道是所谓的网球装，虽然她也不知道自己是从哪里知道的，因为“网球”这个词一点参考意义都没有。镶有细小珠宝的太阳眼镜架在她的头顶上。

“不好意思，我以前没来接你。”蕾秋继续说，“安东尼觉得第一次来有个熟悉的人比较好。”

“很高兴见到你。”艾美说。

“你能这么说真好。”她微微一笑，露出牙齿，纤小的牙齿整齐洁白，“系好安全带。”

她们驶离高架桥底下。和上次一模一样——同样的房宅、商铺和停车场，同样亮眼的夏日阳光，同样在窗外流逝的忙碌世界。坐在大大的皮椅里，艾美觉得自己好像泡在浴缸里。蕾秋开起这辆大车似乎极为自在，一面穿过繁忙的车阵，一面低声哼着不成调的歌曲。她们前面一辆大卡车踩下刹车，挡住车道，蕾秋打了方向灯，灵巧地绕过。

“老天哪，”她叹了口气，“这些人哪，他们是在哪里学的开车？”她飞快瞟了艾美一眼，视线马上又转回路上，“你知道吗，你和我想象的不太一样，我必须这么说。”

“不一样？”

“嗯，不是不好的意思。”蕾秋要她放心，“我不是这个意思。老实说，你漂亮得像图画一样，我真希望有像你这样的皮肤。”

“那我是怎么不一样？”

蕾秋迟疑了一下，审慎地选择用语："我只是以为，你知道，你的年纪会更小一点。"

她们继续往前开。艾美出其不意地来到这个地方，让她微微有种不知身在何处的感觉，说不清楚心里是什么滋味。但是随着时间的流逝，她感觉到自己正敞开心怀，迎向周遭的环境，影像和她对这些情境的反应都变得更加清晰。太让人惊叹了，这一切，艾美想，非常非常令人惊叹。他们在船里，在"雪佛兰水手号"里，但她一点都没有这样的感觉。就像前次与华格斯特来的时候一样，这场景的每一个细节都有着绝对具体真实的外貌。说不定这就是真的，从这世界的另一种意义来看。毕竟，什么是"真实"呢？

"我就是载着他在那里停车的，第一次的时候。"蕾秋指着窗外那一排商店，"我不知道为什么，想说他也许想吃个甜甜圈，你想象得到吗？"艾美还没想出该怎么回答，她就继续说，"听我说这些，可以让你好好神游一番，我想你早就知道这些事了。而且经过这么漫长的旅程，你一定也累了。"

"没关系。"艾美说，"我没事的。"

"哦，他当时的样子可真惨。"蕾秋哀伤地摇摇头，"那可怜的家伙，我好同情他。我对自己说，蕾秋啊，你得做点什么才行。在你微不足道的人生里，就这么一次把头从沙子里伸出来。可是当然啦，我当时想的其实还是我自己，一如既往。就是这一件事，让我在过去的一百年里懊悔不已。我配不上他，一点都配不上。"

"我想他一定不相信。"

她放慢车速，开进一条住宅区的街道。"这真的很了不得，你知道，你所做的事。他已经孤单太久了。"

不久，她们停在那幢房子前面。"好了，我们到啦。"蕾秋轻快地说。她停下车，但引擎没熄火，就像华格斯特上次那样。"很高兴终于见到你了，艾美。下车请小心。"

"你为什么不和我一起来？我知道他很想见你的。"

"哦，不了。"蕾秋说，"谢谢你的邀请，但是恐怕我没办法这么做，这违反规定。"

“什么规定？”

“就是……规定。”

艾美等着下文，但她没再往下说。没办法，艾美只能下车。打开门的时候，她回头看蕾秋。蕾秋手握方向盘，等待着。在浓密的树荫里，空气浓稠温暖，到处有虫儿鸣唱着欢畅杂乱的乐曲，宛如管弦乐团调音时鸣奏的曲调。

“告诉他，我一直在想他，好吗？告诉他，蕾秋爱他。”

“我不知道你为什么不和我一起进去。”

蕾秋的目光越过仪表盘，望向那幢房子。艾美觉得她好像在寻觅什么。那双眼睛突然蒙上一层哀凄，在大宅的每一扇窗户停驻逗留，她的眼角漾起泪水。

“我不行，你知道的，因为这样一点道理都没有。”

“为什么没有道理？”

“因为，艾美，”她说，“我本来就在那里了。”

她看见他蹲在花床里，挖着土。附近停了一辆手推车，一堆堆散发着浓厚泥土味的培养土散在花床上。她走近时，他站起来，摘下宽边草帽，脱掉手套。

“艾美小姐，你来得刚好。我本来正要开始割草，不过我想可以等等再弄。”他拿起草帽指着阳台的方向，那里有两杯红茶，“过来坐下聊聊。”

他们在桌边坐下。艾美歪着头望向树冠，阳光晒在身上暖暖的，青草与鲜花的香味充满她的每一个感官。

“你这样应该会比较舒服。”卡特说，“我们两个可以好好聊天、喝茶，一起打发时间。”

“你知道他在那里，对不对？”

卡特用布巾擦擦额头。“我没派他去，如果你是这个意思的话。华格斯特只会做他想做的事，他只要下定决心，谁都劝不动他。”

“可是其他人怎么会不知道他是谁？他们不可能不知道啊。他们很可能会杀了他。”

卡特摇摇头。“他们从来就不了解我，一点都不了解。你可以说我们很久没有往来了。交流是双向的，但从一开始，我就没有对他们有任何响应，我对他们封闭起我的心。”他坐在椅子里把衣服从头顶扯掉，然后把毛巾收回到裤子的后口袋，“你做得很对，艾美小姐。还有华格斯特也是。那是很困难，也很可怕的事，我知道。”

她突然觉得口渴。茶喝起来冰凉甘甜，在舌尖上留下清爽的柠檬滋味。卡特看着她，轻轻摇着帽子，往脸上扇风。

“那零号呢？”

“我想时间还没到，但他会来找我们。这回就是私人恩怨了。他肯定是最坏的一个，他们全部加起来就等于零号。反正船到桥头自然直。”

“在那之前，我们就在这里等着。”

卡特很有耐心地点点头。“是啊，我们就在这里等着。”

他们默默坐在一起，思索着未来。

“我以前没照顾过花园，”艾美说，“你会教我吗？”

“花园里要做的事很多，我想我用得到帮手，不过割草挺麻烦的。”

“我相信我学得来。”

“我想也是。”他面露微笑说，“我想情况就是这样。”

艾美想起她对蕾秋的承诺。“蕾秋要我告诉你，说她爱你。”

“是吗？我才刚想到她，她看起来怎么样？”

“很漂亮，真的，我以前没机会好好看她。但是她很悲伤，她看着这幢房子，好像这里有她想要的东西。”

卡特似乎很意外。“哦，是她的宝宝啦，艾美小姐。我还以为你知道呢。”

艾美摇摇头。

“哈莉和那个小娃娃。她看不见，也摸不到她们，她时时梦见她的宝宝，对她来说，这是最痛苦的。”

艾美终于懂了。蕾秋丢下孩子，溺死自己。“她会再见到她们吗？”

“我希望等她准备好了，就可以再见到她们。她必须原谅她自己，原谅她就这样丢下孩子不管。”

他的话似乎在空中盘旋，不仅仅有声音，还有具体的形状。气温陡降，树叶开始飘落。

“她不是唯一的一个，艾美小姐。有些人就是没办法自己找到方向。对有些人来说，只是心里很难受而已。但对有些人来说，是永远无法放手的。他们是那种爱得太深的人。”

在游泳池里，蕾秋·伍德的尸体已经缓缓浮到水面上来。艾美在桌边低头看，明白卡特对她说的话。**我每天割草，**她想，**她每天浮起来。**

“你得去找他。”卡特说，“为他指引方向。”

“我只是……”她感觉到他的眼睛盯着她的脸，“我不知道要怎么做。”

他越过桌子，捧起她的下巴，轻轻往上抬。“我了解你，艾美小姐，就像你这辈子都在我心里一样。你生来就是要拯救这个世界的人，但华格斯特只是个普通人。他的时间到了，你必须送他回去。”

她喉咙一紧，泪水随之涌出。“可是没有他，我该怎么办？”

“就像你向来那样啊，”安东尼·卡特微笑着看她的眼睛，“就像你现在做的。你，艾美。”

35

他最后一次来找她，或者应该说是她最后一次去找他。他们迎上彼此，最后一次说再见。

对华格斯特来说，是从抽象动作的感觉开始的。他不知身在何处，飘浮在广大无边的空间，但这景象一点一滴地溶解，空间与时间的界限开始变得确切起来，他发现自己正在骑脚踏车。他为什么在骑脚踏车？他已经好多年没骑了，但他小时候很爱骑——那纯粹的自由与旋转的感觉，他身体的能量透过这神奇的运转流动，与风合而为一。

华格斯特骑着脚踏车，在一条尘土飞扬的乡间道路上，艾美在他身边，骑着另一辆脚踏车。这事实令他诧异，就和这场景令他诧异一样，他就是非常惊讶，因为艾美既是个小女孩，又是个长大的女人。他们一句话都没说，默默骑了好一会儿，虽然这时间本身的概念就很奇怪。这是什么时间？他们这样骑了多久？可能是几个钟头，甚至是几天，但光线始终相同——永远都是半明半暗的暮光，让他们周围的一切都笼罩上一圈金色的亮光：田野和树木，车轮卷起的尘土，远处房舍小小的白色影像。感觉一切都非常之近，一切却又非常之远。

"我们要去哪里？"华格斯特问。

艾美绽开微笑："哦，不太远的。"

"这里……是哪里？"

她没再多说。他们继续骑。华格斯特心里盈满温馨与满足，仿佛又回到小时候，他在夕阳里骑着脚踏车，等待召唤他回家的呼喊。

"你累了吗？"艾美问。

"一点都不累。感觉很棒。"

"我们在下一个山坡上停一下，好吗？"

他们停下来。绿草如茵的山谷在他们下方展开，远远躲在林木间的，是一幢房子，白色的小屋，和其他房子没有两样，有门廊和黑色的窗板。艾美和华格斯特把脚踏车放倒在地上，静静并肩站着。一丝微风都没有。

“风景真美。”华格斯特说，“我想我知道自己在哪里。”

艾美点点头。

“说来奇怪，”他深吸一口气，缓缓吐出，“我不太记得事情是怎么发生的，可是这样反而好。是不是都像这样？”

“我不确定，我想有时候是吧。”

“我只记得心里想着，一定要勇敢。”

“你很勇敢，我从没见过像你这么勇敢的人。”

他想了想：“嗯，很好。我很高兴听你这么说。到头来，我们也别无所求了。我应该到那里去的，对不对？”

“我相信你应该要去。”

他转头看她，过了一秒钟，他绽出微笑，仿佛有了大发现。

“慢着，你恋爱了，我从你的表情就看得出来。”

“我想是的。没错。”

华格斯特惊喜地摇摇头：“太意外了。真好，我的小艾美长大成人，谈恋爱了。那个人也爱你吗？”

“我想他也爱我，”她说，“我希望是。”

“他要是不爱你，那他就是个大傻瓜。你可以告诉他是我讲的。”

有那么一会儿，两人都没说话。艾美等待着。

“那么，”他又开口，他的声音有浓得化不开的感情，“我想，这表示我在这里的工作已经完成了。我始终知道这一天迟早会来的。我会想念你的，艾美。”

“我也会想你。”

“这向来是最艰难的部分，想念你。我想这也是为什么我一直不忍心离去。我总是想，如果没有我在身边，艾美该怎么办？有趣的是，到头来情况却完全不一样。我想所有的爸妈都会有这样的感觉，但牵涉到你，情况又不同了。”他的声音卡在喉咙，“我们不要拖太久，好吗？”

她伸出双臂抱着他。她也哭了，但落下的不是悲伤的泪水，虽然也还是有一点悲伤。“不会有事的，我保证。”

“你怎么知道？”

在山谷的另一端、田野的边缘，通向那幢房子的门已经打开了。

“因为天堂就是这样啊，”艾美说，“在暮光里打开一幢房子的门，你所爱的人全在里面。”她紧紧拥抱他，“你该回家了，爸爸。我竭尽所能把你留在我身边，留了太久。现在你该离开了，他们在等你。”

“谁在等我，艾美？”

有个女人出现在门廊上，怀里抱着一个宝宝。艾美后退一步，摸摸他流泪的脸颊。

她说：“去看看吧。”

36

她在寒风中醒来，一睁眼就看见满天星光。成千上万、上百万亿颗的星星。星星缓缓转动，在她脸孔上方旋绕，还有的正在坠落。艾莉希亚看着星星坠落，暗暗计秒：一千零一，一千零二，一千零三。她的目光随着流星划过天际，看着它们坠落。就在这样的过程中，她知道自己还躺在原来的地方，她还活着。

她怎么可能还活着呢？

她坐起来，天晓得现在是几点。月亮下沉了，天空一片墨黑。什么都没改变，她还是一模一样。

然而。

艾莉希亚，到我身边来。

叫着她名字的这个声音，在风中轻声低语。

到我身边来吧，艾莉希亚。其他人都走了，你将是我的唯一。到我身边来吧，到我身边来吧，到我身边来吧，到我身边来吧……

她知道这是谁的声音。

艾莉希亚爬出涵洞。十几米外，士兵正在吃着林地上的野草。听见她的动静，它扬起头，像是在说：哈，你来了，我正开始觉得奇怪呢。它跨着矫健的步伐朝她而来，大大的马蹄踢起一团团白色的雪花。

“你这个乖孩子，”她说，她摸摸它的口鼻，鼻息喷在她掌心，带着泥土的香气，“你这个漂亮高贵的乖孩子，你还认得我。我想我们的责任还没了呢。”

她的背包躺在涵洞里。她没有枪，但是枪弹带还在，刀还插在刀鞘里。她把枪弹带横背在胸前，紧紧贴在身上。她爬到士兵没戴马鞍的马背上，弹一下马头让它转而向东。

到我身边来吧，艾莉希亚。到我身边来吧，到我身边来吧，到我身边来吧，到我身边来吧……

你这个该死的，你真说对了，我会去找你，她想。艾莉希亚身体前倾，浓密的马鬃覆满她的手。她踢了士兵一脚，要它迈开步伐，然后跑小步，最后变成阔步奔跑，在雪地里飞驰。

你这个王八蛋，我来了。

（全书完）

十二魔名单

提姆·范宁，又名“零号”，哥伦比亚大学生化教授。二〇××年二月二十一日在玻利维亚进行科学研究时受到CV-0病毒感染。

一、吉尔斯·J.巴柏寇克（歿）。二〇一三年在内华达州奈伊镇因一级谋杀罪判处死刑。

二、约瑟夫·P.莫里森。二〇一三年在肯塔基州留易士县因一级谋杀罪判处死刑。

三、维克多·Y.查维兹。二〇一二年在内华达州艾尔柯县因一桩一级谋杀与两桩加重性侵害罪判处死刑。

四、约翰·T.巴菲斯。二〇一〇年在佛罗里达州帕斯可县因一桩一级谋杀与一桩漠视人命二级谋杀罪判处死刑。

五、沙德斯·R.杜瑞尔。二〇一四年在新奥尔良联邦住宅安置区因谋杀家庭保安官判处死刑。

六、戴维·O.温斯顿。二〇一四年在特拉华州纽卡斯尔县因一桩一级谋杀与三桩加重性侵害罪判处死刑。

七、鲁伯特·I.索萨。二〇〇九年在印第安纳州雷克县因车祸漠视人命致死判处死刑。

八、马丁·S.艾珂。二〇一二年在路易斯安那州喀麦隆帕里许因一级谋杀与持械抢劫判处死刑。

九、霍拉西·D.蓝布莱特。二〇一四年在亚利桑那州马利柯帕郡因两桩一级谋杀与加重性侵害罪判处死刑。

十、胡立欧·A.马丁内兹。二〇一一年在怀俄明州洛密县郡因谋杀治安官判处死刑。

十一、威廉·J. 雷恩哈特。二〇一二年在佛罗里达州迈阿密达德县因三桩一级谋杀与加重性侵害罪判处死刑。

十二、安东尼·L. 卡特。二〇一三年在得克萨斯州哈里斯县因一级谋杀罪判处死刑。

致 谢

每一本书都需要朋友，而这一本书有许多朋友襄助。首先要致敬的对象是：Trident 媒体集团的 Ellen Levine，Ballantine 出版公司的 Mark Tavani 与 Libby McGuire，Orion 出版集团的 Bill Massey，Random House 出版集团总裁 Gina Centrello，Trident 媒体集团的 Claire Roberts，Random House 出版集团杰出的出版、宣传、营销与销售团队，Orion 与我在世界各地的出版商，Jennifer Smith 以及 Rice 大学英文系的参与人员。在军事相关事务方面，我要特别感谢 Adrian Hoppel。此外也要感谢超级厉害的牙医 Rudy Ramos，以及 Coert Voorhees。Mark 与 Bill，兄弟们，你们值得为自己干一杯。Ellen，你是我最真诚的朋友。

我也要对 Team Cronin 的成员说：没有你们，就没有一切。由衷感谢你们。

感谢你们每一位。